波群延遲

Group Delay

張瀚翔

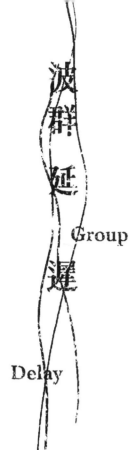

目次

第二部

第三部

II.

III.

推薦序

心虛的我們只好唱歌

——寫給張瀚翔的第一本作品

吳明益
國立東華大學華文系教授

這些年來，我只為自己的學生作序，並不是他們比別的年輕創作者優秀，而是我認為「他序」（foreword）的意義在於介紹，和評論（review）的概念並不一樣。國外的作品，我通常把序當成評論來寫，但國內的作品，為了避免身陷人情關係，我早已全部推卻，卻只為自己學生的作品寫。原因是：我和他們相處夠久，多少和他們在人生裡有所交會。因此，我願意跟讀者談談「為什麼他們成為這些作品的寫作者」的我的看法。

「他序」通常只存在於讀者對作者（或其寫作）較為陌生的時候，等到讀者願意透過作品認識作者，就不再需要了。我想那個靠前輩作家點評後輩才會被看重的時代應該要過去——讀者的聲音取代權威的聲音，創作的性格論取代血統論（不管是具體機構或是創作風格）。

我和瀚翔相識於二〇一五年，當時他剛轉進東華華文系，正處在進入陌生環境後疏離緊張的狀態裡。他和我一開始的談話，充滿了對文壇年輕意見領袖的崇信，那份崇信連帶包括了閱讀書單以及文學信念。基於在信念的面前，討論或辯論都是無濟於事的，我決定和他保持距離，不討論也不辯論。

不久他和朋友撿到一隻小狗，這隻小狗產生的「共同照護生命」的問題啟發了他也困擾了他，這時我們的交談就離開了文學信念以外，進入了生活。後來他修了我的平面設計課，我發現他有一定的圖像天分，於是將學校文學獎的海報交給他設計。這時他細膩、反覆、鑽牛角尖的性格在設計的過程中逐步浮現，這些在人際關係上可能是困擾的特質，反而在創作上是性格形成的溫床。

大學畢業後，瀚翔進入東華的創作所，開始了他和過去的文學信念拉鋸的創作實踐。這幾乎是臺灣每一個年輕創作者的必經過程，很多人（包括我自己年輕的時候）會先投入「別人會注意或評論的風格」，而不是尋找自己的性格，這樣的過程容易創作出「別人期待的作品」。幾篇作品之後，我認為他終於感受到了「自己的樣子」的重要性，就像他在〈喜歡的事〉裡寫的：「雅婷漸漸得出了一個結論，要成為網紅、要成為KOL，就不能包裝自己的模樣，你可以丟出許許多多的特質和形象，再依循觀眾的喜好去放大、去誇飾，但這些特質和形象都必須源自於你自己，而不是刻意塑造出來的第二人格……。」他的第二人格逐漸隱退，第一人格逐漸回來。

在這瀚翔的第一本作品中，時間軸橫跨了四十多年，有些大歷史（太陽花、雨傘運動、政治變局、中國停止輸入臺灣鳳梨事件、新冠疫情）被寫了進來；當然，更多的是把似真似假的「小歷史」（流行音樂軼聞）以及自我經驗（補習教育、異國打工……）編織進去。但我覺得真正重要並且吸引我的是，他筆下的人物對自己、對未來都不像直線往前的鬥士，而是充滿猶疑的迂迴著尋找自己人生的可能途徑。這些身處大歷史的敘事者（如少明、詠歆、蜘蛛……）不再如網紅寫即時性社論那樣的「衝浪而行」，而是在這些大小時代的潮浪裡，追逐自己的情緣和隨波逐流（只有少數時候拿回主控權）的猶疑。這點才凸顯了文學的意義。

當我再一次完整閱讀每一篇作品後，發現一開始瀚翔仍然和多數我這輩的寫作者有著同樣的焦慮，好像不翻個跟斗、不展現些對形式的特技掌握，就覺得可能會被看低。但也發現他「消解過度修辭到試圖平凡地寫好一篇有小說感的敘事」這樣的成熟過程。這或許是另一個《波群延遲》的珍貴之處，每一位作家，都有這樣的一份作品紀錄。

除此之外，我想特別提出來的是他和這一代的文學與藝術偏好者的共性：那就是「互相呼應」的短篇以及流行音樂（而不是古典樂、爵士樂）對他們的影響。瀚翔筆下的人物以臺灣、香港兩處展開，間以紐西蘭為中繼，這些故事裡的主人公彼此呼應，或者是老去的自己和年輕的自己呼應。這種「非獨立」式的短篇小說，在近年臺灣已不少見。倒是音樂在他小說裡扮演的角色，成立了他這一時期的作品重要氣息。

校園民歌世代以電視臺、民歌餐廳建立了屬於那一代的中國式鄉愁，而他們這一代以獨立樂團、藝術市集、音樂祭混合發展成「在地聲音與記憶」。他這一代本遠比稍早一點的「電視競賽歌手世代」（也就是超級星光大道那批歌手）更重視音樂的「內容」，也和這些時代的內容產生了共感，甚至是「共生」的情感。因此，這些聲響活生生在他的筆下如配樂般地展現。這聲響不只是音樂，還有語言。在瀚翔這一代，因為串流和社群平臺的發達，跨代、跨語系的聆聽已是常態。小說裡日語、英語、臺語、粵語、華語的混血聆聽，正是他們這一代的成長記憶。

這批作品，瀚翔原本題做《心虛的我們假裝一直歌唱》。這個標題確實更能呼應他有意加入這些聲響的意圖。「心虛」和「唱歌」這兩件事混在一起，我卻認為很能說明他筆下的自己和他觀察到的這一代——就像當我們參與一場盛大的遊行時，看似勇敢、無妥協、義憤填膺的口號，背後可能是心虛的。但相對於跟著臺上的人握拳喊口號，遊行時的「大合唱」（或散布在各處的小群體合唱）就不會了。因為唱歌的時候我們會允許情感湧現，而每個人的獨特音頻會讓個體的情感不至於在「大時代的議題衝浪」裡沒頂。

不過，相對地我更喜歡現在的《波群延遲》（*Group delay*）。這個書名，或許暗示了瀚翔在情感上的自我定位。即使輸入訊號相同，進入相異的元件和條件，依然會產生不同的延遲。這就是時代裡的個體性。

鄧麗君、譚詠麟、黑名單工作室、伍佰、Beyond、美秀集團、草東沒有派對、拍謝少年、宋冬野、Tizzy Bac……你喜歡這個、我喜歡那個，ＯＫ的、沒問題的。這是藝術存在的意義，但此刻關於議題的討論往往是：你跟我不同，那麼再見了。

瀚翔的性格，讓他終究寫的不是「你跟我不同，那麼再見了」這樣的小說。而是像在〈給三十歲的後搖滾樂〉裡的那一句：「我愛這個人，所以，再見了」這樣的矛盾、這樣的迷惘，這樣的不懂自己，而又有自己唱歌音質的小說。

祝福他的未來。

遲延群波

名家推薦

結構主義的鄉愁，關於回溯點，與其樹狀分裂變異。別將《波群延遲》當作探討三十代必經的首波中年危機與虛無主義之延展。張瀚翔筆下諸多人物，多數是反「巴赫汀式複調小說」的產物，是作者單音旋律的反覆取樣與雜訊白噪音等混搭不同曲風而成的Mega Remix。線性進展於每節點停頓，佇足，反思後方能再續，敘述延遲再延遲成有別沙特《嘔吐》外在符號核爆式的內向重力塌縮，在遙遠光年外，成為新世紀的另類存在式風景。

——白樵（作家）

讀《波群延遲》的樂趣是「五味雜陳」：你讀完了整本書，覺得什麼風味都有，但卻全然無法分辨究竟有哪些食材。它既聰慧又抒情，有沉重也有靈動。它分明出於年輕鋒銳之筆，但它所動用的種種元素，竟又時有近於中年的懷舊。更奇特的是，這一切還融合得很協調，就像聽到一首舊歌填上了新詞，一部新電影再次出現了僵屍。

在張瀚翔筆下，我們不必擔心文學會因為「天底下沒有新鮮事」而失去動力。因為真正的「新意」之所在，從來不在世界如何對待我們，而在我們如何藉著文字，去重組那些值得被記憶之事。

——朱宥勳（作家）

這本小說集裡有許多的歌，有些看到歌名便響起旋律，有些得隨著角色唱出歌詞才掉入那些世界。歌曲是真實的存在，角色與情節是虛構，兩者交融震盪，在後疫情時代與解嚴前後相互轉換，各自互文。有些歌會回到歷史事件之中，有些歌則是一曲備註。張瀚翔的小說是精巧的音波，偶有溢出，都是為讀者聽者置放的樂趣。

——林楷倫（作家）

怯弱和不能決斷者祈禱的雷聲

波群延遲來自於訊號失真的概念，我想這部作品應該是一臺瀚翔手工細做超過五年的前級訊號放大器（Preamp）吧，終於把瀚翔失真的部分忠實還原。

大學時期，瀚翔跟嘉祥常常被老師或同學概念型的搞混，我們是東華華文系同一屆的轉學生，除了姓名發音的相像，修課或辦理其他行政程序的時候，因為學號相連，連文件上的名字都常常被擺在一起，我很能理解為什麼老師和同學有時候會把我跟瀚翔搞混，但我完全不會介意。

雖然我們成長的生命經驗很不同，但我們某些時刻，某些部分的性格很類似。讀《波群延遲》的過程我腦袋裡會一直浮現瀚翔的聲音，《波群延遲》中大部分的篇章都是以第一人稱為敘事角度，這很瀚翔，我想腦袋裡面浮出的聲音很大一部分原因是採取第一人稱敘事的關係，瀚翔日常的講話常常是小說式的語法。

我都還記得有一次瀚翔為了某次的訪談作業，約了我在學校的學生活動中心頂樓訪談。那時候是晚上，我剛練完樂團，夜晚的花蓮空氣溼涼，瀚翔帶了一瓶紅酒，喝進肚子很舒服，訪談作業很快就結束，但我們酒還沒喝完，於是就開始聊電影、聊創作，具體聊了什麼內容大部分都忘了，但瀚翔日常的講話是小說式的語法，這件事變成瀚翔的標籤。雖然瀚翔這次出版《波群延遲》是小說，但我還是必須要誇讚，瀚翔的詩寫得很好，其實在這本小說裡面讀者也會發現這點的，比如〈鳳梨田裡的幽靈〉中很有意識的用分節小標創造出帶有趣味性的敘事，同時又有詩意和後設的功能，像是結構高明的分鏡規劃。

某些時刻我們性格可能真的很相像，面對人際關係、面對愛情我們可能都有一種怯弱性格，或者是逃避型的人格，我們可能都有想像過一種狀況比喻，面對選擇的瞬間，就好像面前懸浮著好多無限可能的命運發展泡泡，你知道戳破它才能繼續發展下去，但你就是技巧拙劣，面前的泡泡明明需要用一百八十度的鼻尖觸碰才能有一個破滅的好發展，你偏要用大拇指九十度按下去，把命運泡泡變成一灘積在地面的臭水，於是技術爛成這樣的我們，就會站在這些命運泡泡前面躊躇不前。

《波群延遲》就捕抓這樣的怯弱，跨越臺灣的時代，從個人的點連成群體的面，〈行雷閃電〉口吃的東哥，消失的父親；〈時の過ぎゆくままに〉不停找尋歌曲改編意義的人生，好想要藉著改編順便改變什麼一樣；〈英雄該到哪裡去？〉更是會感覺到，

「如果不開始就永遠不會失敗」的書寫核心。我有時候會害怕讀太多這樣的作品，擔心過於自溺，但讀到最後一篇〈波群延遲〉時，創作者好像也跟著角色跟著時代成長了，最後這個延遲的波群會對你說：在有限的生命裡做出選擇，希望所有快樂的、難過的都是平凡的瑣事。

——張嘉祥（臺語獨立樂團「裝咖人」團長、作家）

「如何說起現在？」小說中瀚翔細膩地處理了年輕一代面對命運的困惑：買不起的屋子、無法擺脫的身分、社會中深深淺淺的規則……對於現世的悲觀與消極，來自遭掠奪的無力。說出這些失落的故事，彷彿成為了唯一從中獲得力量的依據，就像歌曲可以傳唱一樣，故事的覆述與聆聽，讓相遇者不再只是孤單一個，而是於此之間跌宕，發出回彈的聲響。

——鄭琬融（詩人）

張瀚翔故事中的機關運行無法一言以括，其「無可如何」的狀態，極為鮮罕地與現實生活本身同樣複雜——幽微的欲望、初老、離散；難言的遺憾、憂患與諧謔；時而結結巴巴，忽而能放聲大喊的愛。

《波群延遲》有如祕教徒般敏銳挖掘時代的眾物質、習俗、用語，且將人的眼神、手勢、呼吸，乃至五官體感，摺疊於故事之中化為信物。這種種信物（或者就說象徵）是人們為了應付、替代、撫慰自身不安而存在的，故而當象徵在故事中「成真」或「幻滅」的一刻，那也就是不安被解放的時刻。摺疊的信物再次攤開，故事修復了講故事的人，延遲的群波終於到來。

——蕭宇翔（詩人）

第一部

Thunder and lightning

As Time Goes By

Mr. Vampire

Where should the hero go?

行雷閃電

震：亨。震來虩虩，笑言啞啞。震驚百里，不喪匕鬯。

——《易經》第五十一卦・震為雷

東哥，也就是我爸，在徹底失蹤前曾經說過，一個人這輩子一定會聽過一個改變他一生的故事。幸運的，在東哥許可的記憶裡就有兩個這樣的故事，更幸運的，第一個故事就發生在他剛上高中的時候。

告訴東哥這個故事的，是他的高中同學少明。以前從一江橋沿著東平路到光華高工，整條路、整片田都是少明家的。十六歲的東哥每天清晨就摸黑跟著他一起上學，沿途替少明父親的水田放水。少明的口吃剛好是一片田的距離，閘門一上一下，他才剛好講完這片田分租給誰。

少明的口吃不是天生的，這源自於他家幾年前請來的女傭，六、七歲的少明當時覺得那說話一頓一頓的女傭非常有趣，學著學著，就改不過來了。少明的爸爸得知這件事後立刻把女傭辭掉，並找來了英語家教，期盼著自己的兒子能在治好口吃的同時說上一口流利的英語。但十年過去了，少明的爸爸付了十年的英語家教費，而十六歲的少明開始認為自己的口吃是一種因果報應，他當初一定就是因為取笑了那位女傭，才會染上了那種窮人家的語病。

某天上學的路上，少明像往常一樣轉動著水田的閘門開關，剛要開口就停住了。東哥順著他的眼神，望向後方的道路，在深藍色的清晨裡莫名多了一個小小的光點，遠處駛來一臺摩托車，車越來越近，後方的塵土也越來越清晰。摩托車最後在兩人的面前停了下來，是少明的高利貸叔叔，他低頭從太陽眼鏡裡露出一雙冷淡的眼睛。

「這片田你爸昨天輸掉了喔。」說著，伸手遞給少明一瓶彈珠汽水。好好讀書，別像你爸一樣。摩托車就像載走這片田一樣噗噗噗的開走了。

少明的手裡多了一瓶彈珠汽水，感覺特別不自在，少了一隻手就無法繼續轉動閘門，但田已經不屬於他了，轉不轉得動好像又都無所謂了。少明看向摩托車消失的遠處，仰頭，一口氣把汽水全倒進肚子裡，他往後的口吃也越來越像打嗝。

少明的英語家教從某天開始就再也沒出現了，他一天一天的喝著彈珠汽水，他認得的田也一天比一天少，東哥和他集合上學的時間更是一天比一天晚。某天早上，東哥發現少明的臉變得好陌生，原本那張只在清晨中朦朧的臉忽然清晰了起來。

東哥看著從頭到腳都變得清晰的少明，忽然注意到他右腳的白鞋邊上沾了幾滴紅色油漆，東哥一直問他那幾滴油漆是怎麼來的，但此時的少明已經喝完了一整片水田的汽水，一如當年口吃的女傭，少明家的貧窮像另一組機械零件，兩組齒輪緊緊咬住，再也治不好口吃的少明就成了一臺沉默的機器。而當東哥看到了少明家的鐵門上的油漆時，那一陣沉默也偷偷傳染給了東哥。

以前，東哥每天下課就要回家幫忙搬木頭，東哥的爸爸，也就是我的爺爺是小鎮上數一數二的木匠師傅，在那個快速變化的時代裡，多的是用鐵鎚敲鐵釘的師傅，但東哥的爸爸就不同了，不管是桌子、椅子、櫃子還是扶手，他總可以巧妙的用卡榫拼出一組組有心跳的家具。對於這項神奇的技術，東哥的爸爸自然是很驕傲的，但他低頭看著手上的繭和傷疤，抬頭又看到神桌上的魯班神像，這份驕傲自然也有了分寸。

不可否認的，東哥也繼承了他父親的藝術天分。這種天分一開始只停留在木頭表面上的雕花，但隨著他在學校認識的同學和老師，這種天分就漸漸的長進了木頭深處。每個我爺爺午睡的下午，東哥都窩在家裡的工具間，手中的木頭被他挖著、切著、削著。幾個月後的某天，我的爺爺睡眼矇矓的從床上醒來，正好看到氣喘吁吁的東哥跑回了家，手上抱著一支歪歪斜斜的小吉他。東哥得意的用指甲刷過剛買來的尼龍弦，六道厚實的聲響在木質的音箱裡不停迴盪著。看到了這一幕，東哥的爸爸、我的爺爺更是得意，他拉著東哥到魯班神像前，點上三炷香，心裡默唸著許多感謝的話。

東哥自然也跟少明介紹自己親手打造的小吉他，少明接過小吉他，伸手彈了一條弦，嗡～嗡～嗡～瞬間像治好了自己的口吃，露出了許久不見的微笑。東哥看著這一幕，忽然想到少明家的紅色油漆，往後他們一放學就都窩在東哥家的工具間。

差不多就在這時，東哥注意到少明左腳的白鞋也沾上了紅色，卻是幾滴小小的、緊緊吃進布料裡的褐紅。這次有了音箱的幫助，少明終於開口了。原來昨天晚上，高利貸叔叔只用一把菜刀，就讓少明的父親再也握不住運氣，那根小指被高利貸叔叔小心的用白布包好，並收進霹靂腰包裡，摩托車載走了那根小指，少明的父親卻沒有一瓶令他沉默的彈珠汽水，一陣淒厲的喊叫聲後，他發誓從此再也不賭博了。

說完，少明用手指刷過六條弦，一陣琴聲在工具間裡慢慢消失，一連串不幸的故事似乎終於要結束了。

我爸確切是在什麼時候也得到口吃的？這個問題他始終沒有回答我，但很肯定的是，一定有一個瞬間他確信自己的口吃永遠好不了了。我爸說他還記得那個瞬間，那是關於一道閃電的故事，也是第一個改變他一生的故事。

這個故事來自於少明，這道閃電則來自於少明的父親；後來少明的父親改口了，他說他感覺到自己的小指一直都還在，刺刺的，像電流一樣，而且成了運氣的一部分，不，那隻來自冥界的小指一定就是運氣的化身。終於，少明的父親陸續集齊了三隻招來好運的手指，右手僅剩的食指與拇指比成一個圓圈，像跟陰陽兩界昭告：萬事ＯＫ。

那晚，同花順、皇家同花順、黃袍麒；雜七、雜八、雜九；人牌、地牌、天牌；大三元、大四喜、天胡十三么，所有的運氣都到了少明父親的手上。就在牌友們洗出了四條龍後，所有人滿臉肅殺，顧不得把錢贏回來，只想盡早離開，只剩少明的父親一個人在賭桌前痴痴的笑著。少明的父親在一夜之間贏回了一切，也在一夜之間全失去了。幾聲大笑之後，天上忽然烏雲密布，幾道光亮隱隱閃著，一道閃電擊中了少明家的屋頂。

消防車駛過了少明父親剛贏回來的田地，但田地彷彿認不得原主人的家，筆直的一條路彷彿走了好幾個星期。等消防車抵達時，少明早已被附近熱心的鄰居抱出火海，但他的母親在睡夢中被濃煙嗆死，而父親左手抱著所有的鈔票與借據，右手那三隻招來好運的手指卻無法即時幫他轉開門把。

夜裡，東哥家的門鈴響了。燈一亮、門一開，我的爺爺嚇了一跳，在這黑黑髒髒的深夜裡是同樣黑黑髒髒的少明。嚴重的口吃夾雜著哽咽的聲音，少明在東哥的房間裡把這個漫長的故事說到了天亮，也許東哥自己沒注意到，但每天與少明相處的日子裡，他腦裡全是少明結巴的口吻，而這次少明哭哭啼啼的，他聽得更專注、更入神。這一整夜的故事不停迴盪在東哥的耳邊，他看著少明的臉、少明的眼睛和少明的嘴，大概就是這個瞬間，他發覺自己的口吃永遠好不了了。

少明家的大火實在太過離奇，他的高利貸叔叔因此被警察盯上；一個能輕易拿走別人小指的人，自然能輕易用拇指轉動打火機。這個倒楣的中年大叔為了解釋他們倆是「好友」，他只好摘下太陽眼鏡，負責把少明安置在他遠房親戚的家。此時東哥已經要高中畢業了，一得知少明要離開，他也分不清自己是口吃還是悲傷，許多話都卡在喉嚨裡。

就在少明要離開小鎮的前一天晚上，東哥牽著他的手一起到附近的山上，那是個無風的夜晚，天上的星星和山下小鎮的光點，看著他們一起生活的地方，東哥不知道該說什麼，口吃的少明更是說不出話，無聲的景色在記憶裡就像一幅畫。

「ㄌ、ㄌ……」此時，少明忽然張開的嘴。也許他想起了愛賭博的父親，想起了他沒機會見到的閃電，此刻的他或許也想起了英語家教和東哥的小吉他：「ㄌ、ㄌ……」

如果所有的話一停下來就會卡住，那他決定要呼出這長長的一口氣：

Love me tender, love me sweet.
Never let me go.
You have made my life complete.
And I love you so.
Love me tender, love me true.
All my dreams fulfill.
For my darling, I love you.
And I…*[1]

故事說到這，忽然一片漆黑，不只故事沒有了畫面，就連少明的歌聲都瞬間消失了。東哥，也就是我爸沉默了好久。國中時的我興奮的問我爸，這一片黑暗中到底發生了什麼？

他吞了一口口水，一個漫漫長夜的口吻，卻只說：「什麼也沒有。」

他見我滿臉疑惑，隨後換了一種說法：「兩隻鳥、兩條電線、一個吻。」

就一片漆黑了。

少明停止了歌聲，兩條不同的電流交錯，而東哥人生中的第二道閃電就這麼啟動了。當時好多的念頭在東哥的腦中碰撞著，他首先想到我的爺爺奶奶，想到神桌上的魯班神像和工具間的圓鋸機，十八歲的他呼吸了家中整整十八年的空氣，所有的一問一答幾乎都能在瞬間完成。

此刻，東哥在腦裡不停將相同的問題反覆顛倒、排序著，但他能推算出來的，只有我爺爺奶奶的傷心和憤怒。忽然，某個巨大的念頭慢慢生根發芽了：他絕對不能讓父母發現這個吻，而最絕對的方式就是讓它打從一開始就不曾存在。

東哥看著眼前的少明，剛患上的口吃與剛長出來的念頭，兩組沉默的齒輪緊緊咬著、轉動著。

那晚他們簡單的道別，但這一道閃電卻不停在東哥的心裡震盪著。隔天早上，借宿在高利貸叔叔家的少明按了東哥家的門鈴，但那陣無情的寂靜恐怕深深傷了少明的心。門鈴響了一次又一次。

東哥看著窗外的天色漸漸明亮，最後他走出了家門。

門外有往來的牛車和狗，有吵鬧的引擎聲和喇叭聲，卻始終沒有少明。起初他鬆了一口氣，但這口氣卻慢慢卡住了他的喉嚨，他用力的嘔著，眼眶忽然紅了起來。東哥，也就是我爸，從此發現自己再也找不到那個能治好他口吃的人了。

●

如今，二十一歲的我已經到臺北念完大學，開始工作。東哥，也就是我爸也已經失蹤第五年了。這天週三，我妹難得從臺中搭火車上來找我。她約我在古亭附近的巷口碰面，我們剛見面，她就帶我走進小巷，最後在一間老舊的屋子停下來。我看了一眼，差點又要跟她吵架了。

塵灰的紗門一旁貼著「劉氏命理」四個大字，在陰暗的小巷裡格外顯眼。櫃檯在那看似客廳的方桌前，紙筆、籤筒、黃符紙端端正正的擺在桌上，三只茶杯依稀飄著熱氣。

眼前的算命師幾乎和我爸同一個年紀，他把桌上的籤筒、符紙隨手往一旁的沙發扔，他說用不著，也從沒用著過，只是看起來比較專業罷了。說著，他已經把那身亮黃的道士服脫下來，剩裡頭的條紋 polo 衫和西裝褲，嗶嗶！順手開了冷氣：「聽說今年氣溫又創新高嘞！」

冷氣機轟隆隆的運轉著，我斜著臉、皺著眉，我妹倒是連表情也沒動過。命理師開場結束，才遞給我跟妹妹一張單子。

「出生年月日，」劉師傅手上的扇子印著里長的燦爛笑容，他邊搖扇，邊說：「幾點幾分越詳細越好。」

我妹迅速寫著，捨棄了阿拉伯數字，子丑寅卯，像簽名一樣潦草俐落，順便連我的都寫好了。這幾年我妹什麼命都算過了，摸骨、面相、易經、塔羅牌、水晶球，嫻熟於各種占卜儀式，不同的儀式，卻都是同樣的問題。我妹這幾年漸漸老成，和她走在街上都有種自己才是弟弟的錯覺。

其實，我明白她為什麼停不下算命這件事，以前的人都是找產婆來家裡接生的，小孩出生後才去戶政事務所登記日期。我妹跟我解釋，大多數的命理都要準確的出生時間，找不準正確的時辰，子丑寅卯，我爸就有十二種不同的人生，星座更是如此，四分鐘為一個度數，兩萬一千六百個父親裡，恐怕只有一個東哥親眼見過那兩道改變他一生的閃電。

儘管如此，儘管有著十幾二十個，還是那幾萬幾千個我爸，任何的仙姑、道士、乩童或靈媒唯一的結論都是：別去找了，他會自己回來。

但我知道他不會回來了。

一個人這輩子一定會聽過一個改變他一生的故事。不幸的，在我許可的記憶裡也有兩個這樣的故事，更不幸的，第一個故事也發生在我剛上高中的時候。

失去了少明的我爸後來娶了隔壁小鎮的我媽，當年自由戀愛是有錢人家的事，我的爺爺和我的外公喝了幾天的茶，既然我爺爺不介意我媽的剛強，我外公也不介意我爸的口吃，那麼我爸就必須愛上我媽，我媽也必須愛上我爸。

上一個時代的事大多只能倒果為因，若有什麼合理的推測，那我猜，我跟我媽幾乎是同時聽到了東哥和少明的故事；口吃的我爸把這漫長的故事說了整整十六年，十六年的婚姻、十六歲的我。

我媽是個愛恨分明的天蠍座女子。據說，某天她在菜市場跟隔壁鄰居的王小姐吵架，具體吵了些什麼，沒有人記得了，我只記得那天我媽一回到家就開始打電話。她既不是要找救兵，也不是要找人訴苦；我媽不知道從哪裡弄到了王小姐老家的電話號碼，把遠在南部的王爸爸、王媽媽臭罵了一頓。又據說，往後的王小姐只敢在我媽買完菜後才敢進菜市場。

這樣的我媽，嫁來這個小鎮後也累積了不少朋友，每當見到了長輩，我媽總會誇讚他們的子女多麼優秀，長輩有了面子，我媽也有了朋友，她在這個小鎮也漸漸有了容身之處。對我媽而言，一個人就是一整個家的門面，換句話說：人，就是家的臉。不擅長當面吵架的她，從來沒有放棄吵架這件事。我媽鮮少當面向誰說出什麼惡毒的話，但當她聽完東哥和少明的故事、聽完我爸口吃的原因後，她忽然神色慌張，對我爸吼了一聲：「變態！」

我，是我媽的兒子，同時也是我爸的兒子，我媽的吼叫聲像一陣巨大的雷鳴，似乎也不知不覺啟動了我人生中的兩道閃電。

我媽像把她所有的聲音都消耗掉一樣，沉默了好幾天，再次出聲時忽然把我拉到廚房裡。她當時蹲了下來，看著十六歲的我，也許在我的眼裡也看到她這十六年的婚姻。她小聲的說，她找到了一個專治口吃的醫生，這個醫生非常不一樣，他能夠操控閃電！

一九八六年，解嚴前一年，那年八月，一輛發財車停在我家門口，幾名戴著十字架的壯漢把我爸拉上車，車閘一關上，發財車猛催油門，颳起了一陣風，我爸就在這陣風中噗噗噗的消失了。風吹來了雲，雲飄來了雨，雨打在我媽的臉上。

在此之前，從沒人見過自中臺灣登陸的颱風，不只我媽沒見過、我爺爺沒見過，恐怕就連我爺爺的爺爺也沒見過。我、我媽和我妹扛來了防洪沙包，並把一樓的餐桌、矮凳和神主牌一階一階的搬上二樓。

那天才剛入夜，小鎮就被土地咬了一口，所有的事物都矮了一截，隔壁鄰居的大門只剩一顆頭的高度。雨中的風像一片巨大的浪，折斷了街上的樹木、沖走了房上的屋瓦，也把整個小鎮的電力都帶回到天上。

我和妹妹各拿一支手電筒，不停在黑暗中問我媽，爸去哪裡了？

颱風由左至右，又由右至左，整個中臺灣彷彿也轉了起來。好幾個颱風的夜裡，我總想像我爸沒日沒夜的被綁在「診療室」，投影幕上也許閃過許許多多張男人與女人、裸體與性器、少明與不是少明的照片，頭上的電流每通過他一次，我爸記憶裡的少明就淡了一點。我明明從沒親眼見過那一幕，想像裡的他卻用「治好」了的口吃不停呼喊著。這次的電線杆上只有一隻觸電的鳥。

看著受驚嚇的妹妹，我不知道該如何是好，這時屋外的洪水又更大了，遠遠的，我注視到一樣東西，我趕緊從二樓的儲藏室找來了捕蟲的網子，在一片洪水中撈著，終於，我撈到了一根中空的小竹子，我用美工刀削了削、鋸了鋸、鑽了又鑽，妹妹看我神神祕祕的，也停止了哭泣。不知道花了多少道閃電的時間，我才把這根小竹子做成了一把小竹笛。

我妹問我是什麼時候學的。我說我也沒學過，但就是常看巷口的老伯或電視上的人吹，後來研究了一下吹嘴是怎麼發聲的，就覺得自己一定也做得出來。我把竹笛往嘴上一橫，吹了一口氣：嘟～。果然，原理就跟我想的一樣，我按了幾個孔，音調也隨之改變，不只音調變了，妹妹臉上的表情也變了，她似乎忘了外頭的雷聲，興奮的看著我。

我媽聽著我的竹笛聲，淡淡的說：你們施家的人天生就有一種藝術細胞。我不知道她是不是怕我也跟爸一樣，變成了她口中的「變態」，又或者，在我爸被電擊的時候站在我爸那一邊。我使勁的吹著竹笛，只想把屋外的雷聲蓋過去。

幾個星期後，放晴了。抽水馬達抵達了小鎮，居民們用鋸子將倒塌的樹木拆解並運上卡車，我、我媽和我妹開始把一樓的水舀出去、把丟失的腳踏車找回來、把牆上的泥痕刷洗掉，最後將二樓的家具搬回一樓，人們一點一點向土地拿回屬於自己的東西。

就在這時，我爸也回來了。

他站在家門口，狠狠的瞪著我媽，全身流竄著憤怒的電流。眼看家裡的一切都恢復原位，我爸卻徹徹底底的改變了。

後來，我媽籌錢開了一間冰店，幾個月後拿賺來的錢讓我妹去補習。每天只要一過中午，我家門口便聚集了一群來吃冰的客人，總有幾天，我爸會在這人來人往中出現，他就像透明人一樣走進了店裡、穿過了櫃檯，伸手摸進了放錢的小罐子裡，抓了幾張鈔票後就走出了家門，消失好幾天。

有一次，一個好心的客人正好看到這個瞬間，一聲吆喝下，在場所有的男丁迅速衝上前把我爸制伏，我跟我妹在慌亂中解釋那個人是我的爸爸，我媽目睹了這一幕，一整個家的門面被壓制在一整個家的門前，我媽拒絕承認那就是她丈夫的臉。看著我爸再次消失在街口，我媽收拾了兩個行李箱，豪邁的翻了五張百元大鈔給我，自己也離家出走去了。照顧好妹妹，兩個星期我就回來了。

那天，家裡的冰店一打烊、媽一離開，我就牽著妹妹的手到便利商店買了一盒孔雀迷你泡芙給她。我妹會帶著愉快的心情不知不覺的度過這兩週，到時候爸媽都會平息他們的憤怒，一家四口會再次久居這個家。但此時，妹妹卻苦著臉說她吃不下了。不行，妳一定得吃完。然後她哭了，我這三個願望注定一個也不會實現。

我媽離家出走後，爸確實安分許多，我猜這一回他真的嚇到了，整整一個星期都準時上下班，並安安分分的在店裡幫忙，星期六他甚至煮了一桌的菜，而不再是隔壁巷口的自助便當。我爸當然不知道這只是為期兩週的測試，還以為這就是永遠了。

第二週的星期三早上，我昏昏沉沉的從床上起來，準備到廚房備料，看到客廳桌上的蘿蔔糕，卻沒有看到爸的身影。不，爸一直站在客廳門口，他一動也不動的面向著大門、低頭背對著我。我當時覺得爸中邪了，又或者自從那次電療後就燒壞了腦袋，爸到底在幹麼？那僅僅兩三步的好奇心讓我看到了我此生最不願看到的畫面。

我斜著身體，稍微看到了爸的側臉，他看起來相當苦惱，好幾次皺眉、聳肩、深呼吸。最後，他吞了一口口水、嘆了一口長長的氣，就像小時候跟我說故事時的模樣，我差點以為他會自言自語道：「什麼也沒有。」沒想到這次卻有了點什麼。

我瞇起眼睛，原來我爸從口袋裡摸出的是一枚銅板。他把那枚銅板放到了握拳的右手拇指上。鏘！我腦裡自動配上音效，光亮亮的銅板在空中迅速旋轉了好幾圈，爸抬頭，伸手往空中撈下那枚銅板。

他的手懸在空中，而我屏住了呼吸。

我爸把手掌攤開，看著那枚銅板，嘆了一口氣。隨後他抬頭，伸手轉開門把，走出家門。

那天早上我猜想了很多可能，可能爸正在猶豫要不要跟公司請假，又或者在猶豫要不要去外婆家找找看我媽，甚至可能只是在猶豫晚餐是要吃水餃還是便當。但事實是，那天東哥走出家門，父親再也沒回來過。

直到多年後，我才知道當初那在空中旋轉的銅板、那道金屬的光，就是我人生中的第二道閃電。不同於少明的父親，這次我爸僅用了一隻拇指就召喚了閃電，沒有一整條路的田地、沒有風中的塵土、也沒有濃煙和大火，這次只有一枚輕飄飄的、無所謂重量的銅板。我當時在腦裡自動配上的音效，鏘！也在我往後的回憶裡慢慢變成一陣震耳欲聾的巨大雷聲。

劉師傅此時端詳紙卡上的生辰八字，一邊用拇指點著指尖算著。

「別去找了……」

「……他會自己回來。」我妹接著說。

劉師傅點點頭，像一切都在他的預料之中。

正當我覺得他囂張的表情有點熟悉時，一旁的木門突然被推開，劉志濱穿著四角褲走了出來，正拿著吃完的泡麵碗出來丟。志濱是我公司的同事，在那些貼傳單、登廣告的日子裡，其他的同事都像伶俐的貓科動物一樣環顧四周的街景，反弓煞、蜈蚣煞、路沖、壁刀煞，就連還在半工半讀的我都能簡單的說出一棟房子的興衰。但我每次載志濱去路邊貼廣告時，他總是懶洋洋的癱坐在機車後座，抬頭看著天，一副若有所思的樣子跟我說：「你知道接下來木星逆行，火星進入雙子座，土星進入摩羯座嗎？」

但今天志濱一看見我在他家的客廳，眼睛就亮了。他一手抄起我面前的生辰八字，看了一會，不時點頭或者皺眉，最後嘴角上揚，對著我說：「再過不久，你會許下一個非常非常後悔的承諾，而且這不是你能決定的，恭喜發財！」

劉師傅瞬間變臉，惡狠狠的瞪著他，志濱只是聳肩，慢慢的離開，關上門時不忘一個意味深長的微笑。身旁的我妹喝了一口茶，嘴裡小聲的重複著：「後悔的承諾啊……。」

「重點是我不能決定吧。」

「很意外嗎？你不能決定的事太多了不是嗎？」是啊，就像今天，我本該帶著一對準夫妻去山上的別墅看房，所有誘人的說詞與條件都鎖定了在那個較為強勢的妻子，連讓價的時機都準備好了。不像現在，劉師傅在講到我爸的運勢時我還能聞到垃圾桶裡的泡麵味，原本聽我妹說劉師傅有多麼難約、多麼難找，還以為會有什麼不一樣的預言，哪怕一個也好，我多希望能有一個算命師跟我說：你爸不會回來了、你們的緣分已盡、五百塊謝謝。但劉師傅說的卻是：「看在我們有緣，一千六。」我不能決定的事太多了。

眼看我爸的事情問完了，我妹忽然壓低音量。

「那，」她嚴肅的看著劉師傅，問：「你看我哥今年會交女朋友嗎？」

「欸，我有說我想算這個嗎？」我冷冷的看著我妹。

「你都不會好奇嗎？明天就要跟她去咖啡廳了欸。」

「去咖啡廳可以做很多事……我的意思是，她可能是來賣保險的啊。」

「她賣你保險，你就賣她房子，」我妹挑了一下眉，繼續說道：「哥，教你一招，人家聊什麼，你就聊什麼，人家跟你談感情，你就跟她談感情，不要隨便許下什麼會後悔的承諾。」

我確實在電話裡跟我妹提過這件事，那是我在英語補習班認識的同學，金融系的一個女生，白白的，瘦瘦的，頂著一頭長髮和一只銀色髮箍，嘴裡總像在碎唸著什麼。某天，我們碰巧一起搭電梯進補習班，她看著我，似乎有話想說，嘴唇動了一會，說了幾句無聲的話。我問她想說什麼。她撥開長髮，原來在聽 Walkman。

那只銀色的髮箍此時對著我們，悠悠唱道：

Goin' down to Lonesome Town.
Where the broken hearts stay.
Goin' down to Lonesome Town.
To cry my troubles away.*[2]

她問了我的名字，隨即就問我這週四要不要一起去中山北路喝咖啡。

我妹在電話裡告訴我這叫一見鍾情，她的推測是這樣的，在這短短兩百字左右的故事裡，有一件事說得太多，有一件事又說得太少；說太多的自然是那首歌，我沒發現她在聽Walkman，怎麼還會認出她耳機裡的歌，況且她聽什麼重要嗎？而說太少的則是她的五官特徵。

「怎麼可以以貌取人呢？」

「那你怎麼會答應她去喝咖啡呢？」我妹說。在這短短兩百字左右的故事裡，居然連續出現了兩個不合理的地方，那麼就只剩一個合理的推測。

對話一停住，我忽然感覺不妙，這個空檔，該劉師傅說話了。

我沒來得及阻止他，劉師傅已經開口了，他說我這輩子沒有什麼已經定下的緣分，就這今年的二十一歲或八年後的二十九歲特別容易遇到良緣。我兩手一攤，再次確定自己非常後悔陪我妹走這一趟，但就像她說的，我不能決定的事太多了。

隔天早上是個晴朗的週四，我翹了學校的課，搭公車到中山北路上的咖啡廳。名叫萍亞的同學已經在座位上等我了，她穿著黑色的皮外套，同樣戴著那只銀色髮箍，酷酷的一個女孩子，一見到我，就把 Walkman 關掉。不得不說，再次看到這臺 Walkman，我感覺這個人特別的親切；剛到臺北這一兩年，全臺北的人好像都商量好了一起戴上耳機，只為了能時時刻刻掌握股市的漲跌，電視上不僅開始賣起股票專用的電腦，就連我的大學教授都趁我上臺報告時閉上眼睛，細心品味著他的股票又漲了多少。沒想到這世上還存在著一雙用來聽音樂的耳朵。

我想到我妹前一天告訴我的，人家聊什麼，你就聊什麼。但我看著她，她也看著我，剛摘下 Walkman 的她安靜的像在等我唱歌一樣，我知道，她也在等我起頭，我聊什麼，她就聊什麼。我看著她，她也看著我，兩雙耳朵望著彼此，卻只看到一片寂靜。

糟糕！我必須說點什麼！我再不說點什麼，恐怕我那劇烈的心跳聲都要傳進她的耳朵裡了。

我本來想提昨天去算命的趣事，但一說到算命就得提到我爸，一提到我爸就得再說一次東哥的故事，但我已經受夠東哥的故事了，為了跟這個故事劃清界線，我才決定考臺北的大學，沒道理我到了臺北還得再用這個故事自我介紹。所以，我決定改說別的。

我跟萍亞說，兩年前我剛從臺中上來臺北念書，當時九月開學嘛，我八月就住進學校的宿舍，並去一間熱炒店打工。臺北的物價高、街道擁擠，空氣又他媽糟透了，我領到第一份薪水後做的第一件事，就是去福德橋下的賊仔市買一把二手吉他，再去跟我的室友抄了一些樂譜跟指法，整天在宿舍裡自彈自唱。

後來在學校開學前，我算了好幾次自己的薪水，但扣掉學雜費、生活費，我幾乎不可能再寄錢回家了。解嚴後還是在臺北的感受最深，某天我剛下班，走出熱炒店，發現整條忠孝東路上躺滿了抗議的人群。躺著的人說他買不起房，站著的人說他的房子賣不掉，兩人怒目相視，站在中間的我卻忽然明白了，我大聲說道：「原來如此！」那一躺一站的兩人嚇了一跳，躺著的人往後爬、站著的人往後退，我穿過他們，也穿過抗議的人潮，在忠孝東路上狂奔了起來。

汽機車排放的廢氣讓臺北的夜晚變得迷幻，房仲公司的招牌隨著我的步伐上下跳動著，在我的眼裡也變得迷幻。

此時，遠處有人正推開房仲公司的玻璃門，我跟著他的背影，趕在門完全闔上前迅速伸出手……食指被厚重的玻璃門夾了一下，我叫出聲，進門的那個人聽到了我的叫聲，才幫我把門拉開。那個人，就是王經理，當我神情緊張的在位子上等待面試時，王經理悠悠哉哉的走向店門口的魚缸，手上的罐子一傾斜，幾粒紅褐色的魚飼料也悠悠哉哉的在水中落下，一尾鮮豔的紅龍更是悠悠哉哉的把飼料吃下。王經理張開他那悠悠哉哉的嘴說，這飼料是給魚增色用的，紅龍越鮮豔，客人越多，公司的業績就越好。

王經理看到我被玻璃門夾到的食指紅紅腫腫的，也像一尾鮮豔的小紅龍，當天面試完就讓我簽下合約。

我看完了合約書，正準備伸出拇指，按下印泥。

「食指，」王經理糾正道：「犯人才用拇指畫押。」

那晚，我走出了房仲公司，低頭看著自己的食指又腫又紅，搓揉了一下，拇指也一起沾上了紅印，好像冥冥之中有誰和我說了聲：萬事ＯＫ。

我說完了我的故事，就像我妹跟我說的，人家聊什麼，你就聊什麼，萍亞似乎聽懂了我的停頓，我卻忽然看不懂她臉上的疑惑。

「所以，你就是那個施昭源？」萍亞唸著我的名字，像某個遙遠的人。

「是啊，」我狐疑的看著她，問：「怎麼了嗎？」

「是那個在宿舍唱歌的施昭源？」

「……喔！妳說這個啊。」

剛來臺北的那陣子，我確實每天都在宿舍裡唱歌，唱一點生活的苦悶，也發洩了一些生活的不滿。也許是我唱得太苦悶，又或者我唱得太不滿，隔壁棟宿舍的人都聚集在我的寢室門口聽我唱歌。我當時也就隨口唱了幾句，但一傳十、十傳百，大家都傳聞三〇七寢室有一個很會唱歌的人。

我跟萍亞說，彈吉他真的沒有什麼，這幾年的歌……不，這三、四十年的歌都是這樣，只要重複同樣的四個和弦就能唱完，當然，過去三、四十年的歌我不可能每一首都會唱，我的英文不好，最常唱的還是王傑、趙傳或施孝榮。

話一說完，萍亞也是個講規則的人，她從皮外套胸前的口袋裡掏出了一盒紅Marlboro，她叼著菸、點著火、吸著一口氣，也嘆出了一則手指的故事。

萍亞的父親也曾說過類似的事：人們總用食指指向前方，用拇指指向後方，兩指相連，過去和未來就連成一個美滿的圓。

萍亞的老家原先是養蚵的，對此，她唯一的記憶，是某天父親乘著竹筏上岸，在那寒冷的冬天，父親的表情特別寂寞，年幼的萍亞伸手幫父親點菸，小小的萍亞哪裡有什麼過去，稚嫩又無力的拇指怎麼也點不著火。這時父親接過打火機，厚重的拇指輕輕一按，這一口菸在記憶裡飄得好遠好遠。

後來萍亞的父親過世了，母親改嫁給臺北的一間餐廳老闆。萍亞從此吃得好、住得好，家裡不僅有一臺彩色電視機，還有錢讓她去聽最好的音樂，去看最好的電影。但萍亞的蚵仔爸爸卻經常出現在她的記憶裡，父親的表情、父親的竹筏和父親的打火機。

她不知道這段記憶有什麼意義，也不知道除了血緣，這個父親與她有什麼關聯，若沒有了蚵仔爸爸，就沒有現在的萍亞，但也因為沒有了蚵仔爸爸，才有了現在的萍亞。有時候，她會偷偷竄改這段記憶，新的記憶是這樣的：年幼的她順利的點燃了打火機，父親的嘴上叼著菸，彎下腰，那張寂寞的臉由上往下，離她好近好近。

●

萍亞的這個故事我聽了好久，從我們喝咖啡一路說到我們吃晚餐。

晚飯的最後，萍亞說她手邊有兩張《臺灣怪譚》的票，問我飯後要不要一起去看。我一口就答應了，好歹我也看過《靈異入侵》和《養鬼吃人》，臺灣要有什麼怪譚，大不了就是碟仙或錢仙的玩意。我跟著萍亞坐上公車，但公車卻沒有開往西門町，而是開向中正區，最後我們抵達國軍文藝中心，原來《臺灣怪譚》不是恐怖電影，而是恐怖舞臺劇。現場坐滿了人，如果這些人都躺下來，幾乎就又能再抗議一次了。然後，表演開始了。

原來《臺灣怪譚》既不是恐怖電影，也不是恐怖舞臺劇，而是單口相聲。正當我以為單口相聲就是一連串的笑話接力時，故事又忽然悲傷了起來。

這接連好幾次的驚喜讓我瞬間有了不一樣的想法；我爸失蹤了五年，他的故事我也說了五年，但我從來就沒想過可以用單口相聲的方式說上一遍。如果，我可以用說單口相聲的方式說我父親的故事，那悲傷的段落中一定也有歡樂，而歡樂的段落裡一定也有悲傷；又如果，一個故事要悲傷有悲傷，要歡樂有歡樂，那肯定就是一個好故事；再如果，這樣一個好的故事是真實的，那同樣真實的我一定也有著幸福的人生。

表演結束後我跟萍亞一起出了戲院，兩人都沉默不語。我想到我妹跟我說的，人家聊什麼，你就聊什麼，但我此刻只想沉浸在自己的心情裡，想到歡樂的段落就感到歡樂、想到悲傷的段落就感到悲傷。我轉頭看了萍亞一眼，她此刻的臉上是自顧自的傻笑，和自顧自的哀傷。一陣強風忽然吹過，揚起了她的頭髮、露出了她的耳朵。原來她沒有在聽 Walkman，她心裡聽的和我一樣。

我看著這一幕，望向馬路上的車流，我跟萍亞借了一根菸，刷！她點燃了打火機，在這五顏六色的臺北夜裡，這一小點的火光卻好像照亮了她的臉。我學著她抽菸，而她肯定是學著她父親抽菸。

臺北的空氣糟透了，而此時的我深吸了一口菸，我往後抽菸時，也會在自己的身上聞到海的味道嗎？

隔天大學沒課，我去公司上班。

當劉志濱一腳跨上我的機車後座時，我決定先聽完他要胡扯什麼再考慮要不要把他轟下車，於是他開門見山就說了：「像你這種類型的天秤座，一輩子都在兩個一樣好或兩個一樣壞的選項裡做決定，每次都很謹慎，但結果其實都差不多……欸欸欸這已經很重點了，拜託繼續聽下去好嗎？總之，我不像你，我既不能決定獅子座的高傲，也不能選擇處女座的沉著。」

八月二十二號晚上出生的他，在十九歲以前一直以為自己是獅子座。大家都知道，每十九年為一個周期，農曆跟國曆生日會剛好在同一天。志濱十九歲生日那天怎麼算也算不對，問了他爸才知道，其實他是處女座。這當然不是他能決定的，因為替他決定這件事的就是他爸——劉師傅。

「我可以選擇要高傲或沉著，或者什麼也不是。」志濱說，他這輩子唯一相信的命理，就是星座。這讓我疑惑了，一個被星座騙了十九年的人怎麼還會繼續相信呢？

「我知道天秤座的你會對這件事感到困惑，但就是因為它成功的騙過你啊。」

所以你是處女座？「我覺得自己是什麼才重要。」

那你覺得自己是什麼？「這不是我能決定的啊。」

啊？「看來你不相信我說的。」

算命這種事本來就有時準有時不準吧。「你真的聽不懂呢。」

志濱踢開了機車的腳踏板，喬了一個舒服的姿勢，冷笑了一下，接著說道：「算命是時間的遊戲。」

算命是時間的遊戲。每當預言降生那些徬徨的靈魂時，它啟動的就不是準或不準的問題，而是發生了，跟還沒發生。歷史上所有指向確切時間的預言都失敗了，星座也是一樣，當你在糾結自己符不符合星座的描述時，你就只剩二選一的是非題，你就沒有自由作答的權力了。

「所以，我再強調一次，不久後你會許下一個非常非常後悔的承諾，記住，非常非常後悔喔，而且這不是你能決定的，恭喜發財！」

我說這不是占卜，這只是無期限的詛咒而已。

「你終於聽懂了，沒錯，這就是占卜。」

我心不甘情不願的把那一疊貼了雙面膠的廣告傳單交給他，再三叮嚀他這次手腳要快一點，我不想再被開單了。沿路志濱一句話也沒說，但我從後照鏡就能看到他得意的笑容。

我放慢車速，開始細數我許過的諾言。我媽這幾年搬回了外婆老家和我妹一起住，假日還會跟朋友一起學習紙雕，唯一要擔心的就是她日漸嚴重的老花，以及那張她老是撞到的木桌。剛上大學的我妹是一間西餐廳裡待得最久的員工之一，只要她別再一直尋覓最難約又最昂貴的占卜師，她的學貸應該能在出社會後的前幾年還完。我爸真的會自己回來嗎？每次在一旁聽著重複的問題，我反而想問：你們真的希望他回來嗎？

貼完傳單後，志濱去便利商店買了一包菸，而我也跟他擋了一根，說「擋」其實並不準確，畢竟我也才剛學會抽菸，根本就沒有菸癮。我一邊吐煙，一邊想著這幾個月的業績一直沒有上升，在心裡抱怨久了，就不經意的說了出口。

志濱忽然皺起了眉頭，這好像是我第一次看到他對事情「不明白」的表情，他問我，還記不記得自己是什麼時候開始跟他一起行動的？我說我還記得啊，我畫了一個星期的商圈圖，拜訪了一個多月的大樓管理員，又打了一個月的電話，王經理就讓我跟志濱搭檔，一起把募集線轉作追蹤線。

「你是新人，所以不懂。」

志濱說，他高中還沒畢業就進了這一行，幹了足足三年才到現在的位置，照他的業績，他應該是跟另一同期的房仲員一起搭檔，而不是我這個剛入行不到半年的新人。起先他懷疑我有特殊的背景，或是跟王經理有私交，但我大學才來臺北，口條也不流利，接起電話總是唯唯諾諾的，後來，志濱在看過了我畫的商圈圖後有了一個大膽的猜測。

也不知道是運氣讓才華得以發揮，還是才華讓我抓到了運氣，我事後回想，那幾張商圈圖我大概只花了一兩個晚上就畫好了，剛下筆沒多久，就找回了國小上美術課的興致，越畫越起勁。商圈圖畢竟是給新人熟悉地標用的，王經理非常滿意我畫的圖，不僅提前完成、比例正確，線條也非常俐落。志濱猜測，也許這張商圈圖讓王經理誤把我的才華看成了毅力，才特別讓我跟志濱一組。

我不承認有什麼才華，更不想在志濱面前承認有什麼運氣，而且，只要承認了才華或運氣，就承認了自己不努力。我剛入行沒多久，王經理就要我每天至少打三十通電話，只能多，不能少，一天三十通電話，扣掉週休二日，一個月就累積了至少六百多通，再怎麼沒能力的業務，都能靠這招把口條訓練起來。王經理說，一個成熟老練的業務光聽電話的第一聲：「喂？」就能聽出對方此刻的心情是好是壞，經驗再多一點的，甚至能聽出對方有沒有誠意。

我想起不知道從哪裡看來的一句話，說：「機會是留給準備好的人。」

他不屑的笑著。

那天晚上，我做了一個夢。夢裡的我回到了臺中老家，不，更準確的說，是五年前的臺中老家，夢裡的我爸還沒跟我說完他的故事，我媽自然還沒認識教會裡的叔叔阿姨，颱風更還沒襲擊這小鎮。

我像往常一樣下課回家，正準備進我跟我妹的房間寫作業，很奇怪的，房間裡多了一個搖籃，我幾乎瞬間就知道，那裡頭的小孩是我的。我伸手抱起了搖籃裡的小嬰兒，沉甸甸的，還有一種溫溫熱熱的感覺。小嬰兒此時正熟睡著，我左手抱著他，忽然，不知道為什麼，我的右手握著他那小小的手，開始數起他的手指，五根、五根，腳趾也是一樣，五根、五根，手指加腳趾，剛好二十根。

此時小嬰兒忽然醒了，他睜著圓圓大大的眼睛看著我。

正當我要朝他揮揮手時，我注意到自己的手，我的食指不見了。我看著中指和拇指間空盪盪的，憑空握了幾下，好像什麼也抓不牢。我轉頭看著小嬰兒，嬰兒卻不停盯著我消失的食指。客廳忽然傳來的電話鈴聲，鈴鈴鈴～鈴鈴鈴～鈴鈴鈴～。

我朝他聳了聳肩，為了不嚇到他，我開玩笑的跟他說：「被你吃掉啦。」

為了不嚇到他，我抱著他的那隻手越來越溫柔，直到所有的溫柔都回到了我自己身上。

●

隔天我一路睡到中午，醒來才發現十幾通未接來電都是我妹打來的。撥號，第一聲還沒響完就接通了。

「爸回來了。」

妹妹說，昨天凌晨三點多忽然有人打電話來，接起來時，喊了好幾聲都沒回應，低頭一看電子螢幕，電話聽筒差點掉到地上，是老家的號碼。

「怎麼可能，媽不是住妳……」

「所以一定是爸啊！」她當時對著電話那頭喊了好久，即使一點聲音也沒有，她也非常篤定電話另一頭的父親一定正在聽著，而且冥冥之中，她感覺這些年爸的口吃更加嚴重了，嚴重到只能像這樣聽她說話。她說起我最近的工作、說起媽一直沒有改嫁、說起這些年，所有人都說他會自己回來。忽然，另一個預感就像觸電一樣襲來，她感覺，爸只打算這樣聽她說話，等這些年的故事一說完，他就會永永遠遠的消失。

妹妹嚇傻了。如果問我這時候有什麼話能挽回父親，我的回答也會跟她一樣：東哥？

喀！電話掛斷了。

爸就這樣消失在電子訊號中。我妹在電話那頭忍著哭腔，說今天就去老家看一看好不好？不行，今天下午我還要跟一對新婚夫妻去看房，上次已經改約過一次，這次再爽約就沒機會了。

這次妹妹真的哭了，電話裡的沉默全是她的哽咽聲。這次沒有泡芙、沒有任性的父親、沒有離家出走的母親，這次只有這麼一個願望。

我說好，我看完房就馬上去載她。

我帶著資料夾和簽約的文件，一轉眼就到了位在山上的別墅。剛低頭確定該帶的東西都沒有漏掉，一抬頭就見到熟悉的臉孔。

劉師傅穿著那身亮到可以螢光的道士服，手裡小心翼翼的拿著一只老舊的風水羅盤。這身服裝搭配他嚴肅的神情，我都開始以為他是道行極高的風水師。他一看到我，就把手中的羅盤晃了幾下，示意我把文件收起來。一個意味深長的微笑。

接下來的幾個小時，我跟著夫妻，夫妻跟著劉師傅，母雞帶小雞的模樣在這棟別墅晃過來又晃過去。他不時對著門廊、臥室、陽臺滿意的點頭，不時點著指尖皺眉，又像看懂了什麼似的嘴角上揚。

最後，他用很低沉、莊重的語氣轉身跟這對夫妻說道：「財庫在大門右側，可以在那邊設一個魚缸招財，保證未來十年工作穩定。大門正對沙發的位置，最好擺一個屏風擋煞，全家平安。二樓的樓梯右前方是文昌位，書房可以設在那裡，進修或升遷都有機會。在三樓的主臥室床前擺婚紗照，這樣婚姻和睦……。」

明明都是些基礎的風水知識，但夫妻倆笑開了嘴，丈夫則在一旁做筆記。最後，劉師傅再一次低頭呢喃，給了這對夫妻一個日期與時間，那便是交屋的良辰吉時。我正要拿文件和夫妻倆核對坪數與價錢時，他們只是默背劉師傅給他們的時日，隨後就各自去了二、三樓參觀，留我跟劉師傅在頂樓。

劉師傅看了我一眼，忽然也懶得裝了，眼神瞬間變得慵懶，不知道從哪裡摸出菸和打火機，點火，吸，吐。

「這裡才是災難的開始啊。」他喃喃唸著。

「但你剛剛說……。」

「剛剛那些都是屁，」又吸了一口，吐出，繼續說道：「女方命中帶財卻留不久，男方明知不適合經商卻交友廣闊，這棟房子就是他們的巔峰了，偏偏這裡位處山坡地，門前正對遠方的醫院，窗口面向高壓電塔，左側還有一片蓄洪池，四周種的全是爬藤類植物，表面若無其事，其實有去無回。」

「那為什麼……。」

「女方在八年後會有一波搬遷運，十九年後還會有一波事業高峰，如果這段姻緣能維持到那時候，那他們就還有機會再換一棟房子，而且……」劉師傅遲疑了一下，一口濃菸再次把他的眼神燻灰：「……如果你看得到那個小孩的眼神，你就知道這棟房子他們非買不可，嗯……應該是女的。他們只是想花一筆有份量的錢、聽一個有份量的保證而已。一命二運三風水，他們以為自己請來了風水師，但我這一推，是他們的命。」

語畢，劉師傅悠悠哉哉的繼續看陽臺的風景，抽完的菸屁股隨便就往樓下彈，我望向那拋物線，菸灰在空中稍微散開，隨後往下墜，直到消失在草叢中。

「所以大家說的都是真的？我爸真的會自己回來？」

他像是聽到了有趣的事，重新點了第二支菸，懶洋洋的叼著，轉頭。

「聽你這麼說，我猜他們都做了跟我一樣的決定。」

「幹，所以到底是怎樣？我到底要不要繼續找我爸？」

劉師傅一臉事不關己的表情，伸手進口袋摸了一會。

「看在你是我兒子的同事，這樣吧……」他再伸出手時，手裡捏著一枚十元銅板：「銅錢卜卦法你聽過嗎？就這個瞬間的這個念頭，我擲六次銅板免費幫你卜一卦。」

我正要開口拒絕他，那枚銅板就直直往天上彈去。

很高、很遠，我緊盯著銅板，在即將落日的陽光下依然不停反射出亮眼的光芒，它就在空中一個定點忽然減速，旋來最刺眼的光線，我瞇起眼，隨後銅板慢慢落下，光線也越來越暗。就在銅板即將落地的瞬間，我忽然伸手……。

我的手懸在空中，狠狠的瞪著劉師傅，看也沒看就把銅板拋向樓下的草叢裡。

我忽然想起我爸。東哥當年在山上，闔上雙眼的那一個吻的前一個瞬間，一定早先看到了那改變他人生的一道光。那個時候，他曾有過一個念頭，伸手去抓住那道莫名的光嗎？

我看著自己掌上的紋路深深印著銅板的輪廓，每張闔一下就淡了一點，麻麻刺刺的，像握著閃電。

我和妹妹回到臺中時，只看到空蕩蕩的老家；我拍著妹妹的肩膀時，也只看到空蕩蕩的眼淚；我關上老家的門時，更只聽到空蕩蕩的鐵門聲。

臺北一天一天的冒出了更多的車輛，也一天一天的冒出了更多的廢氣。

街上出現了更多的人潮，同樣也出現了更多的主張。

我爸失蹤第……七年了嗎？在臺北的我已經很少再想起東哥的故事了，相反的，萍亞的故事成了我的故事，一個人有了新的故事，就會慢慢淡忘舊的故事，新的故事是這樣的，萍亞變得更像萍亞，志濱變得更像志濱，而我也變得更像我自己。

就像軟片廣告說的，綠就是綠，紅就是紅，藍就是藍。生活變得清晰，人也變得立體。

要在這個吵雜的臺北裡成功，除了努力還需要運氣，我負責努力的部分，志濱則負責運氣的部分，我一天比一天努力，打電話、蒐集資料並帶客看房，志濱也沒有閒下來，他的父親——劉師傅也一天一天的傳授著各式各樣的命理絕學：風水、面相、手相、梅花易術和八字命盤。我們經手的物件總能在日後成為最精華的地段，出價的也往往都是買方。

這幾年，志濱只要閉上眼睛，就能看見許多許多的未來，但一張開眼，卻看得熱淚盈眶；他愛上了我們公司的一位銷售員，卻怎麼也不敢把她的生辰八字握在手裡推算。上班時的志濱閉上眼睛，把一切都看得通透，下班後的志濱跟女朋友吃冰、跳舞、看電影，卻什麼也不敢看得明白。我跟萍亞在志濱的婚禮上敬酒，遠遠的，志濱穿著西裝，卻彷彿穿著壽衣，他深深的望著自己的新娘，卻又彷彿用力的閉上眼睛。

每當成交的時候我跟志濱都會去ＫＴＶ喝一杯，好日子難得，我們喝得心安理得、喝得舒服自在、喝得理所當然。我們慢慢變得無話不談，志濱也總在喝醉後攤開手掌，醉醺醺的說：「這次我就不唬你了，來，再給我一次你爸的生辰八字……不開玩笑，這幾年我進步神速，你只要給我他的出生日期，我現在就能算出他是死是活，就算死了，我也能算出他投胎到哪一個國家。」

我抓起麥克風，一首一首的唱，志濱拿起酒杯，一杯一杯的喝。剛喝醉的志濱會提起我爸，而徹底喝醉的志濱則會提到他剛結婚的老婆。

「有了……。」

「你又想到什麼了？」

「不，我是說有了。」

「……啊！」我瞪大眼睛看著他：「哇……恭喜！」

但志濱卻說，他恨不得現在就把雙眼戳瞎，昨天他隨手一算，不僅知道是個女兒，還知道她的初戀就在國小。但現在的他可以改變這一切，他可以決定這世界呼喊她的方式。這晚，喝醉後的志濱吐了滿地，我攙扶他坐上計程車時，他嘴裡不停呢喃著：湘玲、雅雯、蘭之、晶晶、繡均……。

幾天後，我趕到醫院看他，酒駕的他一頭撞上電線杆，在醫院裡昏迷了兩天，好不容易清醒了，當他正要回抱著自己的妻子時，才發現左手纏上了紗布。

出院後的志濱，帶著九根手指來到我家門口。

門一開，我就知道他想說什麼，我首先問他：「你是不是要說，你感覺自己的食指一直都還在？」

「不，我感覺我的食指就快要不見了。」

伸手不見五指的人像瞎了一樣，少了十進位手指的術數師也像瞎了一樣，這天志濱來到我家客廳，他的左手輕輕的握成拳，用那看不見的食指指著我，說：「這是我劉志濱生平最後一次起卦，算完這一次，我的食指就徹底消失了。」看不見命運的他終於能替女兒命名。

「但我真的已經不想見到他了，」我說：「已經不重要了，真的。」

「沒關係，你想知道的，我回答你，你還不想知道的，我先寫下來給你。」志濱攤開一張日曆紙，右手拿著筆，左手則握成拳貼在耳邊，彷彿把一根不存在的食指插進耳裡，瞬間，他像觸電一樣，身體一震一震的，仔細一看，原來在打嗝。此時，志濱眼裡彷彿閃過了許多事物，志濱的兩行眼淚流了下來，一張嘴開開闔闔，哽咽了許久。

他說……他說他一口氣看到了好多個未來，但這些貨真價實的未來既沒有導演也沒有作者，沒有人剪接，自然也只能從頭看到尾，而一刀未剪的人生就只剩生離死別。隨後他慢慢收拾情緒，儘管鼻子上還掛著一條鼻涕，他仍一邊打嗝，一邊對我說：「來，問吧。」

「我會結婚嗎？」會。

「我會有小孩嗎？」會。

「我會跟萍亞結婚嗎？」你們註定結婚後會離婚，而且……。

志濱把食指拔出耳朵，他苦思了一會才邊打嗝邊說：「既然要洩漏天機，我就洩漏到底……萍亞是你今生一定會相遇並結婚的對象，但命中注定的結果是，你也必須延續往後的因果，你們註定結婚、註定離婚、註定繼續不幸下去，」志濱看著我，我一時也不知道該說些什麼，而他則繼續說道：「我現在有一個方法，可以讓你和別人相愛，並修成正果，只要……」

「不，」我說：「我只要萍亞。」

志濱看著我，我也看著志濱。

「也行，」志濱點頭，又打了一次嗝：「也行，」他在紙上寫了幾個字，繼續說：「好，那我給你兩個名字。」

「誰？」

「不是『誰？』，你應該問：『在哪裡？』」

「啊？喔……那，在哪裡？」

「他們……暫時哪裡都不在，」志濱說：「將來，把這兩個名字給他們。」

我愣了一下，瞬間，我撇過頭，不敢看他寫了些什麼，但他坐在我的對面，一筆一劃，我明明不想知道的，但那個手勢越來越像在寫一個「東」字。我慢慢的張口，問：「是男是女？」

「一起。」

「一起？」

「你真要追究的話，男的是哥哥，女的是妹妹，但這不重要，重要的是『一起』。」

「你是說……。」

「我不能再說了，」志濱放下他的左手，解釋到：「說出命運時，命運就已經改變了，我寫在紙上，你將來要用時再打開來看。」

那張日曆紙被反覆對折了好幾次，越來越小，越來越小，直到最後折成了一個小小的藥包。「我們以後不能喝酒，只能喝茶了，」志濱說：「菸大概也該戒了。」

「你剛剛算到的嗎？」

「……我自己決定的。」

志濱低頭看著自己張闔著的左手，彷彿那隻食指已經徹底消失了，就連打嗝也不知不覺停止了。我知道，剛剛那一刻肯定出現了閃電，但究竟要經過多久，我才能聽到雷聲？

注釋：

1 Elvis Presley〈Love Me Tender〉（一九五六）。

2 Ricky Nelson〈Lonesome Town〉（一九五九）。

時の過ぎゆくままに

前天，我的初中同學——阿仁打電話給我，約我去他位於奧克蘭的家作客。電話裡，我們稍微寒暄了一下。從香港搬來紐西蘭的這兩年，該習慣的也都習慣了，不習慣的，也只能繼續不習慣下去。阿仁來得算早了，九〇年初他就先讓老婆去紐西蘭看房、找工作，自己留在香港賺錢當「太空人」，等一切都安排妥當後，他也帶著剩下的錢和家當飛往紐西蘭。

《中英聯合聲明》後，整整十二年半的過渡期，這十二年半裡，阿仁總跟我說他要移民，去一個自由自在的地方，那裡的阿仁可以說任何想說的話、可以住自己想住的房子，不像他在香港的家，每晚睡前還得把餐桌椅收起來，才有空間可以鋪床和枕頭，晚上還得忍受父母的打呼聲。阿仁的這句話也像《中英聯合聲明》一樣，話一說出口，就回不了頭了，阿仁彷彿一分為二，國外的阿仁越來越清晰，香港的阿仁則越來越模糊。

當時會移民的大多是有家庭、有小孩的人，我也以為自己會一直留在香港，看著香港的電影、聽著香港的音樂、吃著香港的食物，但十二年半可以改變很多事，我不像阿仁，這十二年半裡我安安靜靜的，什麼也不說，不提中國的天安門、不提即將離開的英國，也不提香港的未來，所有的話都只跟當時的女朋友——阿Jen說，聲音輕輕的、小小的，但一張開嘴，人就一分為二：阿Jen成了我的老婆，而我也成了有家庭的人，不知不覺，我成了紐西蘭的健倫，而香港的健倫只存在於我父母和兄弟的口中。

移民紐西蘭的這兩年，我找了幾份工作，即使英語還不錯，但雇主仍會優先錄用當地人，我待業了整整兩年，倒是學會了打高爾夫跟釣魚，偶爾也跟老婆一起種種花和水果，就像阿仁當初的建議一樣：去加拿大會變窮，去紐西蘭反而能變成有錢人。

紐西蘭在南半球，買房看風水一切都得倒過來，坐南朝北才能兼顧採光。我來的算晚了，奧克蘭周邊的房子幾乎都被其他香港人搶光了，我索性搬到另一個度假區，離奧克蘭整整三個小時的車程，因此，對於前天阿仁的邀請，我本來是想拒絕的，太遠了。

但經過了這麼多年，阿仁還是懂我，他說他家有一整套的高級音響，時常託國外的朋友寄一些CD給他，不只美國和歐洲的樂團，甚至收了不少日本的流行音樂。他在電話裡問：你唔係一直喺搵一首歌咩？我呢度可能會有。

我當然可以直接問他，你有沒有A.S.A.P.（As Soon As Possible）樂團在三年前，也就是一九九六年的專輯《LOVERS ONLY》？但這樣問不是很現實嗎？如果有，我去這一趟似乎很不誠懇，如果沒有，我拒絕了又顯得很勢利，即使赴約了我自己也沒有興致。

兩天後的早上，我跟老婆帶了幾件換洗衣物和自己種的玫瑰花和牛油果，驅車前往奧克蘭。出發前，老婆阿Jen問我有沒有帶那卷錄音帶。我說當然有。她說，有就好，但最好別在路上播那首歌，她已經聽膩了。

我笑了，會聽膩是當然的，若不是親身經歷過，我怕是發瘋了才會一直聽這首歌。

她說，但你可以再跟我說一次那個歌手的故事。

●

我第一次見到少明，是中學二年級左右的事。

我爸常跟我說「此心安處是吾鄉」，要我練好英語、見見世面，世界上多的是可以讓我闖蕩的地方，我們家沒錢讓我補習，倒是有一個遠房親戚是做唱片的，當年香港的經濟繁榮，影視業更是風風火火，誕生了大量的歌手或明星，也出現了大量的歌曲和電影，我就這麼被安排到親戚身邊。

某天早上，我們計畫去機場接兩位臺灣歌手，那天我們等了很久，是真的非常非常久。親戚見我等得不耐煩了，才跟我解釋說人家從臺灣過來很不容易，一不小心整個人就會不見了，更別說是搭飛機了。

兩三個小時後，那幾個臺灣人才拖著匆促的腳步和我們碰面，當時我抬頭一看，失望極了，我原以為會見到尤雅或鄧麗君，但撇除兩個經紀人，剩下的就是兩個我根本沒見過的臺灣歌手，一男一女，女的可能是個名人吧，我幾年後去臺灣逛唱片行時，還能看到她的唱片，但現在回想起來，也不算什麼巨星。而那個男歌手就更不用說了，他一臉憂鬱的表情，跟我們打招呼時還會口吃。

後來的幾天，我都跟著親戚一起接待臺灣來的兩位歌手，見了一些人，也吃了一些飯，最忙的還是我們的翻譯；我的親戚明明就聽得懂普通話，但他偏偏要請一個祕書當翻譯，為的就是想聽聽這幾個臺灣人私下都說了些什麼。幾次的閒聊，我親戚都覺得舒服自在，偶爾碎唸著一串屌、屎、撚、屎、屄，反正對方也聽不懂。

談來談去總要有個主題吧，人家大費周章的過來，總不是為了跟翻譯說話的吧，這時候他們就會給兩位臺灣歌手遞上麥克風，卡拉ＯＫ的伴奏響起，我們就靜靜的聽兩位歌手唱歌。名叫少明的男歌手真是嚇到我了，平時說話總是結結巴巴，誰知道一張開嘴，人就一分為二，他唱起歌來居然歌聲嘹亮，似乎還有種英語口音。我的親戚饒有興致的點了點頭，轉頭跟祕書小聲說道：可惜劉文正好太多了，這個不僅老了，還有口吃。說完，他轉頭對那群臺灣人展開了笑容，大聲鼓掌著，往後的討論也都聚焦在女歌手身上，他們說說笑笑，我倒是在旁邊靜靜吃我的小蛋糕。

那天晚上的餐會，我的親戚跟那幾個臺灣人聊開了，留下角落的我和那位名叫少明的歌手。他朝我微笑、招手，我也朝他微笑、招手，但我不會說普通話，而他也不會說廣東話，忽然，他拿起一旁的便條紙，寫了「少明」兩個字，並指了指自己。我接過紙筆，也寫上「健倫」，指著自己。

自我介紹完了，我當然是問那個最關鍵的問題：你為什麼會想當歌手？講話結巴不是很不利嗎？他思考了一陣子，轉身拿了張空白的Ａ４紙寫著，幾個關鍵字被圈了起來，少明指著上面的字，搭配著我聽不懂的普通話和肢體語言。我至今依然不確定自己的理解正不正確，經過我多年來的回想、推敲和修正，我猜，我猜啦，我猜大致的故事是這樣的：

少明年輕時就到臺北工作了，去餐廳幫忙殺魚、削皮、切蔥薑蒜，餐廳的老闆、大廚和服務生都知道他有口吃，但也不怎麼在意，反正就是個負責備料的。某天晚上餐廳打烊了，老闆關了店正準備回家，沒想到剛好遇到少明，更沒想到少明當時正隨口唱著歌。

少明跟我說，順序很重要，如果一個好人做了壞事，那他就成了大壞人，反之，如果一個壞人做了好事，那他就成了大好人。少明後來被老闆推薦去參加《彩虹之歌》的歌唱選拔賽，他站上舞臺、報上名字、張嘴唱歌。歌一唱完，評審給了個稍微及格的分數，少明的餐廳老闆覺得很不滿，他跑到舞臺旁邊，要少明再多講幾句話，讓評審知道這個年輕人可是連話都說不清楚。少明支支吾吾的，確實說了很多結結巴巴的話，原本的分數卻又被扣了好幾分。

以前六〇年代還是個廣播的時代，歌手可以不用露面、不用表演口才，更不用主持節目，但後來電視節目興起，歌手就不只是負責唱歌的人，依照當時的審美，男生要長得高，女生要瓜子臉。少明表示，他奮鬥了十年左右，拍了一些廣告，也唱了一些歌，所有能用的機會也都讓他用完了，這次來香港就是來賭最後一次的，但，你也看到啦，他真的沒機會了。

少明用普通話搭配紙筆的方式把這個故事說了整整三天，這三天的行程裡，只要一有空閒，我就會跑到少明旁邊，認真聽他說的話、寫的字，這種感覺真是特別，一個語言不通的人卻寫著你慣用的繁體字，而最原始的手腳居然能傳遞著一個遙遠的、陌生土地上的事，更特別的是，我明明什麼話也沒說，但比手畫腳的我、字裡行間的我好像也一分為二，變成了另一個人。

我真的有看懂少明的故事嗎？有沒有可能，從某個段落開始我就離真實的版本越來越遠，到後來我理解的是一個不存在的人？我這幾年來一直在想這件事。可是，假如我們的語言通了，假如我會說普通話，又或者他會說廣東話，難道我就真的能理解他口中的臺灣嗎？街道有多寬？屋簷有多高？人們行走時，彼此相距多遠？你們在街上相遇時會打招呼嗎？除了微笑外，還會揮手嗎？你們對彼此的微笑長什麼樣子？

幾天後，我最期待的行程終於來了，親戚安排了幾個香港歌手跟這些臺灣人碰面，不同於機場那次，這天果然沒讓我失望，我居然見到了這幾年剛竄紅的溫拿五虎。只是這天鼓手陳友、電吉他健仔和另一個低音電吉他手有事不能來，但我還是見到了當時最紅的阿B和阿倫。

那天我們一群人約在一間設備完整的錄音室見面，少明似乎也知道這是個大日子，他主動上前自我介紹，好在阿Ｂ和阿倫的普通話都不錯，他們聽懂了少明的自我介紹，也聽懂了少明的口吃。不同於我的親戚，阿Ｂ和阿倫也是夠意思的人，即使知道以後根本不會同臺演出，他們兩人還是吩咐祕書打開卡拉ＯＫ。

少明理所當然的唱了自己的拿手歌曲，就像他說的：順序很重要，阿Ｂ和阿倫露出了驚訝的表情，不同於我的親戚，他們似乎真的覺得少明是個有趣的傢伙，看到他們的神情，我忽然也覺得，前幾天和少明筆談的我似乎也閃閃發光。

少明唱完了歌，身為樂團主唱的阿Ｂ接過麥克風，終於輪到他唱了。我當時好興奮，但沒想到，阿Ｂ拿著麥克風朝少明點了點頭，示意他也一起合唱。少明臉上的緊張不僅跨越了語言，也跨越了國界。

音樂一下，振奮的鼓聲和俐落的電吉他聲充斥著整間錄音室。我當然認得這首歌，是溫拿樂隊最新的一首英語歌〈4:55〉（Part Of The Game）。

阿Ｂ唱道：

Yes I saw you at the station long distance smiles.

（我在車站看見你，遠遠的帶著笑容）
You were leaving for weekend catching the 4: 55.
（你正準備要去度過週末，搭乘四點五十五分的班車）

少明越聽越覺得耳熟，忽然，一個瞬間，他趕緊拿起麥克風，接著唱道：

愛的時光、愛的回味，愛的往事難以追憶。
風中花蕊，深怕枯萎，我願為你祝福。*1

兩人對望了一眼，都不禁笑了出來。
少明似乎又想到了什麼。此時阿B放下麥克風，示意少明先唱第一段副歌：

時の過ぎゆくままに　この身をまかせ
（任時光消逝，願委身相隨）
男と女が　ただよいながら

（男男女女沉浮於世）*2

少明轉頭看著阿B唱第二段副歌，卻萬萬沒想到居然還有第四個，連我也沒聽過的廣東話版本：

你我他莫付於幻夢，千金一刻不再期待，
你我他雙雙勉勵，肩擔起世上樂與哀。*3

同樣一首歌，居然會有四種不同語言的版本，而且——多年後我重新把這些老歌找了出來——四個版本的主題都是「時間」。唱完了這首歌，阿B放下麥克風，似乎也該離開了。

此時，我們的一個菜鳥經紀人居然從隔壁的音控室跑了過來，他手裡握著一卷錄音帶，驕傲的說他錄下了剛剛那珍貴的一幕，如果不介意的話就給你們帶回臺灣留個紀念吧。我的親戚一時慌了，他本應該先阻止祕書把那幾句話翻譯給臺灣人聽，再跟阿B解釋說他會負責銷毀這卷錄音帶。但少明說的確實沒錯：順序很重要。現在順序反了，說好要給人的錄音帶，再收回去反倒讓阿B成了壞人。

沒想到阿B很快就了解了狀況，這卷錄音帶是肯定得銷毀的，阿B也不找什麼理由，轉身跟少明說，剛剛那個錄音純屬意外，但不要緊，說了要送就肯定會送，但既然要送給你們留念，那我當然得拿出百分之一百二十的實力。阿B伸手拿起麥克風，吆喝著菜鳥經紀人回音控室再錄一遍。

音樂一下，阿B同樣又唱了英語版本的〈4:55〉，還沒唱完兩句就喊停，他說剛剛的感覺不對，要再來一次。阿B重新開始，又喊停，再一次。好不容易輪到少明的段落，沒想到才是災難的開始，阿B一句一句的跟少明對著，一句一句的練習著，到了日語版本甚至連發音和咬字都得矯正。我在旁邊看著，好幾次都以為這首歌終於可以唱完了，但只要一個稍微不完美的細節，一切就得從頭開始。好不容易終於完完整整的唱完了一次，阿B聽著音控室的帶子回播，又覺得有哪裡可以微調，最後，天已經黑了，我們錄了六個完整的版本，終於有一個阿B滿意的、願意給臺灣人帶回去留念的版本。

這次真的讓我印象深刻，同樣一首歌聽了一整個下午，坐車回去的路上，不只是我，連我的親戚都會唱了，我、我的親戚、祕書和經紀人，我們四人在回程的車上也大聲合唱著。

此時的車窗外頭是連綿不斷的翠綠色草原。

老婆阿 Jen 低頭看了一下手錶，忽然打斷了我的故事。她問我餓不餓，我們可以在路上買點吃的當早餐。我放慢了車速，遠遠的，在這遼闊的風景裡有一間超級市場，但紐西蘭的作息很慢，這個時間不知道是否已經開始營業了。我把車停在門口前的停車場，觀察了一下才看到櫃檯站著幾位收銀員。

我自己下車去買早餐，阿 Jen 則留在車上看地圖。紐西蘭的地彷彿不用錢一樣，光一個停車場都能走上兩三分鐘，我轉頭看著那遼闊的山丘和草原，空曠的風帶著青草的氣味，遠處的牛羊低頭吃草，牠們一口一口啃平了山丘的雜草，一顆被剃成三分頭的丘陵起起伏伏。

走進超級市場，我挑了兩份三明治和果汁到櫃檯結帳，店員向我收錢時，特意用放慢的語速唸著金額，並露出一種誇張的和善，好像連笑容都需要翻譯似的。這幾年紐西蘭的香港人越來越多，也許是西方人特別熱情吧，他們總是對我露出特別友善的笑容，對他們自己人反而像沒事一樣的閒聊，就連一些土生土長的華人都經常對當地人自稱

「香蕉Banana」，黃皮白心。

到紐西蘭住兩年了，我仍經常搞不懂什麼是日常，什麼又是正常。有一次我搭公車到隔壁的小鎮辦事，回程時卻不小心迷路了，我走進附近的警察局問路，沒想到警察卻熱情的要我坐上警車，一路把我送到家門口。下車時，我們的鄰居正好在花園澆花，他們一對夫妻看了看我，又看了看逐漸遠去的警車，卻也露出了我看不懂的誇張微笑。

結帳完後，我帶著三明治和果汁回到車上。車門一開，我就聽到了熟悉的音樂，副駕駛座的阿Jen朝我笑了笑，我帶的那卷錄音帶在收音機裡播放著，此時的段落，正好就是少明唱的日語副歌：

時の過ぎゆくままに　この身をまかせ

（任時光消逝，願委身相隨）

這些年，收集這首歌成了我最特別的興趣。一開始，我把新的改編版都集中錄在B面，沒想到光是阿B就唱了英語、廣東話和普通話三個版本，後來容量不夠了，只好錄在A面。我一邊祈禱著這首歌能不超過一卷錄音帶A、B面的長度，但每每聽到新的版本還是會興奮的想把它收藏起來。

我們吃完早餐後就繼續上路了

車上的錄音帶被按下暫停，而我繼續剛才沒說完的故事。

●

幾年後我再次遇見少明，但，先說說那段時間吧。

那段時間，我同樣跟著親戚東奔西走，只許看，不許說，但不同的是我漸漸看得懂了，一些禮尚往來的試探，和一些沒有下文的道別，誰是自己人，而誰又非我族類，看得懂，也就不必說了。

那陣子，溫拿五虎順風順水，出了新歌、拍了廣告，也拍了電影，但溫拿五虎畢竟是五個人，而五個人成名，一翻倍，就成了幾百個人的事。為了成員的個人發展，樂隊只好宣布解散。我什麼也沒開口，親戚就看懂了我的眼神，他把我安排到阿B的團隊當打雜小弟，阿B似乎也很喜歡我……好吧，阿B至少不討厭我，畢竟我只看不說，不惹麻煩，也不擋誰的路。

解散有解散的好，樂隊解散後，阿Ｂ終於可以專心朝他感興趣的影視業發展，當時傳聞臺灣有個江先生，只要一談到電影，他都願意出錢資助。阿Ｂ接到邀約，立刻飛往臺灣，想不到飛機剛飛到一半就遇到了颱風，飛機折返後，隔天再飛一次，晚了一天到臺灣的阿Ｂ終於見到了導演。

導演看了看劇本，又看了看阿Ｂ，趕忙叫造型師把阿Ｂ的獅子頭剃掉。當年溫拿樂隊的造型就是仿披頭四的風格，成員們穿著相同的衣服、留著相同的髮型，也唱著相同的歌曲，那個年代就是這樣，大家都渴望著成功，而成功是可以被複製的。現在阿Ｂ不僅被剃成了三分頭，香港口音也在事後被配音員取代，唱歌的阿Ｂ正式成了演戲的阿Ｂ。

這場戲拍了幾個月，某天，忽然有一個人跑到片場說想見阿Ｂ。阿Ｂ出去一看，沒想到是少明。他不知道從哪裡得知了消息，就跑來片場跟阿Ｂ見面。我的普通話一直很差，這次沒有了我的親戚，根本不知道他們說了些什麼，只知道阿Ｂ起初的表情很微妙，後來倒是輕鬆了不少，兩人愉快了聊了幾句，少明就離開了。

有的戲在白天取景，有的戲在晚上開拍，我身為打雜小弟，片場下戲後就沒我的事了，我們這些香港人都想看看臺灣這個特別的地方，阿Ｂ就更不用說了，他私下見一些人，談一些事，不是我這種小角色可以參與的，但我畢竟是親戚中途安排進來的，這意味著什麼呢？這意味著我沒有其他朋友，人家成群結隊的去逛街，我只能自己找樂子。

我爸當初一知道我要去臺灣，就叮嚀我要多去逛街；學語言最快的方式就是去買東西，店家想賺你的錢，自然願意跟你多說幾句，你用新學到的語言順利買到自己想要的東西，這種踏實感也就潛移默化的鼓勵著你。因此，偶爾有空的時候，我就去逛逛附近的店面，買一些路邊小吃或糕餅。

我嘴裡說著破破爛爛的普通話，夾雜著英語和廣東話，膽子卻越來越大。阿Jen妳想想，這裡沒有人認識妳，如果妳憂鬱，那所有人就只認識憂鬱的妳，而如果妳開朗，那妳彷彿打從娘胎就是一個開朗的人。我想起我的初中同學——阿仁，一張開嘴，人就一分為二。臺灣彷彿出現了一個新的我，一個更開朗、更親切也更懂事的我。

某天，我看到一間賣唱片的小店，就走進去逛逛，看來看去，封面上的歌星我大多都不認識。我走到櫃檯，老闆起初聽到我說廣東話還嚇了一跳，隨後就問：「想找什麼？」這時候就尷尬了，難不成臺灣的我終究只能繼續聽廣東話和英文歌嗎？

這時，我靈機一動，換作是在香港，我絕對不會這樣，但現在的我在臺灣，臺灣的我忽然哼哼唱唱了起來。

老闆聽了一會，忽然展開了笑容，他連忙轉身去架子上翻找，一張不夠，他又跑去另一個架子。最後，老闆抱了四張黑膠唱片回到櫃檯，在我面前攤了開來，我仔細一看，除了尤雅和劉文正外，還有萬沙浪和葉明德。老闆看到我臉上藏不住的興奮，隨即抽出了葉明德的唱片，放進唱片機裡，看著唱片轉動了起來，緩緩降下唱針。這短短的一瞬間好安靜。

一陣悠長的吉他聲。

我明明一點都聽不懂歌詞在唱什麼，但那個熟悉的旋律卻絲毫沒有要慢下來跟我好好解釋的意思，我的意思是……妳懂嗎？他在他的世界裡過得好好的，不因為我的語言，也不因為我來自哪裡，這首歌就像唱給……他們自己人聽的一樣，而那個旋律卻是我所熟悉的。這麼說有點奇怪，但比起唱片行老闆、比起那個實際跟我交流的人，黑膠唱片裡的人，他看不到我的臉、聽不到我的聲音，反而是離我最近的人。

阿 Jen……阿 Jen 妳還好嗎？

妳也知道我們現在就是這樣，紐西蘭也很好啊，妳看看香港，人這麼多、這麼擠，空氣又這麼差，而且，而且香港很快就變了，不管在不在那裡，很快就會變了。妳看，也許再過幾年，我們的那些家人朋友也會來這裡，到時候我們就又能再見面了，又或者……。

好，我不說了，那，我們繼續講故事吧，講我最後一次遇到那個歌手的事……那時候啊，我想想，那時候……。

那時候是我最後一天待在臺灣。電影前一天就殺青了，我們拍完戲，自然也要回去香港了。那天晚上，少明忽然又出現在片場，但這次不是來找阿B，反而是來找我的。還記得當時我的普通話很差嗎？現在也好不到哪裡去，總之，少明一看到我，就開始比手畫腳了起來。大致的意思是，他想約我一起吃個飯，而我也就跟著他走了。

我們後來走到一間小吃攤，當時已經打烊了，我原以為要找別間店吃，沒想到少明直接推門走了進去，原來，他不是「約我吃個飯」，而是「約我去他的店裡吃飯」。我們就在他位於一樓的客廳吃起了晚餐。那是一個簡陋的屋子，矮矮小小的，看起來少明一直都是一個人住，衣服和雜物隨意堆著。

就像當年一樣，少明拿出了紙筆，我們也像當年一樣，在紙上寫了些關鍵字，比手畫腳。我當時第一件事，是問那天來片場跟阿B聊了些什麼？少明回答說，那天他跟阿B說他已經改行、不唱歌了，現在正在經營一間小店，前幾天聽說附近在拍電影，想湊個熱鬧，沒想到居然見到了阿B。少明最後還說，有空的話可以帶他去附近逛逛。我回想當時阿B的表情，起初有點緊張，後來又鬆了一口氣。我應該多少明白阿B起初在擔心什麼。

我客套的問少明，後來呢？你們有去哪裡嗎？沒想到少明居然點頭說：有。

事情就發生在昨天，電影殺青的那個晚上。那晚少明也來過片場，只是剛好沒遇到我。阿B一見到少明，就說要帶他去一個地方，他跟在阿B後頭，鑽大街走小巷，最後來到一間豪宅門口。當時阿B左看看、右看看，確定四周都沒有人後才按下門鈴。遠遠的，門口走出一位老先生，他穿過花園來到鐵門前幫他們開門。老先生領著他們往屋內走，穿過了好幾扇門、走上二樓，最後打開一扇門。

門內是一間寬敞的房間，像包廂一樣，天花板上旋轉著七彩的燈光，四個角落都有一臺高級音響，四面牆還貼上了隔音海綿。在這昏暗又五光十射的房間裡，少明瞇起眼睛，沙發上坐著一個人，仔細一看，居然是鄧麗君……。

我打斷了少明的故事。

不對，這一連串的比手畫腳裡，一定從某個地方就開始跑偏了。我指了指紙上的「鄧麗君」三個字，他也指了指紙上的「鄧麗君」，並篤定的點頭，我皺眉，他微笑；

我攤手聳肩，他更用力的點頭。

我用紙筆問他，阿B跟鄧麗君約會，有你在場，他們不會覺得不自在嗎？少明告訴我，起初他也是這樣想的。

起初他也是這樣想的，而且鄧麗君怎麼會在這呢？阿B當時跟他解釋說，他第一次看到鄧麗君，是幾年前在東南亞演唱時的事了，兩人聽了彼此的歌，都是拍拍胸脯的佩服，後來樂團解散，阿B為了來臺灣發展影視業，和原先的女朋友分手，萬萬沒想到，阿B這部電影的主題曲就是鄧麗君唱的。前幾天，他們打過招呼，聊了幾句，才知道彼此居然是同一年出生的。

少明用動作和表情告訴我，阿B是個很害羞的人，所以才會帶著他。那天晚上，音響是大拇哥、麥克風是大拇哥，卡拉OK當然也是大拇哥。大拇哥的鄧麗君是個很大拇哥的女生，她首先點了一首日文歌〈空港〉。少明聽得陶醉，就跟錄音機裡聽到的一模一樣，不，現場聽更能感受到那個悲哀與柔情。鄧麗君唱完了一遍，第二遍換阿B唱了，沒想到同一首歌，他唱的卻是普通話版的〈情人的關懷〉。

忽然，少明明白了，兩個職業歌星的世界，哪裡有他這種二流歌手的空間。

跟我筆談的少明此時從口袋裡拿出了一張早已寫滿歌名的紙。事情是這樣的：日語的〈あなただけを〉合唱著普通話版的〈流水年華〉；廣東話的〈鴛鴦夢〉與臺語版的〈心憂憂〉；英語的〈Before You Go〉與普通話版的〈再吻我一次〉；臺語的〈雙雁影〉和廣東話版的〈孤雁〉；普通話的〈溫情滿人間〉與日語版的〈悲しい訪問者〉。

他們當然也唱了那首歌，也當然，鄧麗君唱的是日語的〈時の過ぎゆくままに〉，而阿B居然唱了一個少明完全沒聽過的、第五個版本：廣東話的〈一刻千金〉，只是這個版本唱到一半又忽然換了，換成了另一個廣東話版〈時光消逝〉。

事後阿B解釋，〈一刻千金〉的歌詞實在太小指，也就是太俗的意思，但〈時光消逝〉在演奏上又快了四分之一拍，吉他也添加了許多手舞足蹈的裝飾音。當時的阿B轉頭和鄧麗君保證，將來哪天，他自己也來出一個動人的、大拇哥的廣東話版，到時候再來跟鄧麗君的日語版較勁。

妳知道嗎？我當時聽到這個故事，有好幾個瞬間，都以為阿B跟鄧麗君將來一定會墜入愛河、相愛相守。但後來的事妳也知道了……啊算了，不說了，我也不喜歡八卦。

我剛剛是不是有說過「大家都渴望著成功，而成功是可以被複製的」？可是現實是這樣，成功的方法千千萬，但失敗的下場都一樣，沒有人會去關心。現在回頭看，男明星得趁年老色衰前投資餐廳或房地產，女明星也大多都在事業巔峰時嫁給了富商名流並從此引退。

總之，鄧麗君是個不能不唱歌的人，她因為唱歌而結識了許多人，偏偏那些人都希望她放下麥克風，在家當個好女友、好妻子，但，她就是個真心熱愛唱歌的人啊。幾年前，鄧麗君過世後又出現了好多關於她的誹聞，大大小小的明星和富豪都搶著說自己跟鄧麗君談過戀愛。

他們……唉，不說了。

總之，那個最頂尖、最專業也最執著的世界僅稍稍瞥過一眼，少明就徹底死心了。他就是在那天晚上把這卷錄音帶送給我的，我猜他最後的意思是，這卷錄音帶留在他那只能是個遺憾，留在我這個阿B的粉絲手中，能視之為珍寶。

●

車慢慢抵達奧克蘭市區，我們沿路放慢車速，看著附近的門牌，過了幾個彎，終於到了阿仁的家，為什麼我這麼確定呢？因為門口貼了春聯，而且寫的是繁體字，就算不是阿仁家，華人自成一個圈子，對方也一定知道阿仁住在哪裡。

出來迎接我們的果然是阿仁，我們的擁抱不是西方人的擁抱，而是兩個異鄉人的擁抱。他跟我介紹庭院的花卉和自動灑水系統，進屋後，阿仁的兒子朝我們跑了過來，我的老婆阿Jen彎下腰，開心的跟他打招呼，隨後她轉頭看著我，我也瞬間就明白她想說什麼。

我們寒暄了一下，分享這段時間遇到了什麼有趣的事，也分享彼此找到的美食，哪裡的遊樂園別具特色、哪裡的山洞可以看到藍色螢火蟲。終於我們走到了阿仁家的客廳，就跟他在電話裡說的，一整套的高級音響和一整櫃的CD、錄音帶和黑膠唱片。

我像被吸過去一樣，開始尋找幾年前聽聞的那張A.S.A.P.的專輯《LOVERS ONLY》，那是一個由三位美國非裔女性到日本組成的合唱團，據說裡面也有一首〈時の過ぎゆくままに〉的英文改編版。我當時一聽說這件事就深深的著迷，要知道日本的改編不像華人那樣，同樣是亞洲，日本幾乎只會在編曲上做變化，並原封不動的附上原唱的名字，要連同歌詞一起改編是相當少見的事。而且，就像我剛剛說的，A.S.A.P.是由非裔女性組成的團體，這首改編曲的歌詞是否也接續著「時間」的主題，還是她們又衍生出新的版本、新的詮釋？

說英語的她們理解這個日文曲是一首時間之歌嗎？她們會說日語嗎？她們有交到日本朋友嗎？她們……她們在日本快樂嗎？

我雙手顫抖著。

從ＣＤ架上抽出了這張專輯，黑白的封面上是橘色的包裝，背面，橘色包裝上寫著日文的〈時の過ぎゆくままに〉，我失望極了，原來終究只是翻唱而不是改編嗎？我移眼，不對，專輯本身還印了一個全英文版的曲目表，我立刻就看到了第六首歌的歌名：〈AS TIME GOES BY〉。歌名恐怕是取自美國電影《北非諜影》的主題曲。

我連忙叫阿仁打開ＣＤ播放器，放入光碟。音響馬上傳來了音樂，我按著遙控器，跳到第六首，並抽出專輯附的歌詞本。

清脆的爵士鼓聲、電子琴，緊接著才是後面的吉他聲。

我聽了一會，同樣的，這首歌沒有要慢下來等我的意思，我逐句看著歌詞本，這才發現歌詞基本上就是由原曲的〈時の過ぎゆくままに〉翻譯過來的。只是改成了爵士曲風，中間的配樂還有薩克斯風。一旁的阿仁聽了一會，就問，這不是〈讓一切隨風〉嗎？我解釋到，那是阿Ｂ——鍾鎮濤後來改編的廣東話版，撇除這個版本和他在溫拿樂隊裡的英文版〈4:55〉，他後來還出了一個普通話版〈愛得忘了自己〉，目前就我所知的八個版本、四種語言裡，阿B就分別唱了英語、廣東話和普通話三種版本。

但不管怎麼改編，日本最流行的版本依舊是日語的〈時の過ぎゆくままに〉、香港是廣東話的〈讓一切隨風〉，而臺灣則是普通話的〈愛你一萬年〉。原本關於這首歌的一切都會在阿B那邊結束，但幾年前，臺灣的一部電影《只要為你活一天》裡，吳俊霖和陳昇又重新翻唱了〈愛你一萬年〉，有趣的是，這次火紅的、大家都想複製的成功反而是「愛你一萬年」這句話，王家衛的《重慶森林》裡說「愛你一萬年」，劉鎮偉的《西遊記大結局之仙履奇緣》裡也說「愛你一萬年」。

正當我和阿仁解釋我這幾年來蒐集的資料時，剛剛深藏在心裡的一個疑問漸漸浮了上來：A.S.A.P. 取電影《北非諜影》的主題曲〈AS TIME GOES BY〉真的只是巧合嗎？還是〈時の過ぎゆくままに〉作詞的阿久悠也是取〈AS TIME GOES BY〉歌詞中的意象重新填詞？

我忽然想起那位歌手——少明的故事，那天晚上他說的都是真的嗎？他真的親眼目睹了阿B和鄧麗君的合唱嗎？還是這僅僅只是我當時獨自在臺灣，感到特別寂寞和孤獨時，渴望聽到、進而改編而成的故事？歌詞唱著消逝的時光、唱著錯過的愛戀、唱著只能慢慢淡忘的一切，也唱著今生今世愛你一萬年。

我放下歌詞本，轉頭望向阿仁家的窗外，紐西蘭的一切都廣大而遼闊。

看著奧克蘭林立的大樓和街道，忽然有種回到香港的感覺，當然，這兩個地方的街景差太多了，我揉揉眼睛，果然順序很重要，原先看似熟悉的地方慢慢變得陌生，發覺這一切都只是幻覺後，我感覺紐西蘭的自己好像也跟著一起消失了。

注釋：

1尤雅〈愛你一萬年〉（一九七六）。

2沢田研二〈時の過ぎゆくままに〉（一九七五）。

3方伊琪〈時光消逝〉（一九七六）。

殭屍先生

1

如果有人問我，什麼時候的香港還是香港？我會說那大概是我初中以前，什麼事都還不懂的時候，那時的香港才是香港。而若要再細問我初中以前的香港是什麼模樣，如果我們時間充裕，我可以從我媽或者我的外公外婆開始說起；但如果我們時間有限，那我至少有兩件事得說，一件比較長，一件比較短；第一件事是「殭屍」，第二件事是「地球儀」。

小學二年級的時候，我第一次看了《殭屍先生》。

我以前下課都要跑補習班，晚上回家後只能看三十分鐘的《福星大嘴鳥》，那天小晴的弟弟剛在上海出生，趁著家裡沒人，她就邀我到她那位於九龍城的家作客，一聽到小晴說我們可以看一整個下午的電視，放學後我就頭也不回的跟著她走。

小晴的家比我想的還要寬敞，不僅門口有擋煞的屏風、浴室能做乾溼分離，我們躺在沙發時還能看著四十二吋的液晶電視（雖然我當時根本不知道電視的尺寸是怎麼算的）。小晴打開電視旁的小櫃子，裡頭全是一卷卷的錄影帶，她當時放進錄影機的，就是《殭屍先生》。

我一直記得電影裡的一句話：「人變做壞人是因為不爭氣，屍變成殭屍是因為他多了一口氣。」生前留著一口氣嚥不下去的殭屍，會循著你的鼻息找到你。看到許冠英緊張的捏著鼻子不被殭屍發現時，電視前的我也跟著小晴一起憋住呼吸，就怕吐出了一口氣，電視裡的殭屍就會回頭看著電視機外的我們。

看了《殭屍先生》後，我整整一個星期都睡不好。每晚關燈後，我媽總是很快就入睡了，整個房間裡都是她的打呼聲，這時，我會豎起耳朵，除了打呼聲外還有窗外的車流聲，隔壁的鄰居偶爾會吵架，樓上的鄰居則不時會來回走動。我會一一的確認這些聲音，就怕門外忽然傳來一陣、一陣的跳躍聲，屆時門把會被慢慢的轉開，而我必須在祂抓到我之前屏住呼吸。

我直到大學畢業都仍不敢看殭屍電影，尤其是林正英主演的八〇年代殭屍片。每次我跟新認識的朋友提到我害怕殭屍的事，都會被問到一系列的殭屍電影：《生化危機》、《二十八日後》、《活死人凶間》或《魔間傳奇》。但當我解釋我怕的是中國殭屍時，他們的表情總是千篇一律，就是一臉疑惑。

西方的殭屍頂多是一具活著的屍體，屍體不能活著，人也不能死，所以劇情只有殺光殭屍或被殭屍殺光。但中國殭屍就不一樣了，香港電影裡的殭屍大多都是被人養著的，祂們穿著整齊的官服，伸直的手臂前端是鋒利的指甲，並一步步的往前跳躍。就算是十幾個成年人也打不過一隻沒有感覺也沒有意識的中國殭屍，祂們乾扁又僵硬的身體甚至刀槍不入。

所以，如果你在深夜裡，獨自看書或上洗手間時遇到了西方殭屍，那通常算是大自然的偶遇，就像羚羊遇到老虎、野狗遇到野貓或我在街上遇到周潤發一樣，純屬偶然。但如果你遇到了中國殭屍，那祂不只是單純的遇到你，在你看不到的地方八成還躲著一個操控祂的道士，他知道你住哪裡、幾點回家、幾點睡覺，就算你逃過了一劫，明天、下個星期、下個月也遲早會再找上你，你在臨死之前甚至不知道自己做錯了什麼、得罪了誰。

我後來在臺灣的室友們聽完我的分析後，都會說：「說得好像妳曾經見過。」

對，我親眼見過殭屍。

後來我又去了幾次小晴的家，每次電梯門一打開，我總會先看到小晴的鄰居家門口貼了一張黃符紙。印象中那個單位裡從來沒有任何聲音，也沒有人出入的跡象，這麼大的房間怎麼可能沒人住呢？小二的我當時給自己的答案是：裡頭一定也封印了什麼。

終於，我在某次離開小晴家的時候獨自站在那個鄰居的門口，抬頭盯著那張滿是灰塵的黃符紙，它僅有頂端貼在門上，整張符紙偶爾隨風晃動著，像一直在等誰把它撕下來。我好奇眼前的這張符紙是不是像電影裡的那樣，輕輕一拉就能撕下，我更好奇的是，那本該貼在殭屍額頭上的符紙現在被貼在這扇門上面，如果我撕下來了，是不是整棟大樓都會活過來。

當我決心要撕下那張符紙時，才發現它貼得太高了，我舉起手，可以，這個高度我碰得到。我用力一跳，兩指緊緊捏住符紙的下緣。砰！落地前我往前一跌，用來支撐的左手就撞上了鐵門。

忽然，裡頭傳來了走動的聲響。我瞪大眼睛，聽著聲音越來越近。

喀喀！內門被緩緩的拉開。一個面容憔悴、雙眼浮腫的殭屍隔著鐵門的欄杆往外張望。祂看著我，雙眼緊緊的盯著。我趕緊捏住鼻子，不敢吐出一口氣。我們就這樣對視了好久，屏住呼吸的我緊張到能聽見自己的心跳，祂的視線依舊沒有轉開。若我現在慢慢的移開，會被祂聽到嗎？我漸漸把身子往下蹲，胸口卡著一口氣。

再一下下就好，再一下下就過了。

終於，那個殭屍把眼神移開，搜尋了一下走廊外頭後，就把頭縮回了屋內。喀喀！內門就被闔上了。我深吸了一口氣，開始喘了起來，然後頭也不回的跑進電梯。

第一件事說完了，我們接著來說第二件事吧。第二件事不僅很短、很小，也很微不足道：

在我還很小很小的時候，我媽一直想買一顆地球儀給我，之所以說「一直」，是因為她真的找了很久。我媽說，她要找的是一顆詳細且堅固的地球儀，市面上多的是那種充氣的塑膠玩具，那一定會讓我以為這個世界是可以被一隻手指壓扁的。

我媽後來真的找到了一顆令她滿意的地球儀，它不只作工精細、材質堅固，「Hong Kong」跟「China」也用一樣大的字體，甚至可以插上插頭當小夜燈使用。但我收到這顆地球儀時已經上小學了，事實上根本不用等我拿到地球儀，早在她第一次跟我解釋後我就已經知道了，「這個世界其實是很堅固的」。

許多年後，在臺灣生活的我偶爾會想起這段微不足道且意義不明的記憶，似乎在我媽的眼裡，曾經一顆地球儀的材質就能改變我對這個世界的看法。

2

我讀大學的時候，香港爆發了有史以來最大的抗爭，當時不停有傳言說警方已經發射橡膠子彈，甚至有人說他親眼看到中國的解放軍穿越隧道。

我媽說話刻薄，指著我床頭旁的那顆地球儀，預言這兩年香港又會再有一波移民潮。刻薄是刻薄，人畢竟是老了，這些年或許移民的人多了一些，但年輕就是有本錢，同期的朋友們出國大多是留學，過不好的就回來，住習慣了就考慮買房。像小晴，她中學畢業後就到臺灣讀書，原本可以去英國、去加拿大或荷蘭，她偏偏想去電視裡的臺灣。

我大學後去服飾店打工，賺錢補貼學費，只有暑假和農曆新年有機會見到小晴。她其實把話說反了，有本錢的那才叫年輕，只要開始工作，就會發現薪水是死的，房子是活的，用不上我媽的刻薄，更用不上那顆地球儀，我就能預言自己會在怎樣的租屋裡被老死、消化掉。

抗爭期間，小晴不停從臺灣打電話給我，問我現在在哪？有沒有受傷？她肯定也看到了網路上不斷流出的影片。催淚彈炸開的地方群眾四散，沒多久又再次被人潮淹沒，中環不斷彌漫著如霧一般的催淚彈。

後來警察清場了，九九八十一天，像煉了塊廢鐵，趁火還燃著，大家都想拿這塊鐵做點什麼，但傳來傳去，就不見了。隔年六月，我存了點錢，趁著畢業找工作的空檔到臺灣找小晴，沒想到碰面時還多了幾個她在臺灣的朋友。他們問我香港的警察、香港的食物、香港的黑社會也問我香港的電影。

小晴的臺灣朋友們說，他們在認識小晴前也曾經被抓進了警察局，但不是因為參與學運；他們在一個基金會工作時，開著租來的卡車，夜裡摸黑去基金會偷鳳梨。

我當時跟他們說，抗爭沒有「結束」的一天，只要被查了名、認了臉，隨時都能上門拘捕，就算沒有起訴，他們一張紙、一枝筆，就能消磨你好幾個月。

我意識到自己又把話題搞得太嚴肅了，這個年頭若有人問你香港的事，就遲早會嚴肅。為了緩和氣氛，我搬出了我珍藏的故事：你們有看過《殭屍先生》嗎？我小時候真的親眼見過殭屍……。

故事說到一半，小晴狐疑的看著我，沒想到這麼多年來，這是她第一次聽我說這個故事。

她說，我當年見到的「殭屍」沒意外的話應該是她的叔叔。《中英聯合聲明》時小晴的叔叔堅持留在香港，天安門事件時也沒走，但一九九七年，郭富城唱著：「覺悟吧，慶幸吧，不必等最好／結伴吧，決裂吧，於有效期限／暢聚吧，快活吧，不必等結疤／告別吧，再會吧，聲線未變差。」小晴的叔叔最後還是趕在香港移交政權的前夕辦好了手續，跟剛結婚的老婆移民到紐西蘭。

九龍城房價越炒越高，這間房卻遲遲租不出去，後來找了人看風水，才在門口貼了張黃符紙鎮宅。小晴本以為叔叔一家人會從此消失在她的生活中，沒想到他們在紐西蘭才待不到五年，就因為住不習慣又移民回來。我當時看到的肯定就是她那比殭屍還要憔悴的叔叔。

小晴的這個解釋沒有減少我從小對殭屍的恐懼，卻讓我記憶裡的殭屍變得更踏實一點。中學時常去的茶餐廳、快餐店和服飾店都不在了，現在不是給中國人買珠寶就是開連鎖店。這幾年常聽朋友開玩笑，說談戀愛最好去立法會或政府總部，以後不管失戀、復合或結婚，只有那裡會是一樣的景色。

沒想到這麼多年，殭屍還在，那他是不是個人，好像都無所謂了。

3

幾年後某個週末的晚上，剛決定從行銷公司離職的小晴跟我一起搭車去遊行。出了車站，人擠又吵，跟我碰面的大學同學幾週前被警棍打碎了門牙，我跟小晴花了很多時間才聽懂他說的話；遊行一開始，灣仔和金鐘就佔滿人潮，人們接著前往中環和立法會，水砲車第一次射出藍色水柱。

大學同學要我們掉頭回尖沙咀；警察用水柱標記人，接下來就會有更多警察。我跟小晴本來想停留一下，但不遠處的防線前端已經燃起了幾層樓高的火焰，我們最後仍決定離開港島。

小晴本來要在太子轉車，為了陪我走一段，就提早下車。在港鐵上，她忽然說起在臺灣的日子，說起最近看的電影、買的衣服，直到要出站時，我才知道其實說什麼都好，她只是不知道該如何說起現在。

我們一出站就感覺好像有哪裡不對勁，那不是人來人往的節奏，也不是人群交錯與擦肩的味道，遠處……有人在尖叫。我們轉頭，幾名全副武裝的鎮暴警察朝我們跑來，高大的黑影們全力伸展著他們細長的手腳，筆直朝我們衝來。

我忽然才注意到，車站出口只剩我和小晴了。遙遠的後方有人朝我們大喊，聲音起起落落，不停迴盪著。

我牽著小晴的手，轉身要跑，卻拉不動她，只感到一陣顫抖……小晴尖叫。

我一咬牙，深吸了一口氣，用力往前狠狠撞去。

警棍掃過我的背，而我再往前一蹬。

身後忽然趕來一群示威者，他們一起朝我面前的警察撞去，混亂裡，警察鬆開手，我趕緊把小晴拉開，回頭就往街上狂奔。

過程裡，小晴跌倒幾次，隨後又忍著破皮的膝蓋和手掌繼續奔跑。我注意到她的手臂和背部溼了一片，跑過了好幾條街，直到路人看我們的眼神裡只有好奇時，我們才轉進商場的洗手間，處理小晴身上的胡椒噴霧。

商場的洗手間裡全是小晴的喘氣聲。我從包包翻出一瓶烏龍茶幫她沖洗手臂，過程中也沾到我的手上，一股灼熱如火燒的刺痛布滿了手指和手掌。一旁的垃圾桶裡有被丟棄的衣服和裝備，再不快一點，又會再被警察找到。我跟小晴說回家後先不要洗澡，不融於水的化學物質會讓其他部位跟著水沖過的地方擴散。我們各自從包包翻出衣服，把身上的黑衣換掉。

衣服換到一半，小晴就問我剛剛被打到的那一棍有沒有怎麼樣。我說沒事，也許是太突然、距離太近，那一棍很輕。但小晴堅持她聽到了一聲很沉、很悶的巨響。

我把背後的衣服掀給她看，她就把我從隔間裡拉出來，要我側身照鏡子。她這麼一說，我就感到腰部左上方的位置開始出現一陣大面積的痠痛。

我說鏡子裡依舊看不清楚。

小晴說那個紅幾乎只隔著薄薄一層皮就要滲出血了。

我們繼續往九龍城的方向加快腳步，沿途明明沒有遇上催淚彈，小晴卻開始哭了，問她什麼也不回，我只好循著記憶領著她回家。她在電梯裡不斷翻找著包包，但始終找不到鑰匙。我按了門鈴，她才說她的父母都還在國外工作。

此時快十一點了，就算小晴來我家過夜，我們身上刺鼻的胡椒噴霧也有可能在路上被盤查。其他朋友也住得很遠，就算是住旅館，我們身上也沒多少錢。

我還來不及反應，小晴就按下了隔壁鄰居的門鈴……。

喀喀！內門從裡頭拉開，小晴的殭屍叔叔隔著鐵門的欄杆探出一顆頭。我還來不及跟他說我們從哪裡過來，他就已經轉開門鎖讓我們進門。殭屍叔叔的額頭上沒有符咒，但我很確定他就是我小時候見到的殭屍，這些年他一點也沒有變，就像他已經被風乾成他最老的模樣。

客廳只留了一盞燈和電視裡不斷輪換的各色光線，小晴的嬸嬸正穿著睡衣坐在沙發上，一看到小晴就跳了起來，急忙問我們有沒有受傷？地鐵裡有多少人逃出來？話才問到一半，她就伸手把電視新聞的畫面關掉，那些尖叫和哭喊的聲音瞬間就消失了。

小晴的嬸嬸側頭聽著手機裡的撥號聲，但小晴的父母始終沒有接電話。我看著這一幕，不知道該說些什麼，倒是殭屍叔叔先開口了。

「妳要唔要先去紐西蘭避吓？」他接著說：「妳可以順便去搵你細佬。」

小晴依然沉默不語。

殭屍叔叔的語氣很平淡，他更正道：「去臺灣先，再去紐西蘭。」

看著仍無法思考的小晴，我忽然想問他這一避要避多久？誰不希望明天或者現在就結束抗爭，自己過自己的日子？但他們記下了你的臉、你的身分和地址，他們要你將來過他們的日子，這恐怕是最後一次的抗爭了。

我知道不該把氣出在殭屍叔叔身上，所以我漫不經心的問他紐西蘭有什麼。

他說，那裡的人很友善，街道很寬敞、房子很矮，如果你去買東西，大家都會對你微笑，你若遇到了壞人，多半是因為你是亞洲人，你若遇到了好人，也多半是因為你是亞洲人，而你之所以會想認識好人或壞人，是因為你想忘記自己是個亞洲人。

殭屍叔叔說完話後，房裡忽然一陣安靜，我好像又聽到街上的聲音。

4

幾個星期後，正式離職的小晴馬上就飛到臺灣見她的大學同學，待不到幾個星期就又飛到紐西蘭見她的弟弟。殭屍叔叔當年在紐西蘭買的房子還在，當初買在度假區，現在每年旺季還能租給旅客，一得知小晴要去紐西蘭，殭屍叔叔二話不說就把鑰匙給她，交換條件是她要幫忙檢查一下屋況，並幫他去儲藏室找一卷錄音帶。

她在電話裡跟我說，她有一個朋友失戀了，那個傢伙居然要他女朋友等他三週，結果就失戀了。我在電話裡笑說三週太久了啦，十天就是極限了。沒幾天，小晴又說她的另外一個朋友也失戀了。我問她，到底是臺灣人都在談戀愛，還是臺灣人都不會談戀愛？電話的最後，她問我還會留在香港嗎？我說會啊。但我沒接著說理由，她也沒追問，電話裡就都是紐西蘭的風聲。她說她回國後就真的要移民了。

疫情期間，我爸趕在中國封關前從上海搭飛機回香港，過海關時忽然被公安攔下來，我爸被帶到隔壁的小房間，他呆呆的坐在椅子上，還以為自己這幾天遇到了感染者，或包包裡的哪本書這幾天剛好被查禁。

他們要我爸交出手機，並同意解鎖。隨後，公安走到一臺筆電大小的黑色機器前，把USB線接上了手機。整個房間沉默了好久，我爸坐直身體，沒有手機可以滑的焦慮更加漫長，唯一可以做的，就是細數自己曾和誰說過什麼。

「去年十月一号，你人在哪？」

「上海長寧。」

「九月二八、二九呢？」

「一樣。」

「一样是哪里？」

「……上海，上海長寧。」

公安低頭看著黑色機器上頭的螢幕，按幾個鍵，接著拔掉手機上的USB線，把手機還給我爸。我爸接過手機，一時也不敢打開，收進口袋像藏著第二顆腦袋。最後公安放我爸離開房間，臨走之前，公安忽然又開口。

「一四年的事，您还记得吧。」

「記得。」

我爸離開房間時站得直挺挺的，後來他搭上飛機、抵達香港，下了飛機後他踩上了香港的土地，依舊站得筆直。

我爸在餐桌前跟我說了這些，怕我聽不懂，吃完飯後他拿一張影印紙攤放在桌上，戴起老花眼鏡，寫下幾個字：英國、加拿大、美國、日本、紐西蘭、澳洲和臺灣。

我爸寫到一半忽然停筆，問家裡是不是有顆地球儀？我說有，但那顆地球儀已經不準確了，上頭的「Hong Kong」跟「China」還是一樣大的字體。我爸像第一次聽說這件事，要我趕快把它找出來。但其實根本不用找，它一直都在我的床頭旁，每次農曆新年都還會拿出來擦一下灰塵。

我一把地球儀搬到桌上，他馬上伸手去轉動它，並停在亞洲的位置。他把老花眼鏡移到額頭上，一張臉差點要貼上去。他瞇起眼，食指指著香港，又往上指著中國。他眉毛一皺，那是我好陌生的表情，我聽見他似乎在低聲說些什麼。

……那時你剛出生不久。

好像他能從那一九九七年的上空看到我剛出生時的模樣。

我媽感到很欣慰，又說了一次當初她花了多少時間才找到這顆地球儀，還說，多虧了這顆地球儀，我才不會誤以為這個世界只是一個充氣玩具。我爸來回轉動這顆地球儀，又在紙上寫下：新加坡、葡萄牙、厄瓜多爾和希臘。

看著紙上寫著的這十一個國家，我卻想起殭屍叔叔與他的亞洲臉孔。

「妳係咪有朋友要移民臺灣？」我媽忽然問我。

我說小晴能移民是因為她有臺灣學歷，但這不是我媽的重點，她要我現在也去考個研究所，去臺灣念書。

我說我都畢業多久了，哪有可能再去念書。

我媽忽然沉默，我以為對話已經結束了，正當我要轉身回房間時，她忽然開口。她說書是活人在讀的，死了也還有五分之一的機率投胎到中國去。

我轉頭看著爸媽。想跟他們說，我已經不是小孩子了，我其實也很堅固。但我知道這不是真的，確實一隻手指就可以壓扁這個世界。

5

武漢肺炎後，街頭上遊行的人漸漸少了，政府看準了時機，遲遲不打算封關。以前警方難以舉證成群的示威者，但現在，只要疫情一天沒有好轉，警察就能以疫情為由拘捕他們認定為集會的人。街頭的人一少，中國又重新以基本法訂立《國安法》，可以為所欲為的第一件事，就是拿著過去一年以來的登記名單上門拘捕。

再後來，政府開始推動肺炎普篩，在準確率的爭議下或許無法篩檢出病患，卻可以配合中國的基因檢測公司建立完整的數據庫。以前，政府知道你住哪、幾點回家、幾點就寢，現在他們可以知道你會不會打呼、對什麼過敏、代謝率如何，甚至你容不容易分心……。

「詠歆，妳明天有班嗎？」

「啊？」我呆呆的望著小晴，幹麼用普通話喊我的名字？我楞了一下，環顧四周，昏黃的燈光照在客廳的桌椅上，小晴的三個臺灣朋友看著我，電視裡的新聞主播說話也有臺灣口音。

我想起如今的我早已經到臺灣念書了，我和小晴一起在臺北合租了一間寬敞的公寓，而她的朋友們剛好來作客。

小晴問我明天餐廳那邊有沒有排班，她常去的咖啡廳明天有一場電影會，要播一部很老的殭屍片，西洋的那種……。話說到一半，她肯定想起小時候的事，自顧自的笑。

我考上研究所後就來到臺灣讀傳播，不同於小晴，有臺灣學歷的她只要回港工作兩年就可以申請移民，我在臺灣讀完研究所後還得再辦一堆手續，待滿五年後才能申請移民。到時候我少說已經……三十四歲了。小晴叫我不用急著畢業，按自己的步調念書就好了，反正我們還有ＢＮＯ*[1]，說不準這兩三年又會有什麼變化，我還有兩到三年的時間可以慢慢考慮。

我到臺灣後買過最貴的東西是電單車，最便宜的則是香菸，臺灣的菸價只有香港的一半，有的甚至只要三分之一。我現在在臺灣，站著的時候抽菸，坐著的時候騎車，躺著的時候偶爾發呆，又或者閉上眼睛，想像自己仍在小二的那個下午到小晴家看電視。

許多年後的今天，我仍不時會和臺灣的朋友說起香港的事，為了說得流暢，我腦裡的簡史被翻譯成普通話。但資料越複雜，就越是容易在某個事件裡停頓下來，我一停頓，就什麼也不想再提了。

我在臺灣學會了騎車，其實不怎麼難，就只是一臺吃汽油的腳踏車，身子一斜就過了一個彎，油門放開就慢慢滑行。

昨天，我打視訊電話回家，跟爸媽聊了幾句就想起了我房間的那顆地球儀。我本來想要他們幫我把它寄來臺灣，但話還沒說出口，就忽然想到我爸那天的表情，也許繼續留在家裡比較好吧。每跟他們通視訊電話時，我都會努力的去想自己當初有沒有漏帶什麼東西，卻都往往想到自己離家的那天。

離家的那天，我已經扛著行李箱準備出門前往機場，我媽忽然要我去神壇跟爺爺奶奶和外公外婆說幾句話，我接過香，一時也不知道該跟祂們說什麼。Hi，yo，發生咗啲嘢，我要離開香港啦，會喫啦，會返嚟啦，你哋會保佑我喫嘛，記得保佑我啊。

我把香插進香爐裡，本想就這樣轉身跟爸媽一起去機場，待會到了機場再哭也不遲，但我忽然聞到了一股香的味道。

離家前，我深吸一口氣，記得這個味道，是壁癌的霉味嗎？廚房的油煙、房裡的塵蟎，除此之外一定還有什麼我漏掉的味道，那是只有家才有的味道，我想記得這個味道，但味道總是最難憑空回憶起來的，我又深吸了幾口氣，憋住，眼淚卻掉了出來。

隔天看完電影後，小晴說她要去一個朋友家喝酒，順便過夜，我就自己從林口騎車回家。

才剛過晚上十點，路上就已經沒什麼車了，此時忽然起了大霧，我只好放慢車速。霧茫茫的路上，我隱隱看到前方的紅光，不遠處有警察朝我揮著指揮棒。我緩緩的鬆開油門，在路旁停車。

「臨檢喔，」第一個警察接著問：「有帶身分證嗎？」

「我超速了嗎？」

「沒有啦，就例行性的酒測，」另一個警察一定聽出了我的口音，改口問我：「有帶居留證嗎？」

我從包包裡翻出了居留證，警察接了過去後稍微翻了一下。

「來臺灣念書啊？」

「對啊。」我吞了一口口水，喉嚨好乾。

「也對啦，臺灣現在比較安全，」他接著又說：「哇，最近越來越多人移民來臺灣了。」

「也不一定會移民啦，還在考慮。」

「畢竟是人生大事嘛。」他隨後拿出了酒測器：「來喔，朝這裡吹氣。」

我聽見自己口中的氣在林口的霧裡、在空曠的街上、在警察的吹嘴中緩緩的吐出。嘶……像漏氣的玩具。

我忽然想起當年在街上，我究竟哪來的勇氣衝向警察，並拉走小晴。當時閃過我腦裡的念頭是，只要緊緊憋住一口氣，我就不會受傷，不知道為什麼，我就覺得我一定不會有事，就算斷了一隻手，我也還有另一隻，就算眼睛被打瞎或斷了幾根骨頭，只要抓著這口氣不放，不會死的我一定就能把小晴帶回來。

我明明從來沒打過架，卻在那個瞬間冒出了這些想法，就像心裡的某張符紙終於被自己撕了下來。我在騎車下山的路上忽然想起了這些事，深吸了一口氣，憋住，感覺自己似乎又更堅固了一點。

注釋：

1英國國民（海外）護照（British National (Overseas) passport）。

英雄該到哪裡去？

你曾經有一個信仰，那是你在大一時從一塊蛋糕上得到的啟示。

事情是這樣的，剛上大學的第一個月，你去快要收攤的夜市買了一塊手掌大小的芋頭蛋糕，只要十五塊，你覺得自己賺到了。隨後你非常興奮的把蛋糕帶去寢室跟室友分享，很快的，這塊蛋糕又傳到了隔壁跟隔壁的隔壁寢室，一個寢室四個人，三個寢室十二個人，大家達成的共識是：這塊蛋糕真他媽難吃。

室友一說它上層的果凍有一股輪胎味、室友二說它嚼起來就像培樂多黏土、室友三直接說它的味道就跟馬尿一樣。沒想到一塊蛋糕可以有這麼多品嘗的方式，這給了你一個啟示：只有吃過難吃的蛋糕，才能感受一個蛋糕的好。

許多年後，獨自走出電影院的你不知道為什麼忽然想起了這件事。那是個晴朗的一天，你喜歡的女生跟你說她交男朋友了，原本要約她看的電影只好自己獨自去看。走出電影院的時候剛好是中午，看到這他媽晴朗的天氣，你才明白你跟這個對象的不同。你說自己喜歡看電影，那代表你真的很喜歡看電影；你說你喜歡這個對象，代表你真的很喜歡這個對象，但當這個對象跟你說她喜歡了某個男生時，卻代表：你他媽的離我遠一點。

然後不知道為什麼，你開始細數自己喜歡過的人，包含幼稚園同學、安親班代課老師和國中的管樂團學姊，整整十二個，對於一個少有交往經驗的男生而言，這個數字不多也不少，沒什麼好驚訝的，但你驚訝的是這個數字十二不多也不少，剛好是當年一起吃蛋糕時的人數。

這是個巧合嗎？你這時心想：這是個有意義的巧合嗎？

你失戀了十二次，想必已經很老了吧？正好相反，你今年二十五歲，還年輕，但你已經覺得自己老了，失戀了十二次，誰都會覺得自己老了。這種老不是肉體上的老，而是精神上的老；肉體上的老，會讓你覺得自己漸漸步入死亡，但精神上的老，會讓你疑惑自己怎麼還沒死。

還沒死，有還沒死的活法，還沒死的活法就是：

A忘記自己已經死了

忘記自己已經死了的你還在尋找下一個活法，你認識了第十三和第十四個對象，然後在認識第十五個對象之前，選擇一扇好看的窗子跳下，或者開始絕食，直到所有的器官漸漸壞死。

B忘記自己曾經活過

忘記自己曾經活過的你不承認自己喜歡過任何人，你說一切都是玩笑，然後把第十三個對象當作是自己人生的初戀，後來沒了初戀，你就把工作當成初戀，你開始說自己喜歡工作、說自己熱愛工作。每天充滿正能量的你在某個深夜選了一種好看的方法把自己弄死。

C假裝自己已經死了

假裝自己已經死了的你選擇流連在交友軟體上，跟不認識的人做愛、跟不認識的人告別，你不認識任何人，也不認識你自己，許多年後的某一天你死於愛滋，或某個床伴的男友手下。

D假裝自己曾經活過

假裝自己曾經活過的你開始虛構一段完美卻短暫的愛情，你開始跟朋友說，你曾經認識一個完美的對象，然後像所有的愛情故事一樣，沒有任何理由就分手了。起初，你對這個天衣無縫的故事感到很滿意，後來，連你自己也以為這個故事是真的，之後你開始發瘋，或者說你以為自己發瘋了，最後才知道原來只是寂寞。

這晚，你用一根菸和一支啤酒的時間明白了自己正在人生的十字路口。你不想忘記、也不想假裝，所以你打電話給第十二個，也是最後一個對象，再說一次你愛她。電話一接通，你還來不及說任何話，對方就先開口了。她說她喜歡的這個男生F，是ABCDE的下一個字母，她不能認識Z，認識Z的話她就死了，徹徹底底的死了，所以她選擇了F。F只能是那個男生，而不是你。

已經死了A、B、C、D四次的你以為會有選項E，沒想到選項E卻排在F後面，選項E什麼也不是。所以你掛掉了電話，又抽了一根菸、又喝了一支酒。你向來擅長抽離情緒，一根菸、一支酒後，你忽然想像自己正在觀看自己，如果自己只是一個小說人物，那此刻就該是故事出現轉捩點的時候了，你後來找到屬於自己的愛情了嗎？你後來有好好生活嗎？你後來找到人生的意義了嗎？

但你隨即又告訴自己：人會喜歡聽故事，是因為故事有結局，而且故事有意義。

而你畢竟是現實裡的人，如果你真的是現實裡的人，那你的故事既沒有結局，也沒有意義。這只是你人生裡一次比較深刻的傷心，現實裡的傷心就只是傷心，現實裡的傷心是沒有任何意義或啟示的。

隔天早上是星期一，你回到辦公室上班，在敲了兩分鐘的鍵盤後，你確信自己仍然活著，又或者說，你確信自己打死也不會把這他媽該死的工作當成自己的初戀，更不可能跟主管以外的任何人說自己熱愛工作。下班後，你跟大學同學約在車站附近的餐廳吃飯，打從你們在社會新鮮人時期發現彼此都在同一個城市工作後，每週都有一兩次的飯局。

辛曉琪說過，「想念」是外套、襪子和你身上的味道。為了不去想念，也為了去除這些味道，你們約在一間燒肉店碰面。此時，你靜靜的坐在大學同學對面，看著眼前滋滋作響的肉片，你並沒有跟朋友虛構一段愛情故事，你只說：「我失戀了，不，其實我們連交往都沒有。」

「你昨天在電話裡說過了。」

「我昨天有打給你？」

「你昨天打了五通電話給我，」大學同學說：「你當時說『欸，我失戀了，不，其實我們連交往都沒有。』」

「我沒有騙你說我跟女朋友分手了？」

「啊？沒有啊，所以你跟女朋友分手了？」

「不，其實我們連交往都沒有。」

你吃了一口剛烤好的肉片，你嘴裡的肉越嚼越香，越嚼，越感覺自己仍然活著，最後你喃喃自語道：「誰他媽的要絕食啊？」

此時餐桌上的手機忽然傳來震動聲，你低頭一看，原來是交友軟體傳來的配對通知，你愣了一會，發現今天的一切都是個巧合，而且是個有意義的巧合，你的手指壓在手機螢幕上，交友軟體就這麼被刪除了。

「想念」不只是外套、襪子和你身上的味道，「想念」也是手指淡淡菸草的味道。當你吃飽喝足，全身都充滿著難忘的烤肉味時，你和大學同學一起在店門口抽菸，這一口菸本該喚醒你昨晚的悲傷，但你像事先知道這件事一樣，你用力的、深深的吸了這口菸，這深深的一陣「想念」跨過了昨天、上個月、上一年，不僅跨過了許多年前買的那塊蛋糕，甚至跨過了整個高中生涯。

你今年二十五歲，在你第十二次失戀的隔天，在你死了四次又活了四次的晚上，在你嘴裡這一口菸的當下，你忽然想起國中運動會時，教學大樓裡遙遠的小喇叭聲。

●

國小升國中的那個暑假，你們全家人一起搬到郊區的小鎮，這件事你提早一年就知道了，因此你在國小的畢業典禮上哭得特別大聲，學校合作社一本兩百元的畢業手冊裡也集齊了班上所有同學的生日、興趣、綽號、理想和電話號碼。搬家後，你有了新的房間，父母甚至給你買了一臺新的腳踏車，但你哪裡也不認識、哪裡也不想去，你整天翻著那本畢業手冊，心想國中基測時，你一定要考上以前那個小鎮附近的高中，這樣你就又能再見到以前的同學了。

父母看你整天悶悶不樂的，就把你拉上車，去參加學校暑期的管樂隊招生，你當時想，隨便學什麼樂器都好，長笛、豎笛、爵士鼓，可以的話薩克斯風更好，不，可以的話，你想親口聽到老師說：你就學薩克斯風吧，你最適合薩克斯風了。

「小喇叭吧。」老師給了你一張名片，告訴你這間樂器行是他徒弟開的，可以打折。

「我不要！我才不要吹喇叭！」

「吹喇叭有什麼不好？」

「……薩克斯風也可以啊，我想學薩克斯風。」

「你看，」樂團老師指著你的手：「你的小指短，按鍵按久了會痠，但你的嘴唇薄，容易共鳴，吹小喇叭能更響更亮，對，你的嘴唇最適合吹喇叭了。」

「……沒有別的嗎？」

「小喇叭不好嗎？你是整個樂團的主角欸。」周旋了幾分鐘後，樂團老師用更重的語氣說：「你知道多少樂曲裡的小喇叭都負責扮演英雄嗎？」

你原本只是期待老師能認同你對薩克斯風的好感，萬萬沒想到居然有人會說你能當主角，還能是個英雄。隔週再來到演藝廳時，你的手裡多了一把鍍銀小喇叭。學音樂的孩子不會變壞，父母對此特別大方，不僅加購調音器和譜架，就連吹嘴也比基本款再貴五百元。

你們這群管樂隊的「好學生」在學校有各種特權，例如你們能蹺掉升旗典禮後的師長致詞，午休時間也能去體育館各自練習，就連你跟同學打架時，訓導主任都會先認定是對方的錯。告訴你這些特權的，是跟你同屆的小喇叭手施礎東，當時他的左手正拿著冰塊冰敷臉上的瘀青，右手則握著小喇叭的吹嘴，用像卡祖笛放屁一般的聲音吹奏著各種音樂。

「你覺得自己是幸運的人嗎？」施礎東放下手上的冰塊，把吹嘴裝上小喇叭。

「啊？你說什……」

Do、Sol、Do、Sol~

小喇叭那四聲無按鍵的音階在體育館內響起，聲音沙沙的，像共鳴後的屁。你也拿起自己的小喇叭，Do、Sol、Do、Sol~第二聲難聽的屁聲。

你的小喇叭進步神速，因為你漸漸能聽出自己的聲音有多麼難聽；每次樂團練習時，你的左手邊總是坐著一個同樣吹小喇叭的國二學姊，她的頭髮燙成當時最流行的玉米鬚、兩眼戴上放大片，腳上是DADA的板鞋，假日的樂團練習時間，她甚至會戴上假睫毛並穿著盜版的川久保玲愛心T恤。這樣的國中酷小孩卻總能在演奏時將吹嘴湊到嘴邊，輕輕鬆鬆，一陣宏亮又圓潤的小號聲，聽起來真的就像英雄一樣。

你有時候覺得自己被樂團老師騙了，你的聲音又刺又扁，一年級的你和礎東只能演奏第二聲部，既不是英雄，也不是主角。樂團的老師像會讀心一樣，常把一個故事掛在嘴邊。故事是這樣說的：你的某某學長姊，常常在午休時去操場苦練，某天他蹺了一整個下午的課，小號聲在操場那頭從沒停過，從那以後，音色就變成現在這樣，圓潤飽滿。

當時，你和礎東被這個故事深深打動了，別人的蹺課是跑到廁所偷抽菸，是故作憂鬱的思考人生，是談一段沒頭沒尾且毫無意義的戀愛，你們的翹課卻能凱旋而歸，真的就像一趟英雄旅程。每天中午，你們吃完飯後就跑到體育館旁的儲藏室，翻出各自的小喇叭，朝著寬廣的體育館吹奏著。

你們早自習練習、中午練習，學校社課時間也在練習，其他同學都在早自習傳紙條、在社課時交朋友，甚至在午休時朝著彼此發出有趣的怪聲，而那些蹺課的同學，有的在染上菸癮後成功戒菸，有的在消失了一堂課後真的思索出人生的意義，有的在交往後就一直穩定到出社會後給你發喜帖。在旁人聽來，你們的音色真的越來越好了，但根本沒人在意你們，自然也沒人會告訴你們這件事，你們兩個沒朋友的人從早到晚聽著對方的音色，就算再給你們三年，也同樣聽不出差別。

同樣的音色聽久了，很容易忘記其中的變化，聽久了，像有個聲音在跟自己說話，在那個善感的年紀裡，人很容易在那吵雜的聲響中找到一絲絲的空隙，並掉進一個無聲的世界。似乎就是從那時開始，你經常想像自己是一個小說人物，想像這一切究竟有什麼意義。

某次段考，你為了準備考試而疏於練習，後來考了一個不上不下的成績，再回到操場時，遠遠的，你聽見了礎東的小喇叭聲。你揉了揉眼睛，不，你掏了掏耳朵，他的音色真的變好聽了，變得比你好聽，在你稍微落後時，終於聽出了你們的進步，也聽出了你們的意義，你當時好感動，又好生氣，憑什麼進步時沒有人提醒你，而當你退步時只有自己告訴自己？

那天下午，你看著礎東變成了英雄，卻不知道英雄該到哪裡去。

●

此刻，距離你二十五歲失戀那天已經過了五年，在這五年裡，你不僅常常想起國中同學礎東，也更常想起那個失戀的晚上，你越來越確信選項E是存在的，選項E不該是打電話給那個單戀的對象，選項E既然跳脫了A、B、C、D四個象限，理應也要跳脫忘記或假裝，跳脫活著或是死了。

E不管忘記還是假裝，也不管活著還是死了

這五年，你隨便找了個自己不怎麼喜歡的人交往，而對方也不怎麼喜歡你，你跟認識或不認識的人做愛，也跟認識或不認識的人告別。這樣的你在五年後既沒有染上愛滋，也沒有人找你尋仇。事實上，這五年裡，沒有人喜歡或討厭你，將來也不會有人更喜歡，或更討厭你了。你發現你做的壞事不會有任何報應，而你做的好事也不曾有任何回報，你改變不了你愛的人，同樣也離開不了你恨的人，這一切就算再下一個十年或二十年都絲毫不會改變。

三十歲的你，今天早上睜開眼，發現自己正躺在一張陌生的床上，蓋著一條陌生的棉被。你心想，又來了嗎？我昨晚跟同事喝醉酒後肯定又跟誰上了床，接下來難搞的感情關係又會變成難搞的職場關係，接下來，我們之中必定有人得離職，自己往後又多了一件懊悔的事。

你轉頭，看了看左邊，又看了看右邊，沒有，你身旁沒有躺著任何人。

「你醒啦。」

你聽出這個香港口音，穿著睡衣出現在你眼前的是公司新來的同事──詠歆小姐。

「昨天……」你坐起身，緊張的問她：「發生了什麼事？」

她笑了。

「你昨天在卡拉OK吐了三次至少，我帶你坐計程車，結果你睡死了，我只好帶你回我家先，」詠歆接著說：「還好我有多的棉被，待會丟洗衣機就好了，床單跟枕頭套也是。」

你看到一旁的沙發上確實有著一條棉被，你鬆了一口氣，差點哭了出來。

「幹，不要再給我哭了喔！昨天哭不夠啊？」

「我昨天哭了？」

「『你知道嗎？』，」她學你用低沉的嗓音說：「『再厲害的小喇叭手都會因為懶惰而前功盡棄喔。』」她恢復平時的聲調：「這是黃腔嗎？欸，認真問，這是黃腔嗎？」

「……饒了我吧。」你也笑了。

你起身，把床單、被套和枕頭套丟進洗衣機。不久有人按門鈴，進來了四個人，但洗衣機的聲音太大了，你什麼也聽不清楚，他們的對話夾雜著粵語和中文，因此你猜這四人中肯定至少有一個臺灣人。忽然，包含詠歆在內的五個人轉頭看著洗衣機前的你。

「飯煮好了喔。」

「啊？」

「你不餓嗎？」

你發現沙發前的桌上不知不覺擺了滿滿一桌菜，不僅連你的碗筷都準備好了，甚至把最中間的座位留給你。

你的心裡又出現了礎東的小喇叭聲，這一切有意義嗎？

你坐在他們之中，聽著他們聊了一堆你聽不懂的事。

詠歆問：「所以已經辦好了？」

綽號叫蜘蛛的臺灣男生說：「簽字而已，下次再帶她跟你們一起吃個飯。」

名叫紹凱的臺灣男生說：「我六月可能有事喔。」

名叫小晴的香港女生問：「你真的想好了嗎？」

名叫以若的臺灣女生說：「嘿，恭喜你啊。」

吃完飯後，你去陽臺把床單、被套和枕頭套晾好。臨走前詠歆和她的朋友們還想留你下來吃水果，但你謊稱待會還有點事，就離開了她的家。你以為這只是一次莫名其妙的遭遇，是沒有意義的巧合，卻忽然意識到詠歆是你公司的同事；隔週下班時，詠歆又邀你到她家作客，這次她和她的朋友們打算一起玩桌遊，如果喝醉了也可以借她的沙發過夜。

你躺在她的沙發上，黑暗中，你聽見她熟睡的呼吸聲。換作是以前，你肯定會覺得對方對你有意思，你肯定會在她還沒睡著時問她：妳睡了嗎？但這次非常不一樣，是真的很不一樣，你一點也不想和她上床，一想到要和她上床就覺得噁心，不是覺得她噁心，而是覺得自己噁心。你希望她好好的，現在好好的，將來也好好的，但你也不知道所謂「好好的」是什麼樣子。

你告訴自己，你已經三十歲了，三十歲的你的「喜歡」真的有什麼價值嗎？今天的你可以「喜歡」任何人，你也確實「喜歡」過很多人，如果現在有其他人「喜歡」你，那你……也可以「喜歡」對方吧？說到底就只是寂寞罷了，你的「喜歡」根本他媽一文不值。

正當你準備閉上眼睛，做一個好好的夢時，詠歆忽然開口了。她不是問你睡了嗎？而是一串你怎麼也聽不懂的粵語，原來只是夢話，但這句你怎麼也聽不懂的夢話讓你好難過，耳邊彷彿又出現了國中同學礎東的小喇叭聲。

自從礎東的音色變好之後，你常在心裡潑他冷水，你知道你們生活在亞洲，生活在臺灣，你知道礎東就算再怎麼厲害，他終究要專心考基測，升上高中後還要考學測，銅管樂器是最容易退步的，等礎東大學時，他當初的嘴型、嘴唇練起的肌肉早就退化回去了，只有三個按鍵的小喇叭甚至沒有所謂的肌肉記憶。這一切都會像從沒發生過一樣。

國中的運動會時，管樂隊迎來了第一次的公開表演。礎東順利拿到了第一聲部的樂譜，全校師生坐在司令臺底下，不只師生，學生們的家長也一起來了，你生平第一次在這麼多人面前表演，卻一點也不緊張，因為你只是負責襯托的第二聲部。表演完後，底下所有人拍手鼓掌，但你當時正想像自己是一個小說人物，想像這一切究竟有什麼意義。

運動會要開始了，一點也不擅長運動的你躲在樂團的倉庫替小喇叭清潔、上油。這時你看到倉庫門口外的礎東正在和誰說話，你側身想去看清楚，喔，是他的父母，很正常，誰都有父母，但你忽然心想不對，礎東從來沒和你提過他有兄弟姊妹，更沒提過有一個跟他長得一模一樣的哥哥或弟弟，而更不對勁的，是礎東的表情。他們說了幾句後，媽媽就帶著那一模一樣的哥哥或弟弟離開了，只留下一臉憤怒的爸爸和他四目相交。

國中的你覺得自己好像窺見了什麼不道德的祕密，你趕緊低頭，繼續清潔手上的小喇叭，但門外的咒罵聲越來越大，雖然聽不清楚，但你也越來越害怕。忽然，聲音停了，不久礎東走了進來，發現原來你一直都在倉庫裡。他說：走吧，我們去練習。

走出倉庫時，礎東的爸爸已經不見了，但你發覺那個憤怒的爸爸還住在礎東的心裡，你跟著他往前走，卻不知道要走去哪裡，此時操場和體育館都是正在比賽的學生，哪裡還能練習小喇叭？沒想到礎東走上樓梯，一直一直往上，終於停在了四樓的走廊。整棟教學樓此時一個人也沒有。他把手中的小喇叭湊到嘴邊。

Do、Sol、Do、Sol～四聲無按鍵的音階在走廊迴盪著，礎東用力的吹，把Do和Sol不斷往上竄了好幾個八度，吹不上去了，就再從頭開始。你感覺教室的玻璃、教室的黑板、教室的時鐘都一起共鳴著，你感覺礎東的吹嘴此刻肯定燙得就像要燒起來了一樣。

身旁的你也拿起了手中的小喇叭，Do、Sol、Do、Sol～

你越吹越用力，越吹越大聲，你們的聲音灌滿了整棟教學樓，你恨不得從此聾了算了。

「你覺得自己是幸運的人嗎？」

你不確定這句話出現在上一段的回憶裡，還是他在震耳欲聾的聲響中又問了你一次。

●

你發覺香港人就跟粽子一樣，認識了一個就會認識一大串。

後來，你常常去詠歆家作客，詠歆和他的朋友們也常常來你家作客。他們之中有人說中文，有人說臺語，更常有人說著你聽不懂的粵語。他們好好的，詠歆也好好的。某天，你一時興起，正準備跟他們和詠歆說起國中參加管樂隊的故事時，你還沒開口，詠歆就哭了，她抱著另一個女生，說著你聽不懂的粵語，在場的其他人也用粵語安慰她。

你忽然好想瞬間消失，不，你感覺你已經消失了。

再後來，詠歆離職了，離職那天，她又邀你去她家作客，你答應了，但你害怕這是你最後一次看到她了，你不確定失去了同事的身分，以後彼此還是不是朋友。

這天，你像往常一樣，做了你拿手的苦瓜鹹蛋，其他人也端出了自己擅長的菜色。過程中，有個人的衣服被湯汁潑到了，那個人便把衣服丟進陽臺的洗衣機。洗衣機瘋狂運轉著，一整桌的菜也完成了，就像你第一次到詠歆家一樣。這是個巧合嗎？這是個有意義的巧合嗎？

你們笑著、吃著，忽然，陽臺的洗衣機安靜了下來，房內頓時沒有任何聲音，你發現他們都在看著你，你卻除了請、謝謝、對不起外說不出任何話，然後他們消失了。不，是房間裡忽然變暗了，詠歆拉上窗簾、關掉電燈，瞬間一切伸手不見五指。

啊，來了嗎？你心想：我的報應終於要來了嗎？

你瞬間以為，接下來你會被五花大綁，再醒來時發現自己少了一顆腎，果然天底下不會有這麼美好的事。

可是黑暗中沒有任何人碰你，你也一直都保持清醒，什麼也沒發生。忽然，黑暗中出現了火光，遠遠的，詠歆從廚房裡走了出來，手裡正端著一個生日蛋糕。他們圍著你，唱著生日快樂歌。你想起，對啊，今天是你的生日。

生日蛋糕擺在你面前，今天你三十一歲了。看著蛋糕，你想起大學時那塊難吃的蛋糕，也想起自己就是一塊難吃的蛋糕。這中間過了多久呢？十年了嗎？十年後，你的面前又出現了一塊蛋糕，這塊蛋糕也許不是最好吃的一塊蛋糕，卻可能是你人生裡最棒的一塊蛋糕，你想像自己是一個小說人物，是浦島太郎，打開這份禮物後瞬間變成了白髮蒼蒼的老人，生日快樂。

你吹了一口氣，蠟燭熄滅了，一片黑暗中，似乎又聽見了礎東的小喇叭聲。

國中的第一個寒假，你帶著小喇叭坐上公車，再次回到搬家前的那個小鎮。你按了國小同學家的門鈴，門一開，他嚇了一跳，他的家人也很高興你能來。你和朋友像往常一樣用書房的電腦玩格鬥遊戲，他在你搬家的這段時間裡苦練了新的人物和招式，遊戲裡的你被打得四腳朝天，隨後你的朋友用滑鼠點開了一個資料夾，頓時，書房裡的氣氛都變了，螢幕裡的人擠成一團，他們呼吸、他們喘氣、他們喊叫，你的朋友看到你緊張的表情，笑了。

後來，他問起你扛著的那個箱子，你說裡面是小喇叭，你的朋友又笑了。你們徒步走到以前一起就讀的小學，在操場上，你從箱子裡拿出了那支小喇叭，向著遠處大聲吹奏著。你吹奏著國歌、國旗歌和頒獎樂，好像此時真的有個校長正在致詞。你轉頭向朋友說起你在管樂團的日子，樂團老師為了練你的肺活量，要你把地上的硬幣從司令臺的左邊吹到右邊，再從右邊吹到左邊，說著，你再次吹奏著小喇叭，這次是樂團表演要用的曲子〈沙巴女王〉（La Reine de Saba），但你只拿到第二聲部的譜，你當時在心裡和一整個樂團合奏，但你身旁的朋友卻只聽到一首在高昂處低沉的曲子，你往後再也沒見過這個朋友了。

回憶到了這裡，你發覺到一件奇怪且不合理的事，為什麼，為什麼這段回憶裡的畫面是第三人稱？你的後腦勺出現在公車裡，出現在朋友家的書房，也出現在國小的操場上，但你明明一次也沒親眼看過自己的後腦勺。

第二部

Aunt Hong

2019 Kia Ora

Ghosts in the pineapple fields

Like things

虹姨

我沒見過虹姨，但嚴格來說我是見過的。我媽每次說起這個阿姨、她五專時的好友，第一件事就是她曾來過媽的婚禮，第二件事則是她曾在我滿月時來看過我和媽，所以嚴格來說我是見過的。每次我聽到這個故事都會覺得難過，我媽確認一份友情的方式，竟是將她認為的，這個圓滿的瞬間定格住，並在她反覆咀嚼的回憶裡不斷確認他們的現身和出席。而最讓我難過的，是我媽再也沒見過虹姨了，再次聽到虹姨的消息時我已經大學畢業，非常簡短的六個字：肝癌末期，走了。

「居然還是從別人那裡知道這件事的。」媽往後再想起虹姨時都多了這句話。我上週回家時，媽又說了一次虹姨的故事，但這次虹姨卻來不及在故事中死掉，只停在媽的婚禮和我的滿月，理由很簡單，我媽這次的重點是：「我在你這個年紀時就已經結婚生子了。」

「時代不一樣了啦。」

「嘿啊，時代真的變了，」媽又把話題拉回來，問：「啊你房東最近……。」

「她很好，嗯，我也很好，」我又說了一次：「都不錯啊。」

我不怎麼在意結婚這件事，對我們這些剛出社會的八年級生來說，結婚就是你某天早上起床量體重時，發現自己既沒有變輕也沒有變重，而且，你再也不會變輕或變重了。

我大學畢業後的第一份工作是在設計公司跑政府的標案。我很盡責的在死線的前一星期交稿，而公部門的主管為了回應我的盡責，只好臨時想了一個版本要我修改，工作量翻倍，半年後我就離職了。

第二份工作是在零售公司做行政。我座位隔壁的同事跟我說了一套ＳＯＰ，如果有新的客戶來電，就要在之後的郵件裡詢問是否要簽長期的直往合約。直到我被炒的一個星期後，同事才跟我說不要隨便跟別人簽約，增加行政部門的額外負擔。

第三份工作是在文創公司，五人的小型規模，我同時身兼業務、行政和產品設計。對付公部門，我總是在死線的最後一天交稿；若收到新客戶的訂單，則會拖到對方第三次下單時才開始簽長期的合約。祝好、祝順心、祝涼爽愉快、敬祝閱安、再次感謝、All best、Best Regards。一年很快就過去了，工作步調穩定下來，二十五歲的我卻開始想離職了。

坐在我後面的同事是個四十出頭的中年大叔，他說一個人要適應環境有兩個步驟，一開始你會因為焦慮而暴飲暴食，最後習慣了，就會再瘦回去。大叔的每份工作都是這樣，胖三公斤、瘦三公斤，就上軌道了。我以為上了軌道的大叔越來越會摸魚，不到半小時就跑一次廁所，後來他去醫院檢查，急性糖尿病。大叔忽然迅速縮水，四肢瘦成了竹竿，啤酒肚像破了洞的皮球，二十三公斤就這樣沒了。從那之後，我每天早上都會量體重，並計算每次上廁所間隔的時間。

我不怎麼在意結婚這件事，對我們這些剛出社會的八年級生來說，結婚就是你某天晚上回家拿出鑰匙時，發現原來每扇門都有一個地址，唯獨一扇門裡有你認得的名字。

我的室友綽號叫房東，又或者說我的房東綽號叫室友。她第一次邀我去她家過夜時是個雨天，打開門、打開燈，她就把浴巾扔給我，雖然我那天有撐傘，全身上下只有鞋底溼了，但我還是把飛在空中的浴巾接了下來，假裝把頭髮擦乾，我們就把衣服脫了。

那是間八坪大的套房，左側的木桌總是搖搖晃晃，彈簧床的右側經常在翻身時發出金屬聲，浴室蓮蓬頭的冷熱水開關標反了，走廊外的洗衣機過了晚上十二點就會斷電。她問我要不要一起分租，每個月給她六千就好，剛躺上床的我說好啊。她說我們結婚吧。我說好啊。她笑了，翻身過來，床就發出咖咖咖的金屬聲。

我的第二份工作剛做滿兩個月時，房東就跟我說她應該有新的房客了，我說我以為房東只是個綽號，她則用很奇怪的眼神看著我。一個月後我被炒了，我像往常一樣在晚上八點回到家，發現門被鎖了，我才想起今天她的新房客要來看房，外面下著大雨，我猜新房客一定全身都被雨淋溼了。

我打電話給我的大學同學，問他要不要喝酒，這麼晚了，就去你家喝吧，明天？明天我再去找工作、再去找房子……欸，今天雨也太大了吧，操，真他媽的大，但我沒有淋溼，不用給我浴巾，沒，就只是個笑話，哈哈。

當我收到第三份工作的錄取通知時，房東也正巧傳訊息跟我說最近有空房，來當她室友吧。她的訊息給人感覺很開朗，所以我說：「好啊。」從此她的綽號就從「房東」變成了「室友」。

●

我座位後面的中年大叔得糖尿病後就辭職了，新來的同事是個剛出社會的女生，天秤座AB型、喜歡吃甜點、最愛的電視劇是《電波的故事》，劇情講的是一個男生剛從病床上醒來，卻發現自已變成了左撇子，他……後面的劇情我還在追。

最近，我每天午休和睡前都在追這部電視劇，上個星期天，我一口氣就把第二季追完了。今天午休一打開便當盒，轉頭要和女同事聊劇情時，她卻說起了她昨天去參加高中的同學會，居然有人已經結婚生子了。我問，是未婚生子吧？她說：應該是。哇，搭上人生的特快車呢。我笑著說。

她說，她不怎麼在意結婚這件事，對我們這些剛出社會的八年級生來說，結婚就是你某天中午打開便當盒時，發現每個人都在低頭吃飯，隔壁大樓或是另一座城市的人都在低頭吃飯，只有你盯著便當盒發呆，忽然，你意識到某個地方也有個人和你一樣發現了這件事，對方一定也猜到了你在發呆，確認了這件事後，你才拿起筷子。

「不知道你有沒有一種感覺，」她咬了一口排骨，挖了一口飯，邊嚼邊說：「上星期午休的時候，我在小七的門口抽菸，不知道為什麼，忽然有一個瞬間，我覺得自己快要三十了。」

我說有，但具體是什麼時候有這種感覺，我已經不記得了。我們又繼續聊起了電視劇。那天下班時，她問我六日要不要去看電影，我說好啊，我這幾天再來看場次。等我吃完晚餐、搭車回家、跟室友做完愛後，才想起我們根本沒提到要看哪一部電影。那天晚上，我在熬夜趕案子時一直回想我們的對話，沒錯，她真的忘了說想看哪部電影。

這個月的案子是公部門招標的，說是在某個藝文活動上贈送的禮品，要便宜又實用。我設計了一張厚紙板製的摺紙，可以摺成一隻大象，大象一抬頭，鼻子上的微型ＬＥＤ燈就會發亮。我知道這個案子會過，因為每個政府部門的人都認識大象，而且用紙就能做出大象，還有什麼比這更划算的事？最重要的，是它會發亮，會發亮的東西就是有用的東西。

後來我想了一下，既然是文創商品，那當然得是木頭做的，所以我把設計改成了木板，順便修改了接合處，用木板就能做出大象，想想還是很划算。

我一邊修改一邊思考女同事約我看電影的事，到底是看哪部電影不重要，還是看電影本身就不重要？我發現木板材質的大象若要抬頭的話就需要可以轉動的槓桿，我重改了好幾個版本，設計太複雜就不能讓民眾人手一隻，但不能做出ＬＥＤ開關的話……會怎麼樣嗎？對，不知道為什麼，我忽然很疑惑，會怎麼樣嗎？

我躺上床的時候已經凌晨三點了，腦袋昏昏沉沉的，看電影重要嗎？ＬＥＤ燈重要嗎？我腦裡唯一的畫面就是在那個藝文活動裡，每個人手上都拿著一隻沒有頭的大象，我跑上臺說：不行，我還沒設計好ＬＥＤ燈的部分，頭不能裝上去。

第二天早上醒來時，我笑了，哪會有人在意那隻大象有沒有頭、會不會發亮，沒有人會在意的。到公司後，我跟主管討論了一下大象的設計，她說預算有限，只能用厚紙板，而且寫實的大象不討喜，要改成卡通版的。我說、我說……好，對欸，我怎麼沒想到呢？我足足花了五分鐘修改設計，主管說很好，我也說很好。

中午吃飯時，我轉頭問女同事想看哪部電影，她忽然沉默了一陣子，有點不好意思的說，她昨天晚上跟前男友復合了，電影的話……。我臨時編了個謊：欸幹，我昨天跟女朋友吵架了，你對金牛座熟嗎？我總是搞不定金牛座。我注意到她鬆了一口氣，這個瞬間，我感覺自己真的快三十歲了。

我們的話題就一直在星座上打轉，誰也沒有再提到電影。

同事和前男友復合後的隔天，她在午餐時依舊咬了一口排骨，挖了一口飯，卻轉頭問我要不要當伴郎，啊，還有，她要結婚了。我把辦公椅往後一滑，認真的看著她。往後的同事就連在吃午餐時都會有人想到她了嗎？

我問：「一般來說，伴郎都是男方找的吧？」

她說：「一般來說沒有人會結婚。」

我覺得她說得很有道理。所以這個週六，我跟室友說女同事找我去當伴郎，晚餐會自己吃。室友問，一般來說，伴郎都是男方找的吧？我說，一般來說沒有人會結婚。室友也覺得我說得很有道理。

同事對婚禮的要求不多，有場地、有伴郎伴娘、有朋友跟笑聲就夠了，不需要喜餅、禮車，更不需要拋繡球或闖關遊戲。場面就像週五下班時段的酒吧一樣，有西裝但沒有皮鞋、有紅酒但沒有高腳杯。我只需要說三句話：請、謝謝、空杯請給我就好謝謝。

婚禮公司派來控場的大叔臉很臭，他私下跟我說，當他看到這對準新人在勾選客製化行程時，就知道自己該轉行了。這是大叔這個月接到的第十個案子，每對新人都像在辦什麼臨時葬禮一樣，恨不得買一把土把屍體蓋住就算埋了。

婚禮在下午順利結束了，婚禮公司的大叔把西裝和婚紗收進皮箱後，轉頭給了我一張名片。他說這是公司辦的聯誼俱樂部，免費的，入會只有一個條件：你必須當過伴郎或伴娘。我問，當過伴郎或伴娘又怎麼樣？他說，既然你當了伴郎，那你至少符合三個條件：

一、未婚。

二、你曾是別人生命中最要好的朋友，所以情商不至於太差。

三、你的朋友會選擇步入婚姻，身為「最要好的朋友」的你很可能也會。

我說，我會被找來當伴郎，只是因為我是同事最容易找到的一把土。大叔聽到後都快哭了。他說，拜託啦，這個也是算業績的，去簽個名就好了。大叔有沒有哭不重要，但既然跟業績有關，恐怕真的很重要。我接過名片，非常有義氣的把它丟進包包裡。

晚上我跟室友做愛時，我跟她說我下週會去一個聯誼，不過只是去簽個名罷了。她翻過身換了一個姿勢跟我說：你這樣我就輕鬆多了。

●

俱樂部辦在一間位於地下室的酒吧。我到櫃檯簽名後就依照名字坐到了六人的小桌，我沒參加過聯誼，也沒去過俱樂部，所以我看了一下廁所的位置，如果等一下還要玩破冰遊戲的話我就會假裝去上廁所。

人陸續到了，餐點也陸續送來，三男三女，薯條啤酒和玉米片。我們各自說了一段不重要的自我介紹，我原以為人與人之間的國際語言是星座，沒想到大家的共同話題都是自己那個已經結婚的朋友。A說，她曾在那個朋友生病時每週帶她去吃大餐，往後她們每年吃一次飯。B說，他曾在那個朋友失戀時帶他去夜店，往後他們每年喝一次酒。C說，她曾在那個朋友懷孕時陪她去墮胎，往後她們每年通一次電話。

我跟同事不熟，她結婚後我們就更不熟了。沒有同事的事情可以分享，我只好拿出我帶來的大象摺紙，一人發一張，每個收到的人都笑得很開朗，然後墊在碗盤下當桌巾。此時，D正準備說他跟朋友去挪威的事。

我插嘴說道，這種故事我也聽過，那個人叫虹姨，我沒見過虹姨，但嚴格來說我是見過的。我媽每次提到她最要好的朋友，都會說這個人來過她的婚禮和我的滿月，但她們根本就沒有其他交集，再次聽到虹姨的事時，她已經肝癌過世了。

話一說完，不知道為什麼，在場的所有人都露出了滿意的表情，隔壁桌一個偷聽我們講話的男生甚至跟櫃檯拿了一包衛生紙擦眼淚，那種表情我認得，那是種「咱們是同類人」的表情，不知道為什麼。

我們花了兩個小時，輪流講完彼此最要好的朋友與他們的婚禮，話題終於進入了第二國際語言，也就是各自的失戀故事。故事大致分為三種：你愛的人不懂你、你愛的人不愛你、你愛的人不只愛你。就在這個時候，我開始感覺到這個俱樂部詭異的地方了。

A說：「人之所以喜歡聽故事，是因為故事有結局，而且故事有意義。」B說：「而生活不是故事，它既沒有結局，也沒有意義。」C說：「但生活可以被編造成故事，你選定了某件事作為一個結束，就可以把它賦予意義。」D說：「所以你必須讓你室友知道你希望你們的關係在『什麼時候』變成『什麼樣子』。」

就連從頭到尾都沉默的E也開口說：交往是吵架的藝術。

我問，那如果還是沒用呢？

「那就趁早離開吧。」A、B、C、D、E說。

我問，你們哪來的自信這麼說？

「因為我們最要好的朋友都因此結婚了。」A、B、C、D、E說。

我原以為大家來這個俱樂部，是為了認識有婚姻想像且情商高的未婚對象，沒想到每個人來這裡都是為了做戀愛諮商，我更沒想到這是E最後一次出席這個俱樂部，下週她也要結婚了。

活動解散後，我們拍了合照、加了LINE，我還被加進一個群組裡，群組名稱叫「第四十九期戀愛相談室」。即將結婚的E跟我說，當你結婚時必須離開群組，在這之前有什麼戀愛上的問題都可以問我們。所以我暗自把這個群組稱為「虹姨們」。

隔週，是我跟室友每個月一次的電影日，我按照虹姨們說的，挑一部用其他題材包裝的愛情電影。我上網看了許多中國的劇透短片，發現每一部院線片都是用愛情包裝的類型電影。室友說看什麼都好，這張信用卡送的雙人套票就快過期了。

終於，虹姨們推薦我去看一部公路電影，看完電影後，我可以跟室友說：妳長得很像裡頭的女配角，她看著湖面的時候表情跟妳很像。如果室友說：但那個女配角最後自殺了欸。我還可以跟她說：所以我覺得很可惜。

下午，我和室友順利的劃位、買爆米花跟可樂，也順利的進影廳。在播放預告片時，室友把手機設定為飛航模式。我注意到她有很多LINE的訊息沒回，但來不及瞄到訊息的內容。

看完電影後，我們走出了電影院，我跟室友說：妳長得很像裡頭的女配角，她看著湖面的時候表情跟妳很像。但當我轉頭看到牆上的電影海報時，我才發現我們走錯影廳了，我們剛剛看的既不是公路電影，也不是愛情電影，是一部科幻戰爭片。室友說我很像電影結束時的那一聲左輪槍響。

晚上我們吃完晚餐後回到了家。室友把衣服脫下卻沒有換上睡衣，所以我們用她上次說「輕鬆」的姿勢做愛。過程裡，我一邊看著她閉著的眼睛，一邊回想我們今天看的科幻戰爭片。中國的劇透短片裡完全沒提到結尾有一聲左輪槍響，但只有室友聽到了，而且居然說像我。

做完愛以後，室友先去浴室洗澡。此時我注意到她的手機螢幕又亮了起來，一樣是LINE的訊息。我走近一看，訊息層層疊疊，我只能看到最後一則訊息。

「第二十五期戀愛相談室」：所以今天的西部電影好看嗎？

我把室友的手機螢幕關掉，轉身去拿我的手機，把「虹姨們」刪掉。不知道以前室友去當伴娘時是不是也只是別人找來的一把土。

●

兩個月後輪到我要去參加同學會了，是大學同學辦的。同事跟我說可以帶我設計的大象摺紙過去送人，那場藝文活動後還剩下很多，隨手拿一疊過去吧。而室友則跟我說她又有新房客了，還有，她很討厭「室友」這個綽號。

所以這個星期，我只好一邊找房子、一邊整理行李，大部分的東西都收進紙箱和背包裡，書桌上只剩手機錢包鑰匙，和那疊大象摺紙。晚上，室友看了那疊摺紙，她說蠢斃了，我也說對，蠢斃了。她說我們結婚吧。我說好啊，明天我們就去戶政事務所。

她笑了，我已經很久沒看到室友笑了，能看到別人笑，心情很好。所以我又說結婚後我要買臺新的體重機，而且我再也不會變輕或變重了，她笑得更大聲。我說結婚後我每天吃午餐時都會想著你發呆，她的笑聲大到整棟公寓都聽得到。我說結婚後我要把門鎖換了，而且你沒有綽號，我會喊你的名字，忽然，一片寂靜，她面無表情的看著我，我想我一定又說了什麼很蠢的話。

第二天中午，我帶著包包和那疊大象摺紙準備去參加同學會。出門前，我跟室友說我會去參加同學會，晚餐會自己吃。她說今天「新房客」會來過夜，你去睡朋友家吧。我看著房東，說好。我走出公寓，刺眼的陽光淹過整個世界，我直直盯著太陽，眼睛很痛，不知道晚上會不會下雨。

大學同學會約在郊區的一間餐酒館。我大學時就跟班上的同學不熟，開頭就是嗨、最近還好嗎？這是我公司的產品、我設計的、原本要用木板、而且是寫實的風格、它抬頭的時候……。

同學們陸續到齊了，九個人吧。我帶了二十幾張摺紙只發出了八張，其中一個人非常認真的觀察了摺紙的正反兩面、上下左右，說了幾聲：喔、啊、原來如此，最後若無其事的還給我。

大家順時針報告自己的近況。結論是：大家都過得很好。我心想：放屁，還能來參加同學會的人是能慘到哪裡去？以前我被鎖在門外，最後跑去借宿的那個朋友今天就沒有來。我去他家喝酒的那天，他一口氣喝了八罐啤酒，跑去廁所吐了兩次，最後昏昏沉沉的說了一堆不明所以的話。

「你記不記得你以前陪我去醫院看我女友？」記得啊。

「你記不記得我們以前邊喝酒邊逛鬼屋？」記得啊。

「你記不記得你總是來宿舍門口找我抽菸？」記得啊。

「真好，太好了。」我都記得。

然後同學會上開始聊電影，聊哪部電影不重要，聊不聊電影也不重要，重要的是大家張開嘴巴就能發出聲音，這才是最重要的。吃完下午茶、吃完晚餐，我們要拍團體照時才發現外面下雨了，幾個同學開始收拾東西準備離開。

我說我要抽個菸，就走去門外。雨越來越大，在柏油路面上匯集成一灘水，最後流進水溝，眼前一片白茫，都是細碎的水花。同學們陸續離開了，他們臨走前跟我說了些什麼，但雨聲太大了，我只能假裝點頭、微笑。最後我轉頭，發現同學們都走了，桌上還有四張摺紙沒人帶走。

我把菸蒂彈掉，也差不多該走了。忽然在大雨中，我看到一個熟悉的人影跑了過來，他一手遮著頭、一手朝我大力的揮著，是上次借宿的朋友。他跑進店門口的遮雨棚，拍著溼了的頭髮，晃了晃手腳，但還是溼的。

我說你太晚了啦，大家都走了。

他說沒差沒差，至少還有見到你。

我說今天很無聊，真的很無聊。

他說我想也是，哈哈哈。

他說他晚上還有事，只是來看一下，很快就要走了。我急忙說起我最近的工作、我的前女友、我的同事。他也說了他的工作、他沒有女友、他的同事。我給他菸，他抽了三根。他給我看他工作後的黑眼圈，我給他看我工作後的啤酒肚，他說放屁，你以前就有啤酒肚。我說靠杯喔。

然後他說他要走了。我連忙進店裡拿一張摺紙給他，我說我設計的，不過很爛就是了。他接過摺紙，說掰啦。轉身走出遮雨棚。

突然，他低頭彎腰，為了不讓雨淋到，他把那張摺紙抱在胸口，在雨中小跑了起來，跑到機車旁，打開車廂，非常小心的把摺紙放進去，闔上。

看到這一幕，我有點想哭。不知道為什麼，我想起了虹姨的故事，但我根本沒見過虹姨。然後，我忽然冒出一個想法，說出來有點好笑，但我覺得，如果哪天我結婚了，我一定會邀這個朋友。我、房東和他三個人會在戶政事務所的門口抽菸，那天應該會是個晴天……畫面停在這裡，我發現我不怎麼在意結婚這件事，我也不想結婚，我只是希望能有一個圓滿的瞬間，讓我能好好記得這個朋友。

他此時忽然轉頭和我揮手道別，我也和他揮手。

真希望他知道我會邀他來我的婚禮，儘管這很有可能是我們最後一次見面了。

二〇一九在羅托魯瓦的最後一夜

我在心裡倒數，只要阿俊再說三次「我過得真好」我就會離開KTV包廂，去沙拉吧找點吃的。

半小時前，我跟大學時的好友——李紹凱、蜘蛛和這幾天借宿我家的小晴在KTV大門集合。趁著阿俊還沒來，蜘蛛提醒我：妳待會記得對阿俊好一點。我不太懂他們說的「好」是什麼意思，更令我意外的是這個「好」居然是蜘蛛說的，回想起來，過去非常討厭阿俊的蜘蛛，可從沒讓阿俊感到「好」過。

不久阿俊到了，我們五個人進了包廂，小晴首先點了Beyond的〈長城〉、周杰倫的〈星晴〉、孫燕姿的〈我不難過〉。我們滑了一下新歌榜，唯一聽過的歌居然是〈我們不一樣〉，我笑著說我們真的老了。

正當我裝好飲料、舒舒服服的坐在沙發上翻著歌本時，阿俊忽然湊了過來，問我：妳最近工作怎麼樣？我愣了一下，切換回平時在辦公室的口吻：還不錯啊。

（小晴跟著拍子搖晃著：蒙著耳朵！哪裡哪天不再聽到在呼號的人！WOO AH AH AH！）

阿俊忽然壓低音量，他說上次的同學會，紹凱面無表情的把他公司做的摺紙一一發給同學們，那副模樣看起來既憔悴又悲慘。他猜紹凱這幾年在設計公司一定過得很慘，但他跟紹凱不同，他出社會的這幾年過得很好。

（我跟著大家一起拍手。）

阿俊不管跟誰都說自己過得很好，說在直銷公司上班的他學會了很多事、認識了很多很厲害的人、賺了很多錢、過著很充實的生活。他找了以前的大學同學、高中老師，甚至是打過砲只記得綽號的網友，都只為了說一句話：我過得真好。現在終於輪到我了，他約了大學時期的朋友一起唱歌，只為了跟所有人重新宣布一次：我過得真好。

我原以為他要找我拉直銷，跟我說某某保健食品吃了可以延年益壽、神清氣爽，但當我發現他一直重複說著「我過得真好」時，我才明白蜘蛛先前跟我說的「好」是什麼意思：阿俊快活不下去了。

我幾乎沒有開口的餘地，只能一直聽著那句「我過得真好」，一邊希望他點的歌快點來。最後我暗自倒數，只要阿俊再說三次「我過得真好」我就會離開KTV包廂，去沙拉吧找點吃的。

（紹凱：異鄉啊，總有坎坷路要行，我袂寂寞，有你在我的心肝）

趁著紹凱拉長尾音唱著〈心愛的再會啦〉，我隨口跟阿俊提到了我公司的同事。我說，我辦公桌隔壁的陳小姐前陣子把房子拿去抵押，借了五百萬，只為了讓她的兒子去美國念藝術大學。從那之後她每天中午都只吃一顆二十六塊的垃圾三角飯糰，其他同事都叫外賣，大口啃著一份一百五十元的排骨便當。但陳小姐卻過得很快樂，她說，她再也不會擔心要不要跟丈夫離婚，也不會擔心同事們都故意不理她。等她的兒子學成回國後，他就能賺上大筆大筆的錢，再算上教職的退休金，她以後可以過著無憂無慮的生活。

（蜘蛛：是否說愛都太過沉重，過度使用不癢不痛）

我說我很同情陳小姐，如果她有機會像我們這樣喝上一手啤酒，她一定也會承認自己的兒子是不會有出息的，可惜陳小姐從來不喝酒，她只會在經過我的座位時告訴我：你們這些年輕人遲早會因為喝冰開水而得癌症。

「那她對保健食品有興趣嗎？」

「幹，你沒認真聽，她現在就過著很節儉的生活，不會有錢去買你的延年益壽或神清氣爽。」但我真正想說的是：幹你媽的，你沒認真聽，重點是五百萬很具體。當她確確實實的把這五百萬給她的兒子時，在這視而不見的生活裡，終於有一件具體的事是她可以期待的了，在她的兒子回國前，她都可以繼續擁有著這個具體又美好的夢。但一想起蜘蛛說的「好」，我只能繼續假裝聽他說話。

「不過，還好我這麼年輕就找到這麼好的工作，我過得真好。」

（我和小晴、紹凱、蜘蛛合唱著：擱淺的人，早習慣啦！就這樣吧，算了啊！懦弱的人，別改變啦！就這樣吧，算了啊！）

（蜘蛛試著用死腔唱了幾句。）

（他被自己的口水嗆到。）

（大家都笑了。）

阿俊之所以有辦法找齊我們這些大學同學，不是因為我們還想再看一次他這副既憔悴又悲慘的模樣，而是因為小晴隔天就要回香港了。而紹凱和蜘蛛會出席的另一個原因，則在我們唱完歌、在KTV門口抽菸、在阿俊提前離開後才說出口。原因有二：

一、紹凱要結婚了。

對於紹凱要結婚的對象，他只說了一個故事：那天他剛搬完家，回上一個公寓把鑰匙還給前室友時，對方跟他說她懷孕了。紹凱則說：「我們結婚吧。」就這樣，紹凱要結婚了。這個簡短的故事裡只有兩句話，只是這兩句話間隔了非常非常久的時間。

「那是我第一次看到她哭。」紹凱補充道。

好，這個故事除了兩句話和一個沉默外，還有一滴眼淚。但，她是在「我們結婚吧」這句話之前還是之後哭的？這件事似乎很關鍵，但紹凱沒有說，我也就沒有問。

「所以你們有要辦婚禮嗎？」小晴問。

「欸，在這之前還有另一件事。」蜘蛛說。

二、去紐西蘭三週。

「還記得我們以前一直說要存錢去紐西蘭嗎？」蜘蛛問。那是大學時的事了，小晴從以前就一直慫恿我們去紐西蘭見她的弟弟。這背後有一個非常動人的理由：小晴的弟弟可以弄到很便宜的大麻。

以前，就算紐西蘭的大麻很便宜，但機票也很貴。現在我們有了這兩年賺的錢，而紹凱、蜘蛛和小晴也都離職了，此刻正是一起出國的好時機。其實他們猜得沒錯，現在的我確實也打算離職，每件事都該有一個期限，打從我開始工作的第一天，我就決定每份工作都只做兩年，而此刻我二十五歲了，離我當初訂下的期限只剩兩個月。

我們四個人都有類似的人生規劃，這確實很值得一起旅行、慶祝一下。

「但你不是要結婚了嗎？」小晴對這個突然的決定一點也不感到意外，反而馬上注意到重點。

紹凱嘆了一口氣，說：「所以才要離開一陣子啊。」

其實，最簡單的版本是這樣的：紹凱跟他的室友分分合合，結婚也不是第一次提了，但這次有了一個孩子，和一滴眼淚，所以這次很有可能是真的。就像我說的，每件事都該有一個期限，為了確定這件事，紹凱決定先離開三週，如果在這三週裡，室友都沒有再去找「新室友」，那這滴眼淚就是真的，他也將為此辦一場真的婚禮。蜘蛛知道這件事後，馬上就想到我們大學時一直想去的紐西蘭。

晚上，小晴跟我一起回到公寓，她一路上一直跟我提去紐西蘭的事。我說，再看看吧。但小晴畢竟是我在大學時最要好的朋友，她又重複了一次我剛才在KTV門口說的話：「反正妳也計畫兩個月後就要離職了不是嗎？」

我反問小晴，妳不是才剛來臺灣玩而已嗎？

小晴說臺灣的匯率低，這趟也花不到什麼錢，而且她的父母願意出錢讓她去任何地方，只要別待在香港，去哪裡都好。而且她弟在紐西蘭念高中，要的話肯定可以搞到很便宜的機票跟住宿。

我暫時想不到什麼理由拒絕她，只能再說一次：「再看看吧。」

我們回家後各自換上睡衣，一起坐在床上，用投影機看著《甜蜜蜜》。電影剛演到黎明買了第二條一樣的手鍊送給張曼玉時，小晴忽然按下暫停鍵，「對了，以若，」她喊我的名字，轉頭，假裝不在乎的問我：「妳還喜歡蜘蛛嗎？」

有時候我真的很怕小晴。我說：「那都是以前的事了啦。」

「但妳從來沒有跟他說過，對吧？」

「……我可不覺得現在跟他說這個是什麼好主意。」
她愣了一下，然後賤賤的笑了起來，她說：「我不是這個意思喔，我是問，妳是不是不想跟他出去玩？不過妳這次也可以找機會跟他說啦。」
「……我們還是看電影吧。」
「吼！我們一起去紐西蘭，妳再找機會上了他！」
「哇操，亲，妳这想法很危险哪。」我試著用中國腔打發她。小晴知道她一時鬧不過我，只好乖乖的把剩下的電影看完。電影的最後，我看著漸漸浮現出的工作人員名單，背景樂依然是鄧麗君的〈甜蜜蜜〉。真神奇，鄧麗君居然可以代表一整個時代。
（黎明：在哪裡？在哪裡見過你？你的笑容這樣熟悉，我一時想不起）
「所以妳是怎麼跟前男友分手的啊？」小晴跳過了蜘蛛，終於回到了正題。正當我要開口時，她忽然又說：「啊！我先去洗澡，等一下再慢慢聽妳說。」搞得好像這才是值得配爆米花看的電影。
「好喔，妳最好洗到一半滑倒摔死算了。」我有點不爽的跟她說。
「幹你娘。」她對我說我以前教她的臺灣髒話。
「屌你老母啦！」我也說了她以前教我的香港髒話。

趁著小晴去浴室洗澡，我到陽臺點了一支菸。

待會該如何把那種不堪的畫面一口氣說清楚呢？都已經快滿一年了，我應該可以試著用「優雅一點」的方式重新整理一次：我用A模式試探他、用B模式體諒他、用C模式對他吼道：「你他媽的可以直接說她就是你的前女友。」但他沒有任何反應，也沒有任何模式，他只是用他一直以來的口吻問我：不然你想要我怎麼做？

我們交往了半年，這是我第五次聽到這句話，五是一個整數，換句話說，這是我表定的最後一次。每件事都該有一個期限，期限到了，所以我把所有「跟他相處的五種（待新增）模式」丟掉。我變回以前的那個趙以若，既不試探、也不體諒，更不憤怒。

我淡淡的跟他說：我們該分手了。

（電腦忽然又重播了一次《甜蜜蜜》。）

（一定是待機太久了。）

（我在陽臺上依稀聽見電影的開頭）

（黎明：親愛的小婷，我已經平安到埗，原來香港真的很遠，這裡什麼都跟天津不一樣，人多、車多，樓蓋得特高，聽說小偷也很多，廣東人說話粗魯又大聲……小婷，我真的很想念你。）

想起剛才跟阿俊聊天時，我很小心的不提到自己的近況，理由很簡單，我可不想讓阿俊又拿著這些事來說：我過得真好。更重要的是，如果我再忍受前男友跟我擺爛第六次，我可能也會告訴自己：我過得真好。

我剛開始工作時不是這樣的，那陣子，我養的盆栽會在一瞬間枯死，我前一晚沒喝完的水，隔天就會長出一層厚厚的水藻。就連我在交友軟體上認識的男生，只要隔一個星期沒聯絡，他們都會機器式的不停問我：要不要交往？要不要做愛？

大學畢業以後的生活就是這樣，一切有廣無長；你認識的人不會深交、你去過的地方沒有意義、你吃過的東西很快就忘了。丟掉很簡單，選對時間丟掉就是一門學問。後來我學會每個月定期更換盆栽、每個晚上固定把該喝的水全部喝完、每兩個星期刪除新認識的朋友。每個人都需要盆栽、都需要喝水、都需要有人可以聊天，這些我都可以輕易得到。

（小晴在浴室一邊洗澡一邊唱歌。）

（借我那把槍吧，你說你用不上那玩意去殺誰，莫非有人把情愛都已看厭）

同樣的，我做的工作遲早會找到更便宜的員工，我愛的人遲早會找到更完美的對象，所以我也能輕易得到一份「暫時」的工作或一個「暫時」的男友，只要每份工作都只做兩年、每個同樣的架都只吵五次，只要訂下期限，只要接受那些都是「暫時」的，我就可以得到任何我想得到的。想到這，我差點也以為自己「過得真好」。

我忽然想到，我有什麼理由不去紐西蘭呢？去跟一群我最要好的朋友和……曾經喜歡過的人去紐西蘭三週，連期限都有了，就看我想得到什麼。

（小晴繼續唱著歌。）

（殺了誠實吧，或者殺了愛情吧，在北風吹起的時侯加入了我們的隊伍）

●

小晴安排的行程是這樣的：首先，她的叔叔在羅托魯瓦有一間房子，早在香港回歸前，小晴的叔叔就移民去紐西蘭，後來住不習慣又搬回了香港，羅托魯瓦那間房子卻遲遲不肯賣，倒是每年旅遊旺季時都會出租給遊客。羅托魯瓦是知名的觀光景點，吃的部分非常簡單，紐西蘭是畜牧大國，我們可以去餐酒館、酒吧或買肉回家煎。她的高中弟弟還幫我們找了個可以生火的地方，我們可以隨便弄一把火，搞個烤肉或營火晚會之類的。

所以行程大致只有四件事：見小晴的弟弟、喝酒、泡溫泉、營火晚會。

換作是以前的我，肯定會吐槽這是什麼老人行程，但我們二十五歲了。與其到處踩點，還不如窩在爐火前，一邊聊天、吃牛排順便看書。

我們搭飛機、轉客運到羅托魯瓦的別墅時已經下午了。此時的我陷進柔軟的沙發裡，看著蜘蛛、紹凱和小晴在試客廳的音響，漸漸有心力去整理這一連串混亂的通勤時光……。

我們租的單層別墅位在羅托魯瓦的住宅區，四周都是低矮的圍牆和房屋，而寬敞的後院裡則有適合抽菸的小桌椅。客廳的四個角分別是落地窗、瓦斯爐、火爐和一套高級音響，看的、吃的、聽的都湊齊了，還有火爐可以取暖，太完美了。

（大都會的頭家叫做王電火！拄著伊我就一箍屭攏免買！伊大的小的束的膨的攏總有賣！恁爸的橐袋夠我買一罐麥仔茶！）

（音響終於能用了。）

（客廳傳來他們三人的歡呼聲。）

我們上次一起出去玩已經是大學時的事了。當時我們還不認識小晴，我、蜘蛛、紹凱和阿俊一起去做偏鄉服務，最後發現機構裡用的都是廉價童工，我們就連夜開車去田裡偷鳳梨，讓那裡的小孩拿去賣。

啊，當時還有三三，是蜘蛛以前喜歡的女生。五年了嗎？五年前的我肯定沒想過自己到頭來什麼都沒跟蜘蛛說，也絕對想像不到我們這群人五年後會多了小晴，而阿俊只有在要說「我過得真好」時才會找我們。三三……不知道她過得怎麼樣了。

此時小晴找我一起去外面抽菸，我們四個人走到別墅的後院，輪流拿火柴盒點菸。南半球的七月是寒冷的冬天，我們呼出的煙與熱氣在傍晚的夕陽下連成一片雲。黃色的菸盒上印著兩片爛掉的肺，看起來像熱帶豬肝口味。

（屋內的音響依舊循環播放著美秀集團的歌。）

（對不起我騙了妳，捲菸的菸草不來自後山，戒不掉菸戒不掉妳該怎麼辦）

（我們一起哼著。）

菸剛抽到一半，小晴才想起她叔叔交代她的事，除了幫忙檢查房屋有哪裡受損外，還要幫忙去旁邊的倉庫間找一卷錄音帶。根據小晴轉述，她叔叔要找的那卷錄音帶上只寫了短短一段日文：時の過ぎゆくままに。我們確實翻出了整整三大箱的ＣＤ、錄音帶和黑膠唱片，卻怎麼也找不到她叔叔說的那卷錄音帶。最後小晴把所有的紙箱搬到客廳的錄音機旁，撥通了電話，並打開擴音。

「喂？」小晴的叔叔在電話那頭應聲，但接下來一連串的粵語我卻怎麼也聽不懂，小晴一卷一卷的播放著，大多數的配樂剛響起，小晴的叔叔就說：「唔係呢個。」就換到下一卷。

正當我們開始放棄時，小晴的叔叔忽然沉默了許久，整個客廳此時都是電吉他的前奏，我仔細一聽，是首英文歌，看來真的找不到了。正當小晴要按下暫停時，電話那頭的叔叔卻說：「再讓我聽吓。」而此時的歌手不僅換了一個腔調，也換了一種語言：

愛的時光、愛的回味，愛的往事難以追憶，風中花蕊，深怕枯萎，我願為你祝福。

正當我認出這首歌是〈愛你一萬年〉時，同樣的唱腔卻又是不同的語言：

時の過ぎゆくままに，この身をまかせ，男と女が，ただよいながら。

電話那頭傳來了許多雜音，小晴把手機的音量調大，卻只聽見吸鼻子的聲音。

這一卷錄音帶我們聽了很久，但全是同一首曲子的改編，英語、中文、日文、粵語，好不容易聽完了，小晴的叔叔掛掉電話後，我們把錄音帶拿出來，這才發現上面寫的根本不是「時の過ぎゆくままに」，而是一首古典詩：「萬里歸來顏愈少，微笑，笑時猶帶嶺梅香。試問嶺南應不好，卻道：此心安處是吾鄉。」

晚上，我們打電話叫了披薩。離我們最近的商家在一公里以外，我們打算今天先休息，明天見到小晴的弟弟，自然就知道可以去哪裡玩了。我們聊了一下天、玩了一下迷你麻將，就輪流去洗澡睡覺了。我跟蜘蛛說晚安，他也跟我們說晚安。

蜘蛛和紹凱睡會客室旁的客房，我跟小晴則睡在更裡面的主臥室。溫暖的棉被裡只有一件薄薄的睡衣，我一邊發抖，一邊把小晴那邊的棉被搶過來。正當我打算闔眼時，忽然想起以前去偷鳳梨的事。當時我們租了一輛發財車，偷了一整車的鳳梨，結果後車廂再也擠不進任何人，我只好跟蜘蛛一起擠在副駕駛座。

我坐在蜘蛛大腿上的時候，感覺到他勃起了，而且他肯定也知道我發現了這件事，所以，有一段時間他變得更硬。當時……當時我的感覺很複雜，有點高興，但更多的是悲傷。

●

（我知道台北是一个特别文艺的城市对不对？）

（我们也是一个特别文艺的乐队。）

（〈总有一天我会欺骗你〉。）

（歡呼聲。）

早上，我被客廳傳來的聲音吵醒。我睡眼惺忪的起床，來到客廳。此時他跟紹凱一邊在瓦斯爐前煎雞蛋，一邊跟著拍子搖晃。音樂是音樂祭的 Youtube 影片，新褲子的〈總有一天我會欺騙你〉。

我到了客廳跟蜘蛛說早安，他也跟我說早安。

然後小晴起床了，她說，今天她唯一的行程就是去見她弟。

小晴很少提到自己同父異母的弟弟，我們之所以還記得，主要還是因為小晴一說到要去紐西蘭，我們就都會想到她有一個能弄到大麻的弟弟。我們這次租的房子也在他的高中附近。小晴中學*[1]畢業後就從香港來臺灣念大學，而她的弟弟自從小學畢業後就來紐西蘭念書。

「不知道他現在怎麼樣了。」小晴喃喃唸著。

吃完早餐後，我們決定去附近的商店街晃晃。紐西蘭北島的冬天只有七度，我們穿上保暖的衣物，並不停朝天空呼出蒸氣。一路上除了低矮的民房，就是競選人的廣告看板。

我們走了將近兩公里才到附近的商店街。我想挑幾張明信片寫信給在臺灣的朋友，前男友的話……也寫一張吧，反正不管寫什麼他都一樣會恨我，所以不管寫什麼都可以。

我忽然發現早上聽到的那首歌，此時還在腦裡重複著。

（其实你对我的感情，就像你买的家用电器，就算有一天被摔坏，你也不会用心来修理）

羅托魯瓦不愧是觀光勝地，所有的紀念品店都賣著同樣的東西，一樣的鑰匙圈、一樣的明信片、一樣的馬克杯和一樣的開瓶器，它們也同樣印上一樣的奇異鳥和一樣的毛利圖騰。我隨手挑了一張明信片，圖案是一個卡通奇異鳥扮成一顆卡通奇異果，滿適合送給前男友的。我再幫其他朋友挑了水彩風格的海龜、山景和圖鑑風格的手繪鳥。

小晴跟她的弟弟約在商店街的一間餐廳碰面。店內的玻璃櫥窗裡幾乎什麼都有，從牛排、炒飯、蘑菇到沙拉和蛋糕，我們看了很久，最後決定各自點一份再分著吃，蜘蛛給我一口炒蘑菇，我也給他一口義大利麵。小晴則點了一份烤肉桂捲。

「喺度！」小晴對走進店裡的其中一個男生招手。

小晴的弟弟剛坐下，小晴就用廣東話跟他說話，但他的廣東話很卡，也經常聽不懂其中的幾個字句，一來一回，最後他只好用帶著中國口音的中文跟我們打招呼：「你們好，我是她弟弟，叫我小輝就行了。」

「所以你那裡有大麻嗎？」小晴直接進入正題

「运气运气喽，从这里过去两个街区……」小輝指了一下身後的街道，說：「……左转的路口，下午五点会有一个流浪汉在那边卖。」

「多少錢啊？」我問。

「二十新西兰元吧，有时贵了点……」小輝忽然拿出手機跟我們說：「我跟你们说有什么好玩儿的，顺便拍 vlog 行吗？」

我用中國口音開玩笑的說：「行啊，当然可以啊。」

小輝把横放的手機螢幕舉高，對著鏡頭說：「各位朋友好啊，这是我姊，我今天带他们来新西兰转转，看有什么好玩儿的……」

（我們記下了酒吧、溫泉和商場的位置。）

（小晴問：營火晚會呢？）

（小輝低聲說：这晚点再说。）

「……你们一定要去週四的night market，那里的鱼排特好吃。」

小輝按下手機的停止鍵，開始跟我們討論最後幾天的營火晚會。我們那天可以先在下午四點的night market裡跟他碰面，吃完晚餐後再去他熟悉的空地生火。小晴提議晚會結束後可以來我們家看個電影再走。

「行啊！」小輝說。

我們和小輝道別後，就去附近的商場買肉，牛雞豬羊，什麼都買一點。紐西蘭的物價偏高，所以就算肉製品便宜，價格也跟臺灣的差不多。我們還買了啤酒和許多沒見過的零食。走出商場時才發現已經傍晚了，遠處天上有一道的彩虹。我跟蜘蛛說有彩虹欸。他說對啊，是彩虹。

「蜘蛛，」就在我們正準備要回家時，紹凱忽然站在原地，喊了他一聲，我們轉頭看著他，他臉色慘白的跟蜘蛛說：「打我一拳。」

「啊？」

「我剛剛看到訊息了，我室友……我前女友剛剛把孩子拿掉了，所以你知道的……」紹凱的聲音漸漸變得平淡，甚至冷漠：「……都結束了，沒有孩子，也不會結婚，她又有『新室友』了……我以為這次會……」

「把眼鏡拿下來。」正當我們一時還反應不過來的時候，蜘蛛淡淡的說，伸展了一下指關節，繼續說道：「你知道，如果用全力的話……很危險，所以，我改用巴掌……」

「別說這麼多，快點。」紹凱摘下眼鏡。

「李紹凱，」蜘蛛的聲音忽然像在宣告，他繼續說：「你知道未來的路還很長，這一切都會過去，就連你現在的難過也只是一時的……」

「你他媽的快一點。」

「……雖然都會過去，但你不要忘記，你曾在此時此刻，真真切切的痛苦過。」

「幹你……」

紹凱一瞬間差點站不住腳，他摀著自己的臉頰，搖搖晃晃的重新站穩腳步，然後，他彎下腰，哭了。蜘蛛抱著他，非常用力的拍著他的背。整條街上的人們都停下腳步，看著蜘蛛抱著不停哽咽的紹凱。

「走啦，喝酒。」

「……嗯。」

我當時有一瞬間以為我們會直接解散回臺灣，紹凱已經等的「答案」提前出現了，我們這幾天帶著情緒不穩的紹凱也沒辦法去哪裡，但……我們有要去哪裡嗎？我忽然發現，這一切的行程都安排得剛剛好，沒有要去遊樂園或大城市，沒有高樓也沒有懸崖。

我事後回想起來，也許蜘蛛早就料到有這個可能性，所以就算紹凱說去哪裡都好，蜘蛛還是幫他規劃了這次的旅行、找齊了他身邊最要好的朋友、抵達了一個安全且陌生的國家，並提前做好心理準備。溫暖的火爐和音樂、便宜的大麻和肉製品，不管是誰都會覺得「我過得真好」，更重要的是，這個「好」有明確的期限，等期限到了，紹凱甚至能把這一切當成一場夢。所以，也許不只紹凱在等室友的答案，蜘蛛也在替這個最糟的情況準備著。

我們一到家後，蜘蛛就一邊吹口哨，一邊煎牛排，紹凱則一臉沮喪的喝著啤酒。我在餐桌旁寫明信片時跟蜘蛛說，這張特別難看的，是我要送給前男友的，隨便寫寫而已。但他正注意著牛排翻面的時機，我只好繼續寫明信片。

我的前男友是不聽歌的人，不可能聽過新褲子，更不可能去過音樂季。我甚至知道不管寫什麼給他，他都不會有任何反應，更不可能去上網查。所以，我轉頭看了一眼失落的紹凱，並按下原子筆，明信片裡不是什麼優美的歌詞，只是主唱開場時說的話：

我知道臺北是一個特別文藝的城市，我們也是一個特別文藝的樂隊，總有一天我會欺騙你。

我簽上名字和日期，扇了幾次明信片，讓上面的墨水快點乾。我繼續模仿著他們的唱腔哼著：总有一天我会离开你，总有一天我会抛弃你，总有一天我会伤害你，伤害你。

●

自從紹凱徹徹底底的失戀後，我們就計畫走遍羅托魯瓦的每間酒吧和溫泉中心，並各自拿五十紐幣集資買大麻。有的酒吧在法院隔壁、有的酒吧不限年紀、有的酒吧主要是賣牛排或披薩，總而言之，我們把每個能喝酒的地方都稱為酒吧，並讓每間酒吧的廁所都充滿著紹凱的哭聲和嘔吐物。

過程中我曾無數次從酒醉中清醒。

（紹凱在酒吧裡跟一個頭戴鹿角的紐西蘭青年合照。）

（小晴幫我和蜘蛛拍了一張合照、上傳臉書並tag我和蜘蛛的帳號。）

（小晴安慰紹凱：三個星期太久了啦，五天就是極限了，哈哈哈哈哈。）

（一對紐西蘭夫妻一邊推著嬰兒車，一邊幫我點菸，並跟我擋了一根價值臺幣二十八元的菸。）

我們一直沒等到賣大麻的流浪漢，卻無意中把那個路口當作每次集合的地點。我們去森林公園看奇異鳥、去紅杉林騎越野腳踏車、去遊樂園玩自由落體，無論我們去了哪裡，下午都會回到小鎮裡的酒吧。我沒想到為期三週的旅行可以這麼漫長，我看著不同的車駛過同樣的馬路、看著不同的流浪漢走過同樣的街口、看著華人餐館裡不同的服務生露出了同樣想和我們聊天的表情。

「你記不記得你以前陪我去醫院看我女友？」

蜘蛛某次喝得比紹凱還醉，昏昏沉沉的說了一堆不明所以的話。

紹凱說：「記得啊。」

「你記不記得我們以前邊喝酒邊逛鬼屋？」記得啊。

「你記不記得你總是來宿舍門口找我抽菸？」記得啊。

「真好，太好了。」我都記得。

（蜘蛛又喝了一口啤酒。）

（小晴朝我打了一個暗號。）

（她跟我一起欣賞蜘蛛喝醉的蠢樣。）

「就像一卷錄音帶，你懂嗎？」

「對，錄音帶，你以前說過了啊。」紹凱說。

「不不不，我的意思是……那就像一卷錄音帶。」

「對，你現在也很像一卷錄音帶。」紹凱笑著說。

「你懂這個比喻嗎？就是一卷錄音帶，你把它從錄音機拿出來，也許是因為搬家或出門幾天，隨便啦，總之你就是把它拿出來了，收進口袋或丟進紙箱，就只是這樣。」

「嗯，拿出來，這我還聽得懂。」

「哪知道往後再也沒有一部機器可以播放了。」

在紐西蘭的這三週裡，蜘蛛幾乎每天晚上都會看一部電影，我也幾乎都會在假裝去上廁所時，陪蜘蛛看一小段。

（我曾多次問他：你還沒睡啊？）

（他曾多次回答我：對啊。）

（我曾多次再問他：你在看什麼啊？）

（他說：《聽說桐島退社了》、《鳥人》、《陌路狂花》、《無人知曉的夏日清晨》、《中學生圓山》、《野梨樹》、《樂與路》、《宿怨》、《大腕》、《法蘭克》、《橫山家之味》、《命帶追逐》、《旺角卡門》……）

「啊？」

我愣了一下，回過神來才發現我們每晚都重複一次同樣的對話，每天的話全疊在一起。

「《旺角卡門》啊，怎麼了？」

「沒事。」

我像往常一樣坐在他旁邊。（拿著他往常都會給我的抱枕。）（像往常一樣故意靠著他的手臂。）（他曾對著電影裡的劇情笑著、哭著、尷尬著、疑惑著、期待著。）

蜘蛛也像往常一樣，轉頭問我：妳覺得紹凱以後會怎麼樣？（我們往後都有各自的生活。）（妳覺得這麼做對他真的好嗎？）（也許小孩根本沒被拿掉，）（又或者從來就沒有什麼小孩，）（這一切可能都只是他的女朋友給他的測試。）（也許、）（也許、）（許多年後我會後悔當初沒有一拳把他打暈。）（我唯一確定的是，）（我們往後都有各自的生活，）（這可能是我最後一次幫他了，）（妳覺得這麼做對他真的好嗎？）

我說：我不知道。（我們不可能知道、）（我們還不夠老、）（我們有時笨了一點，有時又聰明了一點、）（但我們還不夠聰明，）（我們永遠不夠聰明。）

我們離回國只剩（十九）（十七）（十五）（十一）（五）（三）兩天了。

我（轉頭看著他）（假裝睡著）（假裝被劇情嚇到而抓著他）。

伸手（拿起茶杯）（拿抱枕靠在後背）（拿遙控器調整音量）。

握著他的手，他轉頭（被電影驚嚇）（冷漠著）（疑惑著）。

我張開嘴（道晚安）（說難聽的笑話）（說：誰也救不了任何人）。

上前吻了他一口。

而他也回吻了我，然後，我或者他吻著他或者我。

他的鼻息有變快嗎？他的嘴唇和舌頭有不規律的顫抖嗎？他臉頰的肌肉有因不安而緊繃嗎？我忽然想起以前去偷鳳梨時，我坐在他的腿上，而他勃起了。這一切能推測出什麼嗎？我……我不知道，我們永遠不夠聰明，所以，我忽然停止了親吻，既沒有脫衣服，也沒有要他撫摸我，我只是抱著他，不重不輕、不快不慢，一個平靜且漫長的擁抱。忽然，這一瞬間，他像錯愕似的愣在原地，沒有回抱我，也沒有把頭靠著我，遲疑的反應像從來沒有料到會發生這樣的事。

我的腦裡瞬間閃過許多任男友的回憶，但都換成了蜘蛛。

（未來我們會做愛、我們會承諾、我們會吵架、我們會和好，然後他終究會發現他一點也不喜歡我，他也會說出那句「不然你要我怎麼做？」）

好，我懂了。

我鬆開他，並站起身，轉頭回自己的房間。我忘了他有沒有說些什麼，也忘了自己在闔上門時，有沒有讓他看見我的表情。我發現在漆黑的房間裡，小晴從床上坐了起來，我忍著哭腔問她：妳還沒睡啊？

「我都等妳看完電影才睡啊。」

我低聲跟她說剛剛發生的一切。

我一開始的想法始終沒變，在離開紐西蘭以前，若蜘蛛都沒有給我回應，我就得心甘情願的離開。這個原則從來不曾變過，這件事早該有一個期限了，我也完全沒有妥協或讓步，回想起來，我不曾在任何一刻有過任何失誤，我做得沒錯，這是最快也最準確的方式，我甚至可以說這是我最理性的一次了，但……。

（也許我不該讓妳去試的……）

此時小晴在黑暗裡的聲音聽起來好遙遠。

（……但這是我看到妳喜歡一個人時，最開心的一次。）

聽到這句話，我才發現原來我這麼喜歡這個人。

●

回國的前兩天，我們到小鎮上的夜市先買點吃的，準備待會在營火前野餐。位在臺灣右下角的紐西蘭有著非常不真實的東方想像：中國的餃子、越南的烤肉、臺灣的珍珠奶茶。蜘蛛買了一盒壽司，吃了一口才發現裡面包著酪梨。我買了一盒烤鮭魚，份量幾乎可以當正餐，小晴說她的培根捲干貝可以跟我分著吃。

此時的天空暗了下來，亮起了成排的路燈。我們跟著小晴，往google地圖上的路線前進，走了將近二十分鐘後，我們已經離開了住宅區，四周都是牧羊的草地，連經過的車都變少了。我環視四周的草原，所有的土地都是綠色的，而所有綠色的土地都裸露著最原始的起伏，那是被羊一吋一吋啃食後的遺跡。

小晴停了下來，我們轉頭一看，是一片私人土地，裡面不僅有民房，柵欄內還養了許多頭牛。正當我們懷疑自己走錯路時，忽然看見小輝在遠處草地上和我們招手，我瞇起眼，他還帶了兩個朋友一起來。

小輝拿出鑰匙幫我們解開木門上的鎖，跟我們說：「一起来检树枝吧。」

原來小輝平常的工作就是替農場的主人撿樹枝和垃圾，以免放牧時讓牛吃進肚子裡。小輝說，他的老闆特別喜歡亞洲人，以前來打工的歐洲人都必須彎腰才能撿樹枝，又慢又容易累，不像我們可以用亞洲蹲，省力又不用休息。

小輝確實沒有騙我們，最後收集來的樹枝的確得用火燒掉。我們只好推著推車，不情願的幫小輝做他的工作。我們陸續撿了許多樹枝、塑膠和保麗龍塊。紹凱忽然驚呼了一聲，我們轉頭，發現他正拿著一大塊動物的下顎骨朝蜘蛛揮手，不懷好意的笑道：「蜘蛛，這是掠食者還是還是獵物啊？」

「你靠杯喔。」

大約四十分鐘後，我們終於收集完足夠升火的樹枝。漆黑的夜裡，我們買來的晚餐都涼掉了。我們圍著一團小小的火焰，小心的加入新的樹枝。很快的，火越來越旺。

看著及腰的木材燒成巨大的火焰，我們圍坐在地上吃晚餐。小輝忽然從民房裡拿了一把吉他過來，我們看到後開始歡呼，早一步吃完酪梨壽司的蜘蛛接過吉他，六條弦依序彈過一次，確定音準沒跑掉太多。

蜘蛛上網查了簡譜，刷起簡單的和弦，一種刻意模仿的中國口音。

（让我再看你一遍，从南到北）

（我們合唱著：像是被五环路蒙住的双眼，请你再讲一遍，关于那天，抱着盒子的姑娘，和擦汗的男人）

正當我們唱起站在能分割世界的桥，还是看不清在那些时刻……。高中生們忽然停了下來。

「〈秦皇島〉啊。」蜘蛛說。

「沒听过。」小輝說。

「怎麼可能。」

「真的，真沒听过。」

我們非常驚訝。小輝和兩個中國高中生既沒聽過新褲子和萬能青年旅店，也沒聽過馬頔和堯十三。小輝伸手接過吉他，跟另外兩個同學說：「这首歌咱们都会吧。」

（素胚勾勒出青花笔锋浓转淡，瓶身描绘的牡丹一如妳初妆）

蜘蛛接過吉他，查了簡譜，刷了幾個和弦。

（越頭看迄段青春兮路程，汝想起離開兮時陣，戇戇坐上迄班暝車，開始走從兮人生）

蜘蛛說，占領立法院的那天，他在裡頭待了整整五天，襪子跟鞋子都臭了。我說，我是第二天才到的，立法院的地板居然是斜的，每天都睡不好。中國高中生們聽到後大聲的歡呼：干的好啊！给那些台独分子一点颜色瞧瞧。

我們愣了一下，看到這一幕，我們也笑了。

（我們大聲唱著〈我們不一樣〉。）

火越燒越旺，小晴要蜘蛛跟著她的節奏交替幾組和弦。

（一首耳熟卻聽不懂的粵語歌。）

（另一首是〈富士山下〉，但我們只知道〈愛情轉移〉的歌詞。）

「那〈讓一切隨風〉呢？」紹凱說：「就上次找到的錄音帶，我們可以唱〈愛你一萬年〉的歌詞。」

「我不唱鍾鎮濤的歌。」小晴說。

「喔……」紹凱說：「……好吧。」

（蜘蛛刷了一組和弦，接著是一連串熟悉的音樂。）

（我們合唱著那些我們已經老去的事實。）

〈那些我們已經老去的事實〉（二〇一九）

我在你淡漠的臉上看見強烈的瞬間，那是是非／猛虎巧克力（二〇一四）

是我生命中最壯麗的記憶，我會記得這年代裡你做的事情／張懸（二〇一二）

你和我一樣，都是說謊的人，擁抱城市的灰塵／堯十三（二〇一五）

一樣又醉了，一樣又掉眼淚，一樣的屈辱，一樣的感覺／草東沒有派對（二〇一六）

如此生活三十年，直到大廈崩塌，一萬匹脫韁的馬／萬能青年旅店（二〇一〇）

跤鐐手銬、拖磨聲、迷亂中、愈來愈清／閃靈樂團（二〇一三）

你若知你無明仔載，你會想欲去佗位行？／血肉果汁機（二〇一八）

哪裡有我想要的生活？／盧廣仲（二〇〇八）

菸一支一支一支的點／茄子蛋（二〇一七）

你寫下多少的夢，無盡的美／先知瑪莉（二〇一三）

細胞在共鳴，內心在呼應／勸世宗親會（二〇一六）

倔強的我，忽然間，了解一生干焦一擺／拍謝少年（二〇一七）

若我不曾為誰感傷，若我不曾為誰瘋狂，若／棉花糖（二〇一二）

我重複的說，自己都相信了一切／康士坦的變化球（二〇一六）

不要啟蒙我，讓我當白癡／巨大的轟鳴（二〇一四）

讓我做一個愚蠢的人／顯然樂隊（二〇一六）

趁著黑暗真正來臨前，把你的手放開／Tizzy Bac（二〇一三）

曾經的承諾啊，不要再對我說謊／老王樂隊（二〇一七）

花，請聽我說話，在無意中，我踩壞你的／Hello Nico（二〇一五）

衣裳在爐火中，化為灰燼，升起火焰，一直燒到黎明／宋冬野（二〇一三）

別害怕、別害怕，只是悲歡離合的夢啊／馬頔（二〇一四）

我從來不怎麼溫柔，我想你也懂／法蘭黛（二〇一五）

人生是高速公路，我是趕路的車／滅火器二〇一七）

那一架銀色超音速飛機，又要帶你去哪裡？／新褲子（二〇一六）

我們又學到了什麼生命的意義？／那我懂你意思了（二〇一三）

你想要，讓每一顆心都渴望你的愛／回聲樂團（二〇一三）

想要握手、想要擁抱／9m88（二〇一七）

還是你愛你漸漸變老的身體？／安妮朵拉（二〇一二）

曾經狂奔、舞蹈、貪婪的說話／陳綺貞（二〇〇九）

曾經一往情深，說不讓他溜走／非人物種（二〇一一）

我變成荒涼的景象，變成無所謂的模樣／陳粒（二〇一五）

他們在偷偷看，看我的無助與傍徨／929（二〇〇八）

心虛的我們假裝一直歌唱啊／美秀集團（二〇一八）

最後小輝決定到我們那裡喝點酒再走，解散後，他和遠處的兩個高中朋友揮手，喊到：「我待会就去找你们，别把我给忘了！」那兩個高中生也在遠處高興的朝我們喊著什麼，但太遠了，聽不清楚，我轉頭看小輝，他也皺著眉，似乎也沒聽懂，只好隔著一整片紐西蘭的草原繼續朝遙遠的他們揮手。

我們慢慢的走回去，到了以後小晴便從隨身硬碟裡找了一部電影來看。我、蜘蛛和紹凱輪流去洗澡，小晴倒是一直在客廳陪她的弟弟看電影。過程中我們又各自喝了兩瓶啤酒，小輝剛學會喝酒，一下子就醉了，他認真的看著電影，一句話也沒說，直到電影結束，他才跟小晴要了一支菸，姊弟兩人就跑去門口抽菸。

我想起昨晚的事，有點不想跟蜘蛛獨處，所以也到外面陪他們抽菸。

小輝似乎在回想著剛剛的電影劇情，說了一句：「好帅啊。」

「哪個啊？」小晴問。

「六三三啊，那个警察。」

（沉默。）

「以前的香港不是這樣子的。」

「那以前香港是怎么样的啊？」

（沉默。）

「我都越嚟越唔清楚。」

「……啥？我喝多了，没听清楚。」

「都係無嘢啦，反正遲早都無人會再記得。」

隔天早上醒來，我們才看到柯文哲宣布組黨的新聞。

●

直到旅程的最後一天，我們還是沒找到大麻。紹凱曾在便利商店找到名為HEMP的汽水，他連續灌了兩瓶，事後才讀懂包裝上那一小行字：No added THC。我們無數次在下午五點時停留在小輝告訴我們的路口，但始終沒見到賣大麻的流浪漢出現。

我們距離回國只剩九個小時，最後我放棄了，不是放棄尋找大麻，而是放棄等賣大麻的流浪漢出現，我決定自己去找。正當我打算獨自在街上尋找大麻時，紹凱忽然從路口跟了上來，原來他還在為自己買到了假的大麻飲料而感到不甘心。我轉頭跟蜘蛛和小晴說，你們先回去收行李吧，我們會在晚餐時間回去。隨後我和紹凱就踏上了尋找大麻的冒險。

紹凱一路上都很興奮，甚至用google翻譯惡補了一些可能用得上的單字。羅托魯瓦的街道就跟往常一樣，許多店家都只營業到下午四點，流浪漢跟下班的人潮陸續出現。我們沿路問了幾個看起來有在賣大麻的人，他們大多在聽懂我的英文後露出驚恐的表情。Hemp?、Marijuana?、Cannabis?最後我們問了三人一組的流浪漢，中間的白人立馬站了起來，說他有。

紹凱用粗糙的英文搭配肢體語言，說我們要兩根。

（他說要四十紐幣。）

我說：OK。

（他說錢先給他，他要去車上拿，兩分鐘就好。）

紹凱立馬說：OK。

另外兩個流浪漢是毛利人，他們拿出坐墊，邀我們跟他們一起坐，左邊的毛利人教我們說「Kia Ora」意思是：你好、很高興認識你、謝謝、再見。更左邊的另一個毛利人則跟紹凱說了一個女性名字，問紹凱認不認識她，接著是一連串那個流浪漢在奧克蘭的失戀故事。

其實我不確定那是不是失戀故事，只是在這一連串聽不懂的英文裡，我只聽得懂「Auckland」和那個女性名字「Jacinda」，所以他說的可能是某個明星或是政治人物，他那複雜的表情有可能是感傷、憤怒或崇拜，但點頭跟微笑可以應對各種狀況。

跟我們收了二十紐幣的白人要我們等他兩分鐘，這兩分鐘裡有許多流浪漢經過這裡，他們彼此打招呼、聊天、送食物，並問這兩個亞洲人在這幹麼，隨後露出了同情的眼神。將近一個小時的兩分鐘很快就天黑了。Kia Ora流浪漢跟我們說那個白人不會回來了。紹凱驚訝的問，不會回來了嗎？不會回來了，但我明天還會看到他，我可以幫你打他一頓。Kia Ora流浪漢笑著說。

紹凱說：OK。

走回家的路上，紹凱看起來特別失望，我本來想跟他說我們應該先問清楚的，但他看起來真的很失望，所以我只好跟他一起沿路碎唸著三字經。

就在我們正要離開商業區時，忽然被身後的一個流浪漢攔了下來，他一邊小跑步，一邊朝我們揮手。他跑到我們面前，他說他有。

Hemp？紹凱問。

那個流浪漢說：Ya! Weeeeeed～

紹凱跟著那個流浪漢，我也只好跟上去。我們最後走進了一個小巷子，流浪漢撿起地上的菸屁股，左顧右盼了一下，然後假裝在抽菸，他說要六十紐幣。紹凱說OK。他說他要上樓拿，我們先給他錢。紹凱連忙說：NO, NO, NO! I give you. You give me. Over! 他說有警察、很危險之類的。紹凱說你也看到了，我們剛剛已經被騙了。

總之，他想再騙我們一次，但他們沒有第二次機會了。

所以紹凱說：Kia Ora。

他說：Fuck you。

凌晨兩點，我們四人坐上了前往奧克蘭機場的長途休旅車。聽了我們剛剛被騙的故事，蜘蛛用手肘頂了一下紹凱，跟他說，以後還有機會啦。紹凱深呼吸了一口氣，應了一聲：嗯。

車開到一半，紹凱用英文問司機可以不可以用他的音響放音樂。司機點點頭，紹凱就把音源線接上自己的手機，並按下隨機播放。兩個半小時的車程裡，我們起初一直盯著窗外的景色，但夜色太黑了，只能偶爾看到廣告牌的燈光。坐我左邊的小晴是最先睡著的人，副駕駛座的紹凱還轉身把她流口水的樣子拍下來。後來紹凱、蜘蛛也陸續睡著了，我也試著閉上眼睛……。

（一陣低沉的木吉他單音。）

（鋼琴聲偶爾在尾段出現。）

（片段中，有些散落，有些深刻的錯）

「啊……。」我忽然驚醒，左顧右看了一會，發現大家都因為這首歌而醒了。我們互看了一眼，然後笑了，並一起低聲哼著。

（還不懂，這一秒鐘，怎麼舉動，怎麼好好地和誰牽手）

我忽然注意到，這或許是整趟旅程裡最重要的一刻了。許多年後，每當我想起我們一起去紐西蘭，我恐怕永遠都會記得旅程的最後，我們在車上一起聽著張懸。但這是個毫無意義的畫面，徹底的毫無意義，我們都不是第一次、也不是最後一次聽張懸，儘管毫無意義，但……**往後再也沒有一部機器可以播放了**。

（而我不再覺得失去是捨不得，有時候只願意聽你唱完一首歌）

我、我伸手，握著身旁，蜘蛛的手。我知道人生還很漫長，許多年後我甚至會覺得此刻的自己很蠢，但我一定得這麼做，就像當時蜘蛛打了紹凱一巴掌，我知道人生還很漫長，非常非常的漫長，我往後也一定還會遇到比蜘蛛更好看、更有趣、更喜歡我的人，但……**你往後的人生也許會有單曲，但再也不會有一張完整的專輯了**。

（你知道，你曾經讓人被愛並且經過，畢竟是有著怯怯但能給的沉默）

我用眼角餘光注意到蜘蛛轉頭看著我。不要轉頭，以若，聽完歌，然後搭飛機回國。不要去等任何人，羅托魯瓦的最後一夜，期限已經到了，妳不年輕了，沒有更多時間可以浪費了。

（在所有人事已非的景色裡）

不要轉頭，以若，不要轉頭看他。

（我最喜歡你）

——寫於二十五歲

注釋：

1香港的中學教育為六年制。

鳳梨田裡的幽靈

此時，我在紐西蘭的民宅裡看著電影，漆黑的客廳裡只有液晶螢幕的光亮。除此之外，坐在我旁邊的人居然是以若。五年了嗎？沒想到我跟她認識這麼久了，或者說，沒想到一開始跟我們最不熟的以若居然會跟我們一起出國。

電影一部接著一部，我們離回國的日子也在倒數。我轉頭看著她時，她也轉頭看著我，當我再回頭看電影時，已經跟不上劇情了。她忽然問，你還記得以前的事情嗎？我當然知道她在說什麼，卻不知道該怎麼回答。

我猜回憶就像數數遊戲，無論你正著數、倒著數，最終都會數到終點。不，回憶更像一張不斷磨損的唱片，你越是反覆聆聽同一個段落，就越會遺失其他細節，直到最終，你只能聽見你想聽見的，也只能想起你願意想起的。

她自顧自的繼續說道：「我記得是寒假的第二個星期……。」

「不，」我說：「這件事最早得從廢墟的鬼故事開始。」

1 廢墟的鬼故事

五年前吧，那是二〇一四年的年初。那年我們二十歲，剛結束大學二年級的期末考。晚上，阿俊把所有人聚集到了廢墟裡。蜘蛛，也就是當時的我，推測這棟廢墟應該是未建成的民宅，牆壁、地板、天花板都是未鋪平的水泥和裸露的鐵條，「門」和「窗」只是牆面上或大或小的方形空洞。

起初，大家開著手機的手電筒在這棟漆黑的廢墟探勘，民宅只有兩層樓，中間是沒有扶手的螺旋梯，二樓的隔間有一張草蓆、喝完的啤酒罐和用過的保險套，牆上有一幅壁畫，藝術學院的人八成很久以前就來過這裡了。

我們不到十分鐘就探勘完畢，所有人在一樓的大廳會合。黑暗中，阿俊、蜘蛛、紹凱、三三和以若五個人手上各拿著一支啤酒，圍著一根蠟燭開始說鬼故事。

這棟廢墟流傳了幾個版本的傳說，阿俊聽到的版本是：獨自一個人的時候會看見附近的幽靈和你招手。三三聽到的版本是：當人多的時候，會聽見自己未來的戀愛對象在你耳邊低語。以若說這都不對，她聽到的版本是：每當要清點人數時，都會發現多了一個聒噪的人，那是來自未來的、你自己的幽靈。

「未來的自己有什麼可怕的？」阿俊問。

「不不不，我覺得未來的自己才是最可怕的，」紹凱補充道：「編出這種故事的人肯定是個落魄潦倒的傢伙。」

「是看到自己未來的死法嗎？」蜘蛛一臉疑惑。

「還沒死，卻跟死了沒兩樣的自己才可怕。」紹凱說。

（以若說她不記得有這一段。）

（但我很確定這是真的，因為……因為我當時正在黑暗中偷偷看著三三，喔幹，蠢死了，我真想回到過去打自己一拳。）

2 我打了過去的自己一拳

但這畢竟只是我腦裡的回憶，所以我的拳頭穿過了回憶裡的自己，像幽靈一樣。

3 所以我對回憶裡的自己說

我對回憶裡的自己說：「你剛剛發現了吧，三三看著阿俊的時候，眼裡有光。」我確定蜘蛛聽到了，但他只是撇過頭，眼神朝我瞥了一眼，又迅速移走。

此時的蜘蛛在心中默數了一下人數，阿俊、紹凱、三三、以若和他自己……為什麼會有第六個人？

我朝過去的自己揮了揮手，嗨，好久不見啊。但他似乎又看不到我了。阿俊又開始說鬼故事，但此刻的蜘蛛一定還在想著三三的嘴唇、肩膀和她的胸部，每想起這些，蜘蛛就會轉頭看著我，並發現我對他露出不懷好意的微笑。

（以若：我不懂，當時的你怎麼可能知道未來的自己是怎麼想的？）

（我：我的意思是……其實我當初就多少有點預感了。）

（以若：……喔。）

（我：說不定我當時其實也知道該怎麼跟三三聊天啊，只是選錯方式而已。）

（以若：喔不不不，承認吧，你跟三三真的沒話聊。）

4 好，我承認

阿俊在跟紹凱討論這棟廢墟的年代。匆忙中，蜘蛛的目光又下意識的在尋找三三，哦，看到了，她正在不遠處低頭滑手機。

「妳會緊張這次的營隊嗎？」以前的我跟三三說話時就是這麼慌張。

「會啊，雖然我也不知道能……」三三抬起頭，手機螢幕的光線讓她的眼睛水汪汪的，她害羞的時候下巴會稍微往內收，肩膀也會微微的拱起，這個像呼吸一樣幽微的細節被蜘蛛發現了，他忽然感到一陣平靜，這個連三三自己都沒發現的小習慣居然就在眼前，某種更本能的默契好像也把他們繫在一起。其實三三說了什麼他一句也沒聽進去，但隨著語調，他驚覺她已經要把話說完了：「……嗯，很重要。」

「其實我不確定，因為我們對那邊……」

「嘿，就去看看嘛，」三三插嘴道：「總比寒假一直待在家好啊。」

「……也是啦，」蜘蛛說：「對了，去營隊前，我們……」

「嗯，到時候見嘍！」三三草率的結束對話。當時的我肯定心想自己很無聊吧，那個平時跟紹凱聊天的自己去哪了？說些「他媽的」、「幹」、「幹他媽的」啊！談談國際局勢或後現代思潮什麼的，吃的喝的也好，拜託，快說點什麼吧！

「……嗯，到時候見。」

（以若：我好像沒有問過你，就是……紹凱好歹有給你一些建議吧？雖然他此時此刻失戀了，但當年的他感覺滿會處理這種事的吧。）

（我：呃，其實紹凱也沒多順利啦。）

5 很高興認識你

夜晚的路上沒什麼車，只有一整排空蕩蕩的路燈，原本蜘蛛放慢車速是為了跟紹凱討論三三的事，但紹凱卻先開口了：還記得我之前跟你說過的那個網友吧，就是說要來花蓮找我的那個……。

沒想到那個女生真的休假來花蓮找他了。他們一起去看海、去涼亭下喝桂花酒、去壽司店吃一份認真的壽司。照理說任何具有儀式感的事情都會顯得與眾不同、都值得作為更多儀式的延伸，但道別時，她也在手機訊息裡儀式性的跟紹凱說了什麼謝謝啦、玩得很愉快啦、很高興認識你啦，其實她最後說了什麼並不重要，重要的是那個禮貌，那他媽殘忍的禮貌，意思就是：永別了。

「很高興認識你！」蜘蛛加快車速。

「很高興認識你！」後座的紹凱也笑著大喊。

（講到這，我跟以若也在這段回憶裡默唸：很高興認識你。）

我們兩人沿路在無人的街上大喊。

跛腳的野狗、沿路的碎石，很高興認識你！快倒閉的紅珊瑚店、屹立不搖的連鎖拉麵，很高興認識你！麥當勞、薑母鴨、青年旅館，很高興認識你！直到我們抵達車站的機車停車格，才放低音量。晚上一點零七分。

蜘蛛一摘下安全帽就問：「你覺得我跟三三有機會嗎？」

「唔，我以為早就結束了欸，」紹凱走向吸菸區，點了一根菸，說：「你沒發現嗎？剛剛三三看著阿俊的時候，眼裡有光。」

此時蜘蛛瞪了未來的我一眼，又繼續假裝沒看到我。

蜘蛛聳了聳肩，對紹凱說道：「你知道嗎？我經常想像……呃，想像有一個更年長、更成熟的自己在和現在的我說話，三、五年後吧，三、五年後的我自己回想現在，一定能做出最好的決定。」

6 我經常想像更成熟的自己在和現在的我說話

就像剛剛在廢墟時，我跟蜘蛛說起三三喜歡阿俊的事，他的眼睛朝我瞥了一下。

我非常確定蜘蛛聽到了，因為五年前的我早就有預感了，但五年前的我只有二十歲，只能對這個殘忍的預感、這個未來的我視而不見。幽靈是透明的，二十歲也是。因此在蜘蛛那是個透明的年紀裡，他，那個過去的我，也依稀能看見我這個來自未來的幽靈。

「你要不要抽抽看？」紹凱拿出菸盒。

「以後再說啦，而且你不是要搭車了嗎？」對，這時的我還沒開始抽菸。

7 蜘蛛有八隻眼睛、八隻腳

我們慢慢走向車站大門，就在閒聊的時候，蜘蛛忽然注意到一旁的草叢裡似乎有什麼，低頭一看，是一顆小動物的頭骨……。（啊，對耶，是這個時候！天哪，也太懷念了吧。）這顆頭骨比狗還小、比貓還大，嘴上也沒有鳥喙，我至今依然不知道是什麼動物。他們兩人蹲在路邊研究了好一陣子，蜘蛛一時興起，開始科普這顆頭骨的來歷：

「你看，牠的兩隻眼睛都長在前面，在自然界中擁有高度的立體視覺，所以一定是個掠食者。」

五年前的我就是在此刻開始被紹凱喊作「蜘蛛」。因為蜘蛛的八隻眼睛都長在前面、八隻細長的腳卻朝著八個方向。

8 補充說明：阿俊不是我朋友

起初阿俊提議去基金會時，我們都沒什麼興趣，沉默了兩個星期的阿俊後來換了一個問法：「如果今天讓你跟朋友們去高雄玩一週，這一週裡你只要抽十二個小時出來去做偏鄉服務，結束後再給你六千元，等於時薪五百元，你會去嗎？」阿俊的這句話有兩個問題：一、交通和食宿的費用沒有交代清楚。二、我們又不是朋友。

「我們又不是朋友。」紹凱說出這句話時一點也不怕阿俊會覺得尷尬，他的想法很簡單，不是跟朋友出去的玩樂，就是工作，一天二十四小時，七天一百六十八小時，等於時薪只有三十五點七塊。不幸的是，蜘蛛喜歡三三，而三三喜歡阿俊，所以出於道義跟簡單的邏輯推理，阿俊只要能說服三三，那蜘蛛和紹凱自然都會去。

之後，三三又拉了她的室友——趙以若一起來營隊。湊滿了五個人，阿俊就開始寫計畫案，一個月後，紹凱最不希望的事發生了：計畫案過了。真要細究原因的話，我們是這個寒假第五批到這間基金會的人，阿俊寫計畫時寫得很客氣，五個人、十二小時、三萬。

（以若：你知道嗎？我當初花了很多時間才搞清楚你們之間的關係。）

（我：啊？喔對欸！三三……她也不可能跟妳說這些。）

9 我們抵達基金會時剛好是晚餐時間

基金會是一棟一層樓的水泥房，兩側則是大片的農地。正門是……。

（以若：不不不，你還記得芳俞嗎？我們到基金會前就見過她了啊。）

（我：啊？有嗎？）

（以若：在接駁車上啊。）

（我：啊！對吼！）

更正：9前往基金會的路上

到車站接我們的司機阿伯開著一輛安親班規格的交通車；拆掉了中間的椅子，加裝了左右兩側和後方的長椅。

後來車繞進了一個小巷子裡，順路接送的國中生就是芳俞。我們後來才知道她在幾個月後就要升高中、並離開這個基金會了。她的爸爸投資失敗（以若：工頭賣給她爸一輛砂石車，後來因為零件老舊，修車加上停工的成本，陸陸續續欠了兩百多萬）而她平時就在基金會打工順便寫作業。

芳俞上車後一直很不高興。（以若：因為司機阿伯一直想跟她聊她家的欠款。）一路上就再也沒有人說話了。箱型車行經高架橋、高大的椰子樹、農田、農田、還是農田。阿俊已經睡著了，接著是紹凱和以若，最後三三也睡著了。蜘蛛不時看著三三把頭倒向阿俊那邊，一會又忽然驚醒。看著這畫面，蜘蛛怎麼也睡不著。原本他打算用手機偷偷拍下她睡著時的樣子，後來還是放棄了，他告訴自己他一點也不在意，所以他把鏡頭轉向窗外，按下快門。

（此時我翻了一下存在雲端的相簿，果然找到了那張照片）

（我點開那張照片）

（瞬間……）

10瞬間

瞬間，窗外放眼望去是整片的山坡，整齊排列的綠葉往遠處無限延伸，直到視線盡頭的山脈和嵐霧。遠方有一個黑色的小點，那是正在噴灑農藥的農夫，模糊的像是隨時都會消失。

在這段難得平靜的記憶裡，我對回憶裡的自己喃喃唸到：最基本的默契，就是你喜歡對方，而對方也喜歡你，其餘的都是狗屁。蜘蛛此時轉頭，對著未來的我說……說……我想想，以前的我八成會說：「只要我夠了解她、只要我用對了方法，我就能成為她喜歡的人。」

現在的我已經完全不可能再說出這種話了，其實只要簡單的換位思考就好了，她如果喜歡你，就會渴望你去了解她，換而言之，你之所以覺得她很神祕，就是因為她不喜歡你。

此刻的我並不後悔當初沒有追到三三，反而特別懷念以前的那個自己。

11第一次抵達基金會

一、院長在幾個月前帶一群學生去日本參加國際志工交流團。
二、日本的金閣寺很壯觀。
三、員工們大多在七點整準時下班。
四、許老師是基金會裡最年輕的員工。

12關於許老師的幾件事

一、許老師剛畢業。
二、許老師很愛這份工作。（「能賺錢、能存錢、還能花錢。」）
三、許老師很高興終於有人能陪她在舞蹈教室過夜了。
四、許老師的酒量比蜘蛛好，但比以若差。（以若：是你的酒量太差了。）

13 紹凱的菸癮

冬天的山區除了冷以外，還有溼，蜘蛛幾乎每天凌晨五點左右就會被凍醒，加上舞蹈教室的地板堅硬，醒來後就再也睡不著了。他只好穿上外套到外頭散步，然後六點多再回來試著補眠。當交通車七點半抵達基金會時，蜘蛛一群人已經準備好早餐等著他們了，二十幾個國小、國中生排隊下車、簽到並集點。

在營期間，我們吃了整整一週的土司當早餐，偶爾會有盛產的香蕉、橘子或小番茄。小孩們可以用出席的點數換那些水果當點心，點數不夠的話可以去農田拔拔雜草。（以若：香蕉兩點、橘子六點、小番茄三顆一點。）

紹凱的菸癮其實不大，一包菸大概夠他撐過為期一週的營隊，但他每個晚上一根接著一根的抽。當時的他經常非常煩躁的盯著前方漆黑的草叢，並問蜘蛛，我們到底為什麼要來這裡啊？

活動基本上沒什麼問題，省錢、簡單、花時間，但我們無論做什麼，大多都只得到很冷淡的回應。某天，蜘蛛用鋁罐、蠟燭和馬達做了一臺棉花糖機，本想讓三三看看自己的手藝，沒想到剛要轉頭做第二支棉花糖，才發現一整袋的白糖已經快空了，每個孩子伸手抓了一大把，他們一邊舔著黏膩的手指，一邊看著坐在地上的蜘蛛。手語教學則變成了肢體表演課，再變成無聲的自我介紹，最後變成了漫無目的比手畫腳。

我們到底為什麼要來這裡啊？紹凱一直問這個問題。

（以若：誰都知道你是為了三三才來的。）

（我：少來，沒這麼明顯吧。）

15 然後

然後，三三就跟阿俊交往了。

（以若：就這樣？）

（我：啊？什麼意思？）

（以若：你好像略過了很重要的部分。）

（我：呃……我忘了。）

（以若笑著對我說：我都還記得喔。）

（我：喔，妳閉嘴啦。）

14我刻意略過的14

一、每天早上醒來時，蜘蛛都會偷偷看一眼睡在斜對角的三三。
二、每個活動分組時，蜘蛛都刻意跟三三分在同一組。
三、三三胃痛時，蜘蛛跟許老師借車下山買藥。
四、製作棉花糖機時，蜘蛛很高興三三正在看著他。
五、紹凱焦慮的抽著菸時，蜘蛛都在忙著說三三的事。
（我：妳能不能不要記這麼清楚啊？）

16我是誰？我在哪？

蜘蛛某天晚上從睡袋裡坐起，發現整個休息室只剩他、紹凱跟熟睡的以若。他不願意承認的是：三三和阿俊不見了，一起不見了。然後，他聽到外頭傳來的笑聲和低聲談話的聲音。沒多久後，所有聲音都消失了，什麼都聽不到了。

然後我聽到了外頭的蛙鳴、蟲鳴，我聽到許老師的打呼聲，我聽到以若翻身時木質地板的聲響。我聽到外面的走廊沒有任何小孩子的叫聲。我想起紹凱一邊抽菸，一邊問我：我們到底為什麼要來這裡啊？

那天下午的活動是基金會安排的盲人體驗，依循著省錢、簡單、花時間的原則，我們只要用布蒙住小孩的眼睛，牽著他們從教室頭走到教室尾，二十六個小孩，一小時很快就過了。

其中有某個小孩忽然向前奔跑，一頭跌在教室的水泥地上。他跌倒後哭得很慘，當我們安慰他時，他哭著說，上個月的志工哥哥明年才會再來，上上個月的志工姊姊甚至不會再回來了。

（我：妳能想像嗎？每個星期都有不同的一群人來關心妳，一個星期後這些人就離開了，而且永遠不會再出現在妳的生命裡。）

17 芳俞給的電話號碼

放學後，芳俞非常堅持今天要留在基金會過夜。院長沒有要勸她的意思，只是從車窗內探頭，對芳俞說：二十點。意思是二十個小時的服務點數。許老師打電話給家長時，一聲還沒響完她就掛掉電話。「好了，」許老師闔上筆記本，說：「電話打不通。」

我們之中的某個人主動跟芳俞搭話，原來芳俞在幾個月後就要考基測了，不管後來考上的是私立還是公立學校，勢必都要付一筆學費。芳俞的媽媽要她別待在基金會了，市區多的是時薪更高的工作。一說到這，芳俞忽然抬頭問以若，願不願意先借一萬元給她，她之後會慢慢還。

以若的答案跟芳俞的媽媽一樣，缺錢的話為什麼不到市區工作？芳俞聽到後就再也沒有提到這個話題了。

後來，蜘蛛勸芳俞還是親自打電話跟媽媽說一下吧。許老師剛要拿出筆記本，芳俞就說那個號碼是假的，反正每次響一聲就會掛斷，那只是她隨便編出來的一串數字。所以，電話還是得由芳俞自己撥通。我們本想讓芳俞獨自在辦公室跟媽媽談一下，沒想到電話一接通，芳俞只說了三句話……不，芳俞只發出了三個聲音：對、嗯、好。電話就掛掉了。

大家輪流去洗澡，並陸續回教室繼續教芳俞做習題。這似乎是目前唯一有意義的事。

18 金鑽鳳梨的產季在三到六月

原以為能幫忙採收鳳梨的蜘蛛只好拿著司機阿伯給他的噴罐，在二點四公頃的鳳梨田噴灑著葵無露。起初他經常被田裡的老鼠嚇到，後來習慣了，反而開始尋找老鼠窩，並把每個洞口踏平。

營隊剩下的幾天裡，大家只有在吃飯時才會見到蜘蛛，或是偶爾在經過儲藏室時看到他正在補充藥劑。

19 很高興認識你 II

為期一週的營隊很快就結束了。

我們按照計畫案裡寫的，將這一週的照片剪接成十五分鐘的結訓影片，上字幕、做特效、配音樂。中午時，所有人都集合到教室看這段影片，一些年紀比較小的孩子哭了，其中幾個則問我們明年還會不會回來。

然後，下週後會再有一輛廂型車，載來新的一批志工，他們一定也很溫柔。

（我：然後我們就各自回家過年，然後就開學了。）
（以若：我們也是在那之後才開始變熟的啊。）
（我：喔對欸，以前妳都是跟三三在一起。）
（以若：開學後她就跟阿俊去過他們的兩人世界了啊。）

有些事情結束了，有些事情剛要開始

補助金發下來後，我們每人分到了六千元。蜘蛛拿這六千元去買一副泳鏡跟泳褲，其他的錢存起來；紹凱拿這六千元去換一個好一點的機車避震器……。
（我：本來應該在這裡就結束了。）
（以若：但偏偏你就是要約我們喝酒。）
（我：欸，我們之後就常常一起喝酒啊，事情遲早會發生的嘛。）

A喝酒時的話題

一、此時五月中。
二、芳俞考完試了，基金會應該正在採收鳳梨。
三、基金會不缺我們這點人力。
四、如果幫忙宣傳鳳梨的話……
1臉書撰文分享（影響力太小）（╳）
2紙媒（想都不用想）（╳）
3拍影片宣傳（跟臉書貼文一樣）（╳）
4找本身就有流量的人宣傳（網紅？）（○）

B喬克雅？

喬克雅當時在太陽花學運的現場拍下了影片、建立了即時的新聞粉專和直播，因而活躍了一兩個月，但這樣的人實在太多太多了，小黨的議員、各種領域的知識份子。像喬克雅這樣的頻道，估計在年底的選舉過後就會慢慢的淡出，除非她能在流量最多、觀眾最包容的甜蜜期裡丟出更多更多元的形象，否則只會慢慢被刻板化。

隔天，蜘蛛就在喬克雅的頻道裡找到了她的聯絡信箱，他花了一個上午的時間考慮措辭、字句的順序、要不要用粗體字強調地點、信末要用「祝順心」還是「祝好」。原以為信件送出後便是漫長的等待，沒想到喬克雅居然在當天下午就回信了。最後蜘蛛敲定了下週一中午在高雄火車站碰面，對方簡短的回了一句：好的。

C第二次抵達基金會

喬克雅明明只大我們兩歲，卻像是另一個世界的人。回憶到了這裡，我才想起喬克雅已經淡出許多年了，馬尾、素色T恤、牛仔褲，這個形象幾乎佔據了她所有的Youtube生涯。五年後，已經沒有多少人還記得這個曾經的網紅了，後來她的前男友在分手後開始散播她的私密影片，她幾乎是一夜之間就淡出了所有新媒體。

寫信跟院長告知後，我們三人決定蹺掉一週的課，帶喬克雅到基金會拍鳳梨的宣傳影片。喬克雅對基金會的事幾乎完全不了解，我們在車上非常努力的轉述看到的一切，但我們自己也不清楚細節，所以喬克雅能知道的也就更少了。

事實上，學運結束後網路上的所有話題都聚焦在年底的九合一選舉，我們拍的影片就算衝上 Youtube 的發燒影片，也很快就會被政論節目或候選人的造勢影片洗下去。車還沒開到基金會，喬克雅卻說：「我知道影片該怎麼拍了。」

抵達基金會後，喬克雅只問了兩件事：一、廁所在哪？二、明天會採收鳳梨嗎？

D連找媒體都比我們擅長

鳳梨其實已經採收很久了，但慈善鳳梨的價格遠高於市價，因此他們不打算靠農委會的管道，考量到去年和前年賣出的量，基金會這次打算把剩下的五分之四發展成觀光鳳梨田。

「只有影片是不夠的，」喬克雅低頭繼續打稿時，對我們說：「還要有東西能幫這個影片。」

蜘蛛問：「關於影片的影片嗎？」

喬克雅說：「關於報導的報導。」

蜘蛛聯繫記者、紹凱打新聞稿、以若上字幕，我們希望網路新聞能在影片上傳後的一到兩小時後發出。當晚討論到，如果喬克雅的影片和媒體的新聞稿有用的話，那我們最好明天就開始採收和裝箱，順利的話……呃，其實我們也不知道這過程需要多久，一週？兩週？總之我們在週五以前就要決定要不要延長時間。

E 一片混亂

影片剛發布不到十分鐘，紹凱就叫我們趕緊到田裡採收鳳梨，院長起初也不懂我們在急什麼，經過蜘蛛長達十分鐘的講解後，院長也出動了三名老師、司機阿伯到田裡採收。二十六個小孩在下午四點放學後也加入了採收的工程。

一、起先是手套不夠，再來是紙箱不夠，最後是人手不夠。蜘蛛去市區採買手套、紹凱負責裝箱鳳梨、以若處理臉書私訊並把訂單統整成 Excel 表格、司機阿伯則去調來四臺高床作業車。

二、占地二點四公頃的鳳梨田粗估一共能產出一五〇二六九公斤，也就是約二五〇四四八臺斤的鳳梨。基金會的金鑽鳳梨一箱二十臺斤，總共能裝成一二五二二箱。紙箱上頭印著響亮的名字：金佳鑽。（我：當時新聞說我們有四千箱鳳梨滯銷，但新聞發布的那天根本還沒裝箱，四千只是任何一個聽起來很大的數字。）

三、三十幾人的採收作業在有了高床作業車後方便了許多，我們跟在作業車後頭，一邊抽掉鳳梨上的紙袋，一邊把經過的鳳梨折下來疊在貨架上。每臺作業車只要跑六十趟即可採收完畢。

四、我們聯繫了大榮貨運，每一百二十箱鳳梨便得叫一趟車。（以若：有的兩箱、有的十箱，甚至有其他網紅一口氣訂了一百五十箱，媽的累死人。）

五、T企業聯繫我們，說要收購一千箱的鳳梨，但我們估算了一下，訂單早在新聞發布的第五天就滿了，因此我們就擱著，反正還有明年，這次賣了一萬多箱鳳梨也夠多了吧。

F快要結束了

某次，蜘蛛一時找不到手套，趕時間就徒手摘鳳梨，忙了一個上午，要準備洗手吃午餐時，低頭一看，才發現手上全都是血，他趕緊用水沖洗，中午吃過飯後他便戴上手套，到了晚上要脫下手套時，原本黏在手套上的血塊和組織液再次被撕開。而紹凱和以若因為不停在田裡走動，兩人的褲管都被鳳梨的葉子劃開了好幾道裂口。

雨水打在葉子上、打在鳳梨的紙袋上。我們跑到空地躲雨，遠遠的，飽滿的果肉似乎被拍打出金黃色的鼓聲，但我們知道是自己聽錯了，鳳梨有紙袋包著，雨水鮮少會直接打在鳳梨上，但蜘蛛靜下心，一陣鼓聲漫過整片鳳梨田。

大家癱倒在舞蹈教室的木質地板上，再兩天就都結束了。

G沒有下次機會

隔天早上，蜘蛛被一連串推車和紙箱搬運的聲音吵醒。他換好衣服，剛走出休息室，就看到芳俞在車庫門口把一箱箱的鳳梨從卡車上搬下來，那紙箱上的圖案……蜘蛛疑惑的看著。芳俞看到了他，卻非常漠然的繼續搬鳳梨。

「怎麼回事？」蜘蛛問。

「我們的紙箱可能會不夠用喔，幫我去儲藏室搬一些過來吧。」

「不、不是，我是問這……這是怎麼回事？」蜘蛛支支吾吾的，接著問：「這些鳳梨是哪來的？」

「買來的啊。」

「啊？」

「T企業那邊不是說要全包嗎？」

「不不不！等一下等一下，」蜘蛛試著理清思緒，問：「訂單不是早就滿了嗎？為什麼……。」

芳俞說：「還有人要，我們就賣啊。」

蜘蛛愣了一下，再次環視一次卡車與地上的鳳梨，他忽然懂了。

「所以，這些都是買來的？」

「我剛剛不是說了嗎？」

「我不懂，今年賣完了，那……明年再種多一點就好了啊……」蜘蛛手一攤，指著地上數十箱鳳梨，說：「明年還有機會啊。」

「你不懂嗎？」

「什麼？」

芳俞聳聳肩，卻沒有要往下說的意思。

「妳到底想說什麼？」

「不要說明年，兩……不，一個星期之後就沒人會記得我們了。」

（以若：其實她說的沒錯，百分之百一定是這樣。）

（我：但妳當時還是氣炸了。）

（以若：……我氣的是別的。）

H以若氣的是……

「所以這些多餘的錢……」以若重新梳理一次，問：「……你們可以分到多少？」

「看會拿到多少點數吧，這幾天我就還了……三百多點了吧。」

「『還』？什麼意思？所以一點是多少錢啊？」

芳俞去年十二月去日本參加了為期兩週的志工團後，回國的同時也欠了基金會機票錢和食宿費，五十萬點，換算成臺幣就是十萬。原本剛滿十六歲的她可以到市區找基本時薪一百二十元的工作，但基金會提議讓她以每小時八點的方式還完這十萬元。

從我們年初認識芳俞到現在，已經只剩六萬元了，暑假後她可以每天都上全天班，也能加班到晚上，這樣只要工作到九月就能還完。

「你有算過你的時薪多少嗎？」以若問。

「剛剛不是說了嗎？一小時八點。」

「一點是多少錢？」

「這不是重點，我在這裡也學了很……」

－我們也是學到了不少啦幹

我們不停跟芳俞解釋，她去志工團也是去工作，機票什麼的本來就是基金會要出，但她的說法是：這個機會畢竟還是基金會給的。

我們當下只想離開基金會，去他媽的點數。

讓我們再重來一次

正當我們三人轉身要收行李時，以若卻收到了C企業的訂單，一千箱。

她喃喃唸著：「也許還有更好的方法。」

甲、我們的計畫

v1.0：由我們暗自接手C企業的訂單？

紹凱跟司機阿伯一起去其他農地批T企業要的訂單，每公斤二十六塊。一千箱就是淨賺六十多萬。但光是成本就要三十萬左右，再加上C企業會要求收據，而且更改匯款帳號太容易被追查了。

（以若：你還記得慈善鳳梨開出去的是「贈與」發票嗎？而且它遠高於一般市價，C企業只要跟基金會一起謊報帳目上的價格，在抵贈與稅的同時還能賺一波差價。）

v2.0：如果是這幾天陸續進來的訂單呢？

匯款的帳戶依然是基金會的，而且我們沒有辦法開立收據，只要這幾筆訂單當中有一個人打電話反應，事情就會開天窗。

v3.0：在報價時每公斤多報一塊錢，一千箱就有一萬兩千的差額？

負責記帳的許老師不可能答應這個提議。

乙、就在我們死心時

我們再次陷入瓶頸，而原本說好的期限已經到了。臨走前，我們跟芳俞要了電話號碼，如果臨時想到方法的話還能繞過基金會跟她聯絡。我當時說，我們一定會想到辦法的。

但我們越靠近火車站，希望就越渺茫。最後我們三人抵達車站，不甘願的下車，看著司機阿伯的紅色廂型車漸漸遠去，忽然，以若轉頭看著蜘蛛，蜘蛛也轉頭看著紹凱，我們驚訝到張開嘴巴，卻沉默了很久。「我有，」紹凱首先舉手，他補充道：「而且是手排的。」

丙、v4.0

v4.1：喬克雅答應在這週的直播裡附上一段小額購買的聯絡電話。

（喬克雅當時在電話裡說：「我經營頻道不是為了當銷售員，」又說：「但好像都差不多，」最後才說：「電話傳給我吧。」）

v4.2：租車行的發財車六小時要一千三。

v4.3：許老師平常十點就會入睡。

v4.4：基金會在晚上會上鎖，我們三人得用接力的方式把鳳梨傳到發財車上。

v4.5：優先順序是：鳳梨↓保麗龍封套↓紙箱。

v4.6（暫定）：最後，我們得找塊空地自己裝箱、自己販售，或者把鳳梨和紙箱交給芳俞，讓她自己替自己賺錢。

丁、第三次抵達基金會

十點四十分，確定基金會的最後一盞燈熄了，我們便靜悄悄的翻過圍牆。

一、起初我們走路很小心。

（我：但實在太空曠了，腳步聲早就被青蛙或鳥叫聲蓋過去了。）

二、我們開始跑。

三、以若隔著鐵欄杆接過我和紹凱傳來的鳳梨。我們……

1 一人跑一趟。

2兩人接力。

3直接用推車載。

4最後我們又各自扛了兩大疊紙箱。

四、發財車裝滿了鳳梨，也帶夠了紙箱。

（以若：我當時真是收納達人。）

五、正當兩人準備翻過圍牆時，宿舍的燈亮了，身後傳來許老師的喊叫聲。

六、我們沒時間回頭，趕緊上車。身後是機車的引擎聲。

七、紹凱跑上駕駛座，蜘蛛和以若則擠在副駕駛座。

（以若：你記不記得……。）

（我：什麼？）

（以若：……沒，你繼續說吧。）

戊、發動引擎，跑！

車剛走沒幾公尺，以若就從後照鏡發現許老師的機車在半路上就停了，但我們不敢放慢車速，因為接下來追我們的可能就是警車。發財車駛過田野、駛過山坡、駛過直直的大馬路。最後，我們在漆黑無燈的路上開始放慢車速。

一陣沉默後，忽然，以若笑出聲來。蜘蛛被嚇了一跳，看了看彼此，然後三人都笑了。

我們的笑聲裝滿了整臺發財車，也漫過了後方的鳳梨……。

（我：然後……。）

（故事忽然停住，我才發現是我停住了。）

（我繼續說：……然後妳打電話給芳俞。）

己、打電話給芳俞

然後以若打電話給芳俞。

蜘蛛低頭看手機的時候，發現手上都是鳳梨磨出的血，他張合著手掌，又笑了。車廂此時傳來金黃色的鼓聲，碰、碰、碰。

蜘蛛說我們已經做得夠多了，裝箱和寄送的工作就交給芳俞吧，讓她自己替自己賺錢，待會跟芳俞要到帳戶號碼，我們往後即使在學校也能把訂單傳給芳俞。

蜘蛛轉頭看以若同不同意這個提議。

（此時的以若轉頭看著我。）

（這恐怕是我們印象最深的一段了。）

庚、第N次撥號

但以若還在打電話。她轉頭看著蜘蛛，表情非常錯愕，以若再次查看她抄寫在筆記本上的電話號碼，要蜘蛛也打打看。蜘蛛起先以為只是個意外罷了。

我們照著筆記本上的號碼輸入鍵盤，撥出、您所撥的號碼是空號……。

蜘蛛又試了一次，一次、一次，再一次。紹凱把車停在路邊，三人下車開始打電話。

我們把比較容易看錯的五跟六、一跟七試了一次，甚至把〇九改成〇二。我們邊聽電話邊繞圈，我們踢石子和落葉，我們低頭後又抬頭。忽然，我們懂了，那只是她隨便編出來的一串數字。

辛、我們也是只響一聲就會掛斷的號碼

蜘蛛低頭再看一次筆記本上的電話號碼，一直看，一直看。我知道往後的我每想起這一切，都會回到這段回憶裡重新檢查這串電話號碼。

（我：○九……。）

二十一歲的我確認著數字六。

二十五歲的我默唸著數字二。

二十九歲的我抄下了數字七。

三十四歲的我檢查了數字一。

四十一歲的我重複著數字八。

（我：○九六二—七一八……。）

數十個來自未來的幽靈踱步、徘徊、凝視。此時，車廂裡恰好有幾顆鳳梨滾落，一陣金黃色的鼓聲淹沒了所有的回憶。

喜歡的事

十八

曉鳳曾跟父母要求要去補習，這件事她只提過一次，曉鳳家一共四姊妹，同樣一句話聽了四次的張爸爸，終於在一家人從田裡回家時統一宣布：家裡的錢只夠妳們念完高中，考不上大學的話，就回田裡繼續工作。

曉鳳家的經濟來源全依靠那棟改裝的菸樓，但她在學校卻從不跟任何人提起家裡的事業。對曉鳳來說，「菸」這個字不僅會想起家，也會想起窮；曉鳳一家六口每天一早就要到田裡工作，採收下來的菸葉還得編成菸串放進烤菸室。等回潤、分級、調理、壓磚後才能載去繳菸場。

如果只是這樣也沒什麼好抱怨的，但每當曉鳳看到路人叼著一支盒菸，一把火兩三下就抽完了，心裡總是非常矛盾；也許曉鳳家的菸很受歡迎，但嚴格來說，他們抽的是「曉鳳家」的菸嗎？全家人忙進忙出的，都還只是最初步的原料，後續的理葉、切葉、捲菸、包裝都是大工廠的作業。曉鳳寧願家裡的菸樓再小一點、更不起眼一點，就怕身邊的同學發現自己家即使再怎麼努力，也繳不起補習班的學費。

每次進到悶熱的烤菸室，曉鳳都會聞到一股嗆鼻的菸味，對高中的她來說，光是習慣這種味道都是一種窮。但這股味道偶爾也參雜著一種平靜；每個月，總會有一個青年到曉鳳家附近的十字路口等她，青年會跟她買一大片烤好的菸葉，接過菸草後的青年也不急著離開，他會當著曉鳳的面，把金黃色的菸草磨成絲、包進紙裡、捲成菸。看著青年滿足的抽著自己家的一級天葉，只有在這短短一根菸的時間裡，曉鳳不會感到被誰瞧不起。

曉鳳終究沒有念書的天分，甚至是四姊妹裡成績最差的，在旁人看來，曉鳳就是個愛玩、不愛念書的女生，但每當她想在書桌前認真念書時，卻總會分心去看其他姊妹在做什麼，就算只是盯著課本，讀不進任何一個字的她也會開始打瞌睡。

聯考的前一天下午，曉鳳又帶著一大片菸葉去找路口的青年，青年也像往常一樣，把曉鳳對這個世界的不滿捲成一根菸，當著她的面在嘴邊嘆成一片小小的霧。曉鳳跟他說，她明天就要考聯考了。

青年有點驚訝，但什麼也說不出口。一旁剛好有人在賣花生捲冰淇淋，青年就買了一份塞進曉鳳的手裡。曉鳳大概也知道這是最後一次見面了，她一口一口、小心的咬著，也許是吃得太慢了，融化的冰淇淋很快就滴到手上。看到這一幕的青年微微笑了一下，又逕自捲起第二根菸。

「快離開這裡吧，去做妳喜歡的事。」青年似乎很努力才擠出這句話。

曉鳳聽著這句話，也不知道自己喜歡什麼，慢慢嚼著這句話，也嚼著手裡的冰淇淋。

雅婷曾跟父母要求要去補習，這件事她只提過兩次，第一次，媽媽從公司帶回了一大盒光碟和一疊教科書，第二次則是第二盒光碟和第二疊教科書。

媽媽會教她數學，但從來沒有「親自」教過，她只能在光碟裡看到講臺上的媽媽解題、作圖、說笑話。這件事雅婷在升上高中前就有心理準備了，但第一次看到這些教學錄影時還是很驚訝，她知道錄影中的媽媽正對著兩百位學生說話，自己卻不是這兩百分之一。

就像媽媽在兩百位學生面前教課，雅婷在咖啡廳念書時也會想像其他桌的客人正盯著她把習題作完。因此，她幾乎每天下課都會到咖啡廳報到，頻繁到曾有常客誤把她認成店員而跟她點餐。

剛考完學測不到一個月，雅婷忽然就離家出走了。對媽媽來說，臺北不僅離家近，也有更多的資源，沒道理要刻意到中南部讀大學。這件事她們爭執過無數次，但這次媽媽直接從她的書包裡搜出志願卡，並擅自填上所有位在臺北的公、私立大學。

那是個冬天的晚上，雅婷起初擔心自己得在寒冷的街頭過夜，幸好最後聯絡上了同班同學，她就借住在同學家的頂樓。對方的父母意外的沒有多問什麼，還以為雅婷正在徒步環島。

「妳跟他們說我在徒步環島？」雅婷換好睡衣後，跟同學一起在頂樓的陽臺聊天。

「還是妳想讓我媽打電話給妳媽、幫妳報平安？」同學問。

雅婷也知道自己這趟根本撐不了幾天。十二點一過，她就傳簡訊跟媽媽說她「明天就會回去」，還有「同學是女的」。

「那妳離開臺北想念什麼科系啊？」雅婷闔上手機後，同學忽然問道。

她忽然想起小時候，大概幼稚園吧，媽媽總會開著那臺藍綠色的小 March 載她上下學。記憶裡，媽媽不只一次把車停在路邊，轉頭問後座的雅婷：「媽媽離職，在家帶妳好不好？」

現在回想起來，雅婷當時根本沒有選擇，媽媽也是，他們家就是需要錢，也就是因為錢，雅婷如今只能聽螢幕裡的媽媽說話，媽媽在課堂上說的笑話總能逗她笑，但雅婷知道這些笑話不是說給她聽的，而媽媽永遠也不會看見那個瞬間、自己發自內心的笑容。

「都可以啊，就慢慢摸嘛，」雅婷接著說道：「我就是不想為了錢而做自己不喜歡的事。」

同學此時朝頂樓的天空呼出冬季的煙，雅婷也模仿了一次，兩團煙就連成了一片小小的霧。

二十二

二十二歲的張曉鳳從此被人們稱作張鳳。

大學畢業前夕，她要求陳老師收她為徒。已經在「正城補習班」當了四年行政老師的曉鳳並沒有猶豫太久，只要一份穩定且有發展的工作都可以。每天看著辦公室裡來來往往的補教名師，多年後的曉鳳回想，這或許是最理所當然的決定。

陳老師也勸過曉鳳別拜他為師，他介紹了教英文的廖英和教國文的李晴給她，並非常認真的說：「沒有一個教數學的補教名師是女的。」陳老師很想舉例，但一個例子也沒有：「妳看，這就是例子。」

五十幾歲的陳老師很清楚補教業最重要的就是機運。他起先在中正路旁的「全宏補習班」教書，老朋友一招手，隔年六月他就簽約給了南陽街上的「正城補習班」，七月第一次進辦公室，他才發現公司全是熟面孔，教理化的許毅、教歷史的王祥、教地理的陳婷和教物理的劉銓都在，唯一變的只有主任，也就是老朋友張老闆。半年後「正城補習班」順勢在捷運站附近開了新的分部，而原先的「全宏補習班」就這樣沒了。

曉鳳難以集中注意力的問題依然沒有好轉，當學徒的第一年她就搞丟了三把鑰匙、兩支手機、十二支自動鉛筆和兩個錢包。

搞丟第一把鑰匙時，她打電話給聯誼時認識的許志鴻。

搞丟第二把鑰匙時，剛交往不久的許志鴻到她家門口陪她等鎖匠。

搞丟第三把鑰匙時，曉鳳早已經住進許志鴻的家。

後來，曉鳳用「張鳳」這個名字第一次站在講臺，即是只是五人的課輔班，經常犯錯且忘東忘西的她還是緊張到冒冷汗。

自從工作漸漸步上軌道後，曉鳳就將精力都投入在備課上，以前她會去書店翻書，蒐集一些可以在課堂上講的笑話，當她的課輔班擴編成三十人的規模後，曉鳳就全照著陳老師教她的方法帶課。好不容易有了一個可以持續努力的目標，她自然不希望再遇上什麼巨大的改變。

即使男友唱著：「透早出門天清清／規陣散步來到西門町／看著規路的警察佮憲兵／全身武裝又閣向頭前。」

一九八九年底的縣市長大選，張曉鳳返鄉後應該會投給國民黨的候選人。

二〇一四年底的縣市長大選，許雅婷返鄉後當然會投給無黨籍的候選人。

離開立法院的那天晚上，雅婷跟朋友們在街上閒晃。凌晨時，她翻過被推倒的拒馬和蛇籠，剛進入行政院就察覺情勢不對，趕緊折返。隨後三輛車抵達，兩面盾牌連成的牆逐漸往中央圍堵。她和朋友們即時逃進一旁的巷子裡，四面牆準確嵌合，一張口咬成一直線。

自從考完大學後，雅婷就再也沒有直播自己念書了，頻道裡偶爾會更新一些美食影片或課堂作業，三千多的訂閱數也因此逐漸流失。這次的影片只咀嚼了一口，一開一闔就衝上了發燒影片。

後來，雅婷用「喬克雅」這個名字受邀到某個南部的基金會幫忙宣傳鳳梨，儘管雅婷不擅長與人溝通，說話的口條也不流暢，但在影片上傳前，她可以無數次的修改、剪接。

陳燁第三次到雅婷家時，他們各躺一邊的床，說著自己喜歡的食物和電影。

陳燁第二次到雅婷家時，他們一起看電影。

陳燁第一次到雅婷家時，他說他忘了帶保險套。

雅婷在和男友交往後漸漸開始和身旁的朋友談心，三個月下來，她總共和閨密們通話一百六十八次、視訊三十二次、咖啡廳聚會七次，並合照了九次。

二十五歲的男友很清楚當網紅需要的是聰明。女網紅可以不用有好身材，也不用露奶，但聲音和口條必須有辨識度，雅婷這次算是搭上了社運的順風車，但要做得長久，不能總是跟著風向，雅婷得有能力自己創造風向。

男友曾勸她不要做 Youtuber，他幫雅婷找了咖啡廳的外場、學校的行政祕書，並非常認真的說：「沒多少網紅能做超過十年的。」男友很想舉例，但一個例子也沒有：「妳看，這就是例子。」

大學畢業前夕，她採購了一套收音設備和燈罩，頻道已經破十萬訂閱的雅婷並沒有猶豫太久，現在出社會哪裡還有什麼穩定且有發展的工作，每天在臉書上看著學長姊就職又離職。多年後的雅婷回想，這或許是最理所當然的決定。

二十二歲的許雅婷往後都自稱喬克雅。

3 二十四

曉鳳入行第二年就順利拿到了「正城補習班」的合約。不僅往後三年能保證接到規模不少於五十人的高中數學班，同時也簽了為期三年的競業條款。張老闆很給陳老師面子，剛出師就讓曉鳳抽兩成的利潤，曉鳳按比例給陳老師的敬師費自然也多出許多。

曉鳳如願得到了一份穩定又有發展的工作，當時辦公室正好流行看房，某個假日，曉鳳就拉著交往剛滿一年半的男友許志鴻去看位於臺北縣的新建案。

兩人看的這間房還算不錯，二十八坪四房一廳兩衛浴，以當時的坪數來說小了點，但價格卻很公道。在科技業剛有點收入的許志鴻並不排斥看房，提前知道房子的基本價位也能提前規劃往後的人生。想不到曉鳳跟銷售員聊開了，一回神，許志鴻忽然搞不懂狀況。

「妳剛剛說什麼？」

「我要買這間。」

「啊？」

「沒買房就不結婚。」曉鳳把這句話咬得異常篤定。

許志鴻聽到後全身發抖，那天晚上，他打電話回老家找許爸爸商量。在許爸爸的觀念裡，許志鴻得打拚到五、六十歲才能存夠買房的錢，一手交錢、一手交貨。一生老老實實的許爸爸從沒貸款過，更沒聽過頭期款，許志鴻畢竟是許爸爸的兒子，父子倆隔著話筒不停按著計算機，一番加減乘除後，兩人顫抖的報上自己算出的數字。就連許志鴻自己也嚇了一跳，他這輩子不僅買得起這間房，而且現在就能入住。

曉鳳起初的計畫是這樣的：兩人開開心心的看完房，當天晚上再告訴男友她懷孕的消息，這一胎她可以先不生下來，以後兩人再慢慢規劃何時買房、何時結婚、何時生子。這個計畫曉鳳思索了整整一週，她慶幸自己生在現代，但仍不敢和自己的姊妹們商量，就怕事情傳回老家。

所以曉鳳跟銷售小姐剛聊到一個段落後，也表明了他們現在沒有買房的意願，沒想到銷售小姐彷彿找到了一個上班打混的機會，她整個人鬆下來，換了一個疲倦的神情，跟曉鳳說她上個月失戀了。

「我每天下班看著這些空屋，都會想，啊，如果有個地方、有個人等著我回去、等著我好好休息再努力工作……那該有多好？」

沒有人知道這是一個銷售話術，還是銷售小姐的真心話。但就結果來看，曉鳳當時被打動了，被深深打動了。隔年三月，講臺上的張鳳老師請了產假，成了這四房一廳兩衛浴裡的張曉鳳。

「喬克雅」的訂閱數在這兩年迅速成長，從一開始的十萬、十五萬到三十萬訂閱，業配過的產品從零食、化妝品、家具、政府廣告到銀行的辦卡活動。合作過的對象從政治人物、營養師到占星師。

不管喬克雅當時多麼有影響力，這個頻道在剛滿兩年的幾個月後就停止更新了。

在她封鎖前男友陳煒的幾個小時前，「喬克雅」就已經成為熱門關鍵字，兩個星期後，

「喬克雅」又瞬間變成一個過時的話題。

雅婷想過重新經營頻道，但眼看當下唯一轉型的方式，就是變成專門談性經驗的二流網紅，她慶幸自己生在現代，也慶幸自己這兩年存的錢夠她在待業時看心理醫生。

半年後，雅婷去面試了電商的行政、電視臺的打字人員，和外商公司的行銷業務。每次面試的第一眼，她就發現自己被認出來了。甚至有面試主管直接問她：那部影片是真的嗎？

當下，雅婷想假裝自己不是喬克雅，但她一轉頭，玻璃上卻反射出自己的模樣：中分瀏海、捲馬尾、淡褐色的眼影和腮紅、素T和暗色牛仔褲。起初為了穩定觀眾而固定不變的造型，卻讓她此時無論怎麼打扮都會變成喬克雅。

她剪了一頭側分直短髮、配了一副粗框圓眼鏡、換了一條剛流行的亮褐色寬褲。雅婷慢慢認識了一種難以定義的穿衣風格：美式保齡球襯衫配奧地利軍褲、日式甚平配哥倫比亞褲、墨西哥洋裝配 Bandana 領巾。

她走過東區、走過赤峰街，她驚訝的發現人們喜歡她的穿著，她更驚訝的是，沒有人認出她是喬克雅。雅婷忽然找到了一個全新的思路，只要她不是喬克雅，她就能重新喜歡鏡子裡的人，或者至少不那麼討厭。那天下午她完成了古著店的面試，以往在鏡頭前說話謹慎的喬克雅，此後成了古著店裡笑聲開朗的許雅婷。

過年期間，她難得回家一趟，媽媽沒問她什麼時候交男朋友，反而拐了一個彎，問她什麼時候買房。

「買了很不容易換工作欸。」買了可以賣啊。

「既然都要賣了，幹麼還要買？」可以投資啊。

「我辛辛苦苦背房貸，只是為了投資？」妳總要學會投資嘛。

「妳幹麼一直糾結在要不要買房啊？」雅婷嘆了一口氣，嚴肅的反問道：「如果家就只是個過夜的地方，我為了誰回家？我為了誰努力還貸款啊？我現在自己一個人很好啊，哪裡有錢就去哪裡。」

媽媽沉默了很久，最後還是擠出了幾個字：「那個人的事都過了，就找下一個嘛。」

「總之，」雅婷淡淡的總結：「沒結婚就不買房。」

這句話把媽媽的嘴狠狠堵上了。

那天媽媽在餐桌上喃喃唸著：我在妳這個年紀時就已經結婚生子了。

4 二十八

曉鳳生下女兒後，曾考慮當全職的家庭主婦，但每當她把奶瓶搞丟、在買菜時忘了帶錢包、忘了關瓦斯爐差點把房子燒了時，曉鳳都會想起自己在講臺上熟能生巧的模樣，當初再撐幾年，現在的收入說不定早就超越了自己的丈夫。

這件事她也跟丈夫討論過，但一向不擅長談「感受」的這對夫妻只能用非常簡化的版本來交流，溝通與否全看氣氛。曉鳳當時的大意是：多一份薪水，家裡就多一份餘裕。丈夫本想提起年幼的女兒，但在科技業的自己早已被機械化的工作磨光了熱忱，既然妻子有一份自己喜歡的工作，他又有什麼理由否決呢？女兒滿三歲後，曉鳳就帶她到幼稚園上幼幼班。安撫完女兒後，她回到車上的第一件事就是打電話給陳老師。

教數學的陳老師帶過不少徒弟，就像他當初跟曉鳳說的，沒有一個教數學的補教名師是女的，陳老師自然想不到曉鳳會在簽約後的幾個月請產假，好在學期剛結束，陳老師的新徒弟們紛紛搶著這個機會。但換而言之，靠著人脈上來的曉鳳往後只能自生自滅了。

換作是以前的陳老師，他才不會再管這個砸了招牌的徒弟，但事隔四年，陳老師的想法變了，因為他的身體先變了。勤奮跑課的陳老師得了胃病，通勤、站講臺都是折磨，他表情凝重的拿著健康報告去找老朋友——張老闆商量。他提議把自己的拆成調到三成，並計畫一年後退休，條件是讓曉鳳跟著其他新徒弟重新出道，並讓他們多抽一成，靠著他們剛出道前幾年的敬師費多存點養老金。全臺北能跟補習班拆到五成的名師不超過十個人，陳老師算好的了，在補教業打拚了二十幾年，一堂課抽四成的利潤，他收的徒弟也不可能比這更高了。

張老闆當然說好，陳老師畢竟老了，還又老又貴，曉鳳現在能帶的班就算抽三成，行情也只有陳老師的一半。再加上這幾年逐漸醞釀的臺海危機，老字號的補習班廣告單上若是多一個年輕的面孔，彷彿也能許一個更遙遠的未來。

曉鳳在兩週後的某天中午離開補教大樓，她正準備開車到附近閒晃，順便等女兒從幼稚園放學，沒想到車內忽然一片寂靜，時隔四年，重新復職的她第一次感受到後座沒有任何人、也沒有任何哭聲或吵鬧聲。那天下午她準時把車開到幼稚園門口，並帶女兒到附近的超商選自己想吃的零食。

「媽媽離職，在家帶妳好不好？」曉鳳一邊開車，一邊問坐在後座的女兒。

女兒正吃著媽媽剛買給她的餅乾，沒有回答。

「媽媽離職，在家帶妳好不好？」
女兒正唱著剛學到的兒歌，沒有回答。
「媽媽離職，在家帶妳好不好？」
一條馬路駛過工地建成大樓、駛過圍兜穿成制服、駛過March開成Honda。

自從雅婷跟著老闆一起去日本和歐洲找衣服後，再也沒有任何人在臺灣見到喬克雅、許雅婷，或影片裡的女孩。她原以為自己可以一直往來世界各國，沒想到疫情開始後，飛機就再也飛不到任何地方了。

往後的古著店只能依靠批發的貨源，少了親自看過、摸過的流程，店內的品質也迅速下滑。老闆索性把庫存的衣服分成冬、夏兩季，為了撐過這一年，甚至辭退了兩名店員。

老闆Sabrina是個閒不下來的人，店裡沉寂了兩天，她就找雅婷一起來錄Podcast。《聽潮流》雖然始終擠不進Apple Podcast和Spotify排行榜的前十名，卻也是第一個以「流行服飾」為主題的Podcast節目，除了聊各大潮牌的竄紅方式、流行文化的復古與突破，也分享一些入門的穿搭心態。

網路上偶爾會有人討論「婷婷」是不是就是當年的「喬克雅」，但這樣的話題並沒有持續太久，只要她不提政治、不提時事、不提太多自己的想法，雅婷經營的就只是《聽潮流》這個品牌。

雅婷一開始是非常排斥上節目的，但又怕老闆Sabrina在節目上說錯話，怕她想包裝、想裝飾自己；淡出新媒體的這幾年，雅婷仍經常會分析網紅們的發展生態，這幾年的趨勢慢慢不一樣了；你曾支持的政治人物某天會忽然宣布組黨、你曾喜歡的藝人某天會忽然發表一中宣言、你曾信任的意見領袖會忽然迴避特定話題，新一代的年輕人對政治的不信任逐漸延伸到各種符號上。

雅婷漸漸得出了一個結論，要成為網紅、要成為KOL，就不能包裝自己的模樣，你可以丟出許許多多的特質和形象，再依循觀眾的喜好去放大、去誇飾，但這些特質和形象都必須源自於你自己，而不是刻意塑造出來的第二人格，說到底，這時代要成為網紅、要受人喜愛，就必須去尋找自己真正喜歡的事。

老闆Sabrina只比雅婷大五歲，一起出國、共事的這幾年，兩人比起朋友更像是姊妹，她們有許多共同點；一樣喜歡嘗試新的造型、想要做自己有興趣的工作，也同樣渴望替一些人、一些事負起責任，但單身多年的兩人放眼望去，發現沒有什麼事物是需要她們負責的，自然而然，她們開始攬下不屬於自己的責任；她們上網陪不認識的人聊天、聽著那些學不會自己處理事情的人的心事。

某次，Sabrina 得知自己這幾年來幫忙繳房租的社會新鮮人，其實早在她出國期間就換過不少女朋友了。那晚，Sabrina 在里爾的旅館裡哭得很慘，雅婷只能拿出她在二手市集上買的蠟燭。就著火光，在黑暗裡聽著 Sabrina 的哭聲。

「我也以為人都只會向自己親近的對象尋求幫助，」雅婷也不知道該說些什麼，只好接著道：「因此那些學不會自己解決事情的人看起來就像一見鍾情。」

雅婷畢竟是個能自己做決定的人，她知道自己已經準備好了，她想說出那句：「我們一起走吧」和「我們一起吃吧」甚至是「我們一起住吧」，但她每天醒來，洗完臉、刷好牙、沖好咖啡，看著陌生人寫的便條紙，確定前一晚有好好戴套後，她看著寂靜的房間，忽然希望有人能陪她吃早餐。

難得回家一趟，她跟媽媽學了幾道菜，苦瓜鹹蛋、糖醋鱸魚、蒜泥白肉，往後雅婷自己住時也能開火煮點東西給自己吃。

雅婷忽然問：「妳喜歡自己的工作嗎？」

「唉呦，做了就會喜歡啊，」媽媽接著說：「有成就感就喜歡啊。」

「所以真的喜歡嗎？」雅婷又追問一次：「真的真的喜歡嗎？」

媽媽看著雅婷。

「唉呦，你們年輕人就愛鑽牛角尖的。」媽媽揮了揮手。

5 三十二

在丈夫的計算機裡，曉鳳住的這間房他們得一路還到五十三歲，但自從曉鳳的補教事業越來越成功後，這個歲數一天比一天年輕，從四十九歲一路倒退到四十五、四十一、三十九。天性老實的丈夫以往總在睡前按著家傳的計算機，眼看還清房貸的日子一天比一天近，丈夫也養成了睡前都要量一次體溫和體重的習慣。

曉鳳一家睡得一天比一天沉，直到某天晚上，全家人都被搖醒了。丈夫在漆黑中衝進臥房抱起女兒，曉鳳則在身後大喊現在不能搭電梯。短短五分鐘，整個社區的人都聚集在路邊，他們壓低身體、來回走動或只是單純的、抬頭看著自己的家，支支吾吾，不知道該說些什麼。公共電話亭排了長長的人龍，卻沒有一通電話打得出去。

趁著丈夫把女兒從肩上放下來，曉鳳從他的手裡感覺到丈夫不僅體溫低了兩度，這短短一百零二秒彷彿也把他的體重搖掉了兩公斤。

那一個月內出現了四百多次有感餘震，人們儲水、領錢、囤泡麵，其餘的時間都守在電視機前看新聞，沒有人敢睡得太久，深怕眼睛一閉上就再也張不開了。那陣子，每晚總會有一群人扛著行李箱在電話亭附近徘徊，等凌晨一點四十七分一過，他們才敢回到自己的家。

曉鳳一家沒有損毀太多東西，砸在地上的頂多是些鍋碗瓢盆，唯一震壞的，就是床頭的那臺計算機；當曉鳳聽說附近的集合式住宅整棟倒塌後，她再也不相信牆上每一道微小的疤痕，甚至幻想著薄薄的油漆裡都藏著她聽不見的脆裂聲。她開始研究斷層、研究板塊，終於選定了臺北市的一棟公寓，計算機裡的她和丈夫瞬間從三十九歲老成六十八歲。

聯考衝刺班的學生們往後始終不明白，為什麼張鳳老師在黑板上的每一筆都寫得特別重。

雅婷開了自己的服飾店後，便開始忙著應付廠商和員工。店裡不僅有時下最流行的簡約設計，也有從 Sabrina 那調來的古著。相隔兩個捷運站，兩間店不管在臉書、

Instagram、Twitter上都互稱為姊妹店。雅婷依然記得以前的事，為了不直接面對客人，她只好多請一個員工在櫃檯收銀。

雅婷還記得更多以前的事，她建了服飾店的粉絲專頁，貼她自己想貼的文、說她自己想說的話。這幾年，雅婷漸漸發現，任何看似毫不相關的兩件事只要擺在一起，彷彿都有一個相同的道理，想像力就是這樣，你只要去想，它就會像。

生活開始平穩後，雅婷也越來越常待在公寓裡，不僅是因為服飾店經營得好，也是因為雅婷養了一隻貓。這隻貓叫「小弟」，雅婷是在郊區的路口撿到牠的，剛滿兩個月的小貓一到雅婷的家就開始亂竄，保養品、馬克杯、菸灰缸都被摔到地上，甚至抓破了床單和她心愛的沙發。

雅婷起初沒打算真的養這隻貓，等牠身上的皮膚病好了、身體裡的寄生蟲都清掉了就可以上網找人送養，也因此，雅婷隨口把這隻老愛跟著自己的小母貓稱作「小弟」。雅婷買了籠子、買了逗貓棒、買了跳臺跟耐抓的沙發，這些錢她都計在帳上，等著哪天要送養了，這些都可以七五折賣給未來的新主人。每晚在床上閉上眼睛，雅婷都會聽到東西摔在地上的聲音，彷彿是一場永遠不會停的地震。

小弟一天比一天大，也一天比一天重。雅婷抱著牠時也感到越來越踏實，籠子、逗貓棒、跳臺跟耐抓的沙發，就連雅婷也不知道究竟是從買下什麼東西開始，她覺得小弟可以留下來。某次小弟生病了，病懨懨的小弟除了睡覺就是虛弱的到處亂走，那幾晚雅婷難得感到一陣安靜，她刻意把化妝品、馬克杯、菸灰缸擺在桌角，雅婷好幾次都被巨大的寧靜驚醒，就怕小弟再也不會製造任何噪音了。

她也想在小弟病好了之前都待在家，但廠商卻不斷打電話通知她最近不僅有新的品項，而且還要微調一下以往的寄貨模式。最後雅婷還是出門了，她很滿意廠商新一季的單品，還額外挑掉了幾件她覺得質料不夠的衣褲；店內的員工介紹了新的模特兒，雅婷看得出其中幾張照片是收銀妹妹拍的，燈光、衣物重點、背景都選得很好，往後收銀妹妹可以多領一份攝影的錢。

雅婷這次在店裡收穫很大，原本預計下午兩點就要離開，她卻一路待到晚餐時間。好幾個充實且心滿意足的瞬間，她都會想起家裡生病的貓。當她抵達公寓、站在家門前時，那出現不只一次的念頭忽然襲來；家裡的小貓會不會就在她充實且快樂的五分鐘、一個小時甚至三個小時裡死掉了？

雅婷那晚讓小弟多吃一個罐頭，看著牠狼吞虎嚥的樣子。「媽媽離職，在家帶妳好不好？」雅婷忽然又想起了那句話。

6 三十六

大地震後，曉鳳依稀感覺世界慢慢變了，新聞和雜誌上開始出現「創傷後壓力症候群」（PTSD）、「憂鬱症」等名詞，國小四年級的女兒甚至收到了學校發的注意力不足過動症（ADHD）檢核表。曉鳳逐行看著檢核表上的描述：無法持續注意力、粗心、不注意細節、健忘、丟三落四、容易受外界無關的刺激而分心……這些狀況女兒都沒有。

曉鳳幫女兒填完表格後忽然感嘆時代不一樣了，這代的小孩也被照顧得太好了吧，表格上寫的事情不都是很常見的事嗎？就連曉鳳自己至少都能符合七到八項。一想到這，曉鳳忽然出現了一個念頭……但她告訴自己別傻了。她把表格夾進女兒聯絡簿裡，吩咐她上床睡覺。

曉鳳本該將這些事忘得一乾二淨，正正常常的回到補習班教書。某次她在課堂休息的十分鐘裡，親眼看到一個女學生從盒子裡剝了一片藥丸塞進嘴裡。曉鳳當時就上前去追問，令她驚訝的是那既不是避孕藥，也不是毒品。去年被診斷出過動症的學生吃的是利他能（Ritalin）。得到這個答案的曉鳳多少鬆了口氣，但女學生卻差點哭出來。

女學生自己也不確定這算不算是「作弊」，她確實有理由為了過動症而吃過動症的藥，但她也清楚知道，沒有了這個藥，她不可能勉強維持著中上的成績。曉鳳鮮少處理這麼細膩的矛盾，瞬間又覺得自己老了。

撇除補習班老師的身分，曉鳳還是希望她可以在學測裡考出好成績。她跟女學生說，往後的日子多的是無從掌握的選擇，這世上本來就沒有什麼公平競技。這一次就好，這次的學測裡，她有機會成為任何她想成為的人。

雅婷這些年並不常回家，卻不只一次想起這件事。Sabrina 常跟她抱怨自己的媽媽，從小成長在單親家庭的 Sabrina 即使年輕時有藉口可以離家工作，但那個「年輕」只是非常小的一段時光，只有在她的媽媽認識新朋友、找到新興趣時，Sabrina 的「年輕」才是被允許的。比起 Sabrina，雅婷輕鬆許多，爸爸自從轉作顧問後就更常待在家，夫妻倆有更多的時間吵些無傷大雅的架，也就更少有機會想起女兒。

某天，雅婷忽然接到媽媽的電話，要她有空回家一趟。這次不是為了幫她找相親對象、不是跟爸吵煩了，也不是單純的「想看看妳」。這次有個與眾不同的理由，課堂不再密集的媽媽有更多時間窩在電視機前，她要雅婷回家一週，一家三口一起來看二〇二八年的洛杉磯奧運轉播。

媽媽曾通勤到全臺各大補習班，年過六十後，自然不像同年紀的長輩喜愛旅遊，反倒喜歡隔著電視機，到那些即使有錢、有時間也沒機會去的地方。雅婷將服飾店的工作暫時交給副店長，轉眼就窩在小時候的那張沙發上。

雅婷最喜歡的項目是射箭，她很難說清楚射箭的迷人之處，但總愛鑽牛角尖的雅婷還是整理了一套自己的說法：首先，選手會把弓向上推，並在弓弦拉緊而弓身降下的瞬間裡，優雅的將胸肌徹底伸展，最後弓弦會緊貼在選手的唇上，那被擠壓後看似並不完美的臉，彷彿要將選手自己射向遠方。

電視機前的觀眾永遠無法完整看到比賽的全貌；選手瞄準後鬆手，下一個畫面就跳到了靶上的箭，中間的過程都是被省略的。雅婷只是個門外漢，看不出選手每次瞄準的姿勢有什麼差別，但靶上那每公分的微小差距，似乎就濃縮了每條肌肉、每根神經、每次呼吸的不同。

其實是有的，某幾個鏡頭會從選手的身後慢動作重播，觀眾可以完整的看到整個過程。屆時，兩點最近的距離不是直線，箭不會筆直的朝箭靶飛去，而是在空中，以一個緩慢的拋物線落到我們早已知道的位置。而就算選手失誤，只得到了六分，下一次和下下一次的目標也永遠是靶心的十分。

三十九

曉鳳每天半夜回到家，都會進房間幫女兒簽聯絡簿，並到陽臺晾衣服。

這幾年，每當曉鳳看著女兒的學校制服，都會想到幾年前在女兒的衣服上發現血跡，當時的她趕忙回到房間搖醒女兒，這才知道學校的保健室阿姨當天下午就教她用衛生棉和計算月經的方法。曉鳳生氣的是，班導師居然沒有打電話告訴她，而她難過的是，她居然完全忘了教女兒這件事，忘了女兒會長大、忘了女兒一定會長大。

今晚，曉鳳跟床邊的丈夫商量著，她本想等有空的時候跟女兒好好相處，但這個「有空」畢竟是一家三口的事，丈夫每週六日都得去廠房出差，曉鳳帶的高中升學班只有每年學測開始的那一個月有機會休息，而女兒的段考、模擬考緊接著就是基測衝刺，以後上了高中又是新一輪的段考、模擬考。

曉鳳身為補習班老師，自然也知道學測跟指考終究是古板的升學體制，她看多了現在的大學生，他們回補習班分享選課和選校的經驗時，總是炫耀著自己無所事事的大學生活。因此，曉鳳暗自思索著，等女兒考完大學，她會把補習班的課排掉，自己或許還能在她閒暇的大學時間裡帶她出去玩、教她按著家傳的計算機、教她更多她來不及教的事。

床邊的丈夫聽到這些話後，沉默了很久。曉鳳還以為他睡著了，就在她也要翻身入睡時，丈夫忽然開口了。他說，前幾天女兒忽然問他以前是怎麼追到媽媽的？曉鳳聽到後整個人都醒了。

「她有說她喜歡誰嗎？」曉鳳緊張的問。

以往丈夫跟女兒相處時，都會覺得自己的那臺計算機漸漸失靈了。鍵盤上多了好多他看不懂的按鈕，就怕按錯了一個鍵，女兒就會瞬間變成他不認識的模樣。他不只一次想過自己的女兒會在未來的某天愛上其他人，但沒想到會這麼快，而這次，他無從估算女兒未來的職業，自然也無法得知女兒未來的生活，他的那臺計算機早就徹徹底底失靈了。

「就讓她做自己喜歡的事吧，不要後悔就好了。」

曉鳳聽到後差點哭出來，不要後悔就是最難的事了。

雅婷從以前就很排斥相親，最主要還是排斥那種一對一的拘謹和禮貌。Sabrina 會替她主導一場又一場的酒會，有的謊稱是電影交流會、星座講座或為了慶祝某個人的生日或升遷。總而言之，這種新型態的相親，首要特徵就是：它們不會承認這是一場相親，只是一種「認識新朋友」的聚會。

不會有「以結婚為前提交往」這種太過直接的話，取而代之的是不著邊際的閒聊；不會有「我們不適合」這種太過傷人的話，取而代之的是「哈哈」、「我去上廁所」、「你真幽默」這種軟性的拒絕。

雅婷也認識了不少男生，但一向不肯妥協的她總想把兩個人的異同討論得清清楚楚。雅婷的想法很簡單，交往或結婚是為了讓自己過得更好，沒道理要找一個人來折磨自己。結果這裡真的變成了「認識新朋友」的聚會。

自從爸爸在去年過世後，雅婷更常接到媽媽打來的電話。電話通常只敢響到第三聲，雅婷偶爾忙著處理公司的事，來不及等到第四聲的她幾乎可以看到媽媽故作不在乎的把電話收進包包裡。

但這天晚上，電話響得比平常還久。剛洗完澡的雅婷接起電話，順手拿了一根菸到陽臺抽。媽媽像往常一樣問她最近過得如何、有沒有好好吃飯、什麼時候回家。電話講到一半，雅婷似乎感到哪裡不對勁，不是媽媽的聲音、也不是媽媽說的話。

「妳現在在外面嗎？」雅婷隔著電話似乎聽到過路的機車聲。

「對啊，鎖匠很快就來了。」

原來自從爸爸過世後，媽媽至少搞丟了五把鑰匙。

「我當年就是因為搞丟了好幾把鑰匙才認識你爸的，當時才剛畢業沒多久……」

雅婷不知道媽媽是不是為了想起爸爸才又搞丟鑰匙，但她可以確定的是，媽媽每次搞丟鑰匙就一定會想起爸爸。就在雅婷沉浸在這種推測時，媽媽忽然開口了：「我明年就要退休了。」

原來媽媽的徒弟已經有好幾個都轉行或退休了，現在輪到媽媽被新創的補習班嫌又老又貴，雖然補習班還是很禮貌的保留原有的稱呼，但只願意開給她二線的班級。雅婷還反應不過來，媽媽又問：「退休後要做什麼啊？」

「一般不是都那樣嗎？」雅婷說：「就去做自己喜歡的事啊。」

「喜歡的事喔……」媽媽想了一會，說：「……想不到欸。」

「多少有吧。」

「就努力賺錢啊，然後就老了啊。」

雅婷又問了一次那個問題：「妳喜歡自己的工作嗎？」

還等不到雅婷追問，媽媽就直接跳到那句話：「唉呦，你們年輕人就愛鑽牛角尖的。」

雅婷隔著電話，幾乎能看到媽媽打發似的朝空中揮了揮手。

8 四十三

曉鳳謹記著她的師傅——陳老師的下場，就算課間的時間再短，也一定要正常的吃三餐，怕自己胡亂吞嚥，她都叮囑自己每一口飯都要咀嚼三十下。她慢慢的嚼、慢慢的走，好幾次都被身旁的年輕人提醒：捷運上不能吃東西。

這些年她換了好幾個補習班，從張老闆、葉老闆到趙老闆，業界也漸漸不再將老師留在公司裡，曉鳳開始把合約分散在北中南的各家補習班。隨著年紀越來越大，她發現自己就算靠著這套慢慢嚼、慢慢走的習慣，身體也總有一天會跟不上密集的課堂。

某次她提早進教室，班主任跟她介紹教室最新的設備；天花板上不僅有兩臺錄影機，黑板和牆角的左右兩邊各有一臺液晶螢幕，有了這四臺螢幕播放，教室可以往後擴編到三百個座位。張鳳老師只要站上講臺，她上課的內容不僅可以同步連線到隔壁的小教室，甚至能錄下來給一個星期、一個月，甚至是一學期後的學生上課。

曉鳳聽到這些，除了興奮外也忽然鬆了一口氣，有了這套設備，自己再戰三十年都不是問題。

發現自己不必再匆忙趕課的曉鳳忽然希望時間再慢一點，隨著女兒考完學測，往後她們就有更多時間可以相處了。她摸黑進女兒的房間，在志願卡裡填上每個她想得到的母女生活。

沒想到時間來不及停下，女兒就忽然從房間裡消失了。收到女兒發來的簡訊後，曉鳳的腦裡出現了兩個疑問：一、自己少教了女兒什麼？二、女兒又自己學到了什麼？

曉鳳思索著這兩個問題，沒想到女兒回家後卻問了她萬萬沒想到的第三個問題。

「我就問妳，難道妳喜歡自己的工作嗎？」

「喜歡啊。」

「對嘛……啊？妳少來，妳才不喜歡。」

「不，我真的很喜歡現在的工作。」曉鳳把話說得很篤定。

「才怪，妳不是從很久以前就想要離職了嗎？」

「有嗎？我不記得了。」曉鳳腦裡不停閃過自己在講堂上的模樣，自己發明的公式口訣、自己寫的板書、自己一題一題解開的題目。她不喜歡自己的工作？不可能，也許偶爾要處理徒弟間的紛爭，或補習班之間的惡性競爭，但她在課堂裡的充實感和成就感……她很喜歡這份工作啊。

「總之，我就是不想為了錢而做自己不喜歡的工作。」

「妳以後有家庭有小孩自然就會懂了。」

「不要，我才不要生小孩，」女兒冷冷的說：「如果我沒有出生，妳一定會過得更好。」

雅婷帶著健檢報告和媽媽走出醫院，即使已經秋天了，依然很熱。雅婷邊走，邊攤開報告書，故意學剛才的老醫生說話：「張曉鳳女士，吃東西要細嚼慢嚥吶，不可以邊走邊吃吶，不可以久站或久坐吶。」

「有啦有啦，都有啦。」媽媽不耐煩的說。

健檢報告裡沒什麼異常，媽媽除了腸胃偶爾出點小毛病外，也沒有骨質疏鬆或癡呆的問題。這個結果雅婷自己都覺得不可思議，六十八歲的媽媽居然從頭健康到腳，連頭髮都還是黑的。

「走路要看路啊！」媽媽要雅婷把報告收起來。

「吶，自己的報告自己拿。」雅婷把報告遞給媽媽，但她卻假裝沒聽到，她又把手中的報告在媽媽面前抖一下。

「嘖，幫我拿一下啦，還有，」媽媽碎碎唸道：「不可以直呼長輩的名字。」

手，指了指遠處。

「又來了，就是這個職業病，」雅婷說：「妳真的很喜歡當老師欸。」

兩人在等公車的途中，忽然看到路口有人在賣花生捲冰淇淋，媽媽拉了她女兒的手，指了指遠處。

「妳不是一直說不可以吃冰的嗎？」

「都老了哪有差啊。」

雅婷只好獨自過馬路，跟攤販買了一份。過程中錯過了一班公車。雅婷回到公車站牌，彎下腰，讓椅子上的媽媽咬了一口手中的花生捲冰淇淋。很冰，太冰了。媽媽皺著臉，抬頭看著雅婷在烈日下的臉。

「妳也已經這麼老了啊。」媽媽淡淡的說。

「妳才老好不好。」

「對啊，我老了，好老好老喔。」

「好好好，妳很年輕好不好，我們都還年輕。」

曉鳳慢慢咀嚼著嘴裡的冰淇淋，讓它在嘴裡融化，好像……想起了一件很久以前的事，但未來的時間還很長，退休後的她可以離開補習班，去尋找自己喜歡的事，她可以不用再慢慢走、慢慢嚼。

她伸手拉著女兒的衣角。

「幹麼？」

「再一口。」

第三部

Post-Rock for Thirty-Year-Old

Group delay

給三十歲的後搖滾樂

年過四十歲的以若對此最有感觸的，是她生日隔天接到的一通電話。這個年代居然還有人打電話，以若聽了一會，原以為又是詐騙或廣告，對方在電話裡問了一個她沒聽過的名字。

ＯＫ，不認識。以若剛要掛掉電話，沒想到對方卻接著問：妳會去嗎？

「去哪？」

「他的告別式。」

她握著電話的手忽然一緊：「你再說一次他的名字。」

對方又重複了一次那個陌生的名字。姓與名，以若認真思索過一輪……好，她真的記不得了。她謊稱她有事不能去，對方這才跟她說確切的時間跟地點，結束通話前，她又問了一次對方是誰，同樣，也是一個她想不起來的名字。

「我們以前很要好欸。」對方在電話裡說著。

以若不斷在回憶裡一一確認過去那些朋友的名字，她失眠了整整一夜，隔天，她疲倦的載女兒去上學，自己在公司喝了三杯咖啡，直到晚上，她回家等丈夫煮晚餐時才終於跟他提起這件事。

「我也接過這種電話，」丈夫一邊將鮭魚翻面，一邊說：「惡作劇而已，根本就沒有這兩個人。」

「可是……為什麼啊？」

「可能是因為，」他轉頭說：「很有效吧。」

前幾天，她聽了銷售員的話，居然一口氣買下了未來兩年，共四個學期的數學習題本，好在一旁的丈夫阻止，不然她可能會連同國、英、社三科和國高中的線上課程序號一起帶回家。

晚上，以若和女兒道過晚安，經過客廳時又看到桌上那四本習題。她曾認真思考過到底該不該讓女兒去補習，這件事她很久以前也跟老朋友小晴討論過，三年前了嗎？

不，至少四年了，四年前小晴因為工作的關係順道來家裡作客，閒聊之間順便交代了一下紹凱的近況，而蜘蛛的消息大家則知道得很少，大多都是社交軟體上的近況。

有些事她以前就聽過了，但只剩下一些模糊的印象，那些朋友此刻恐怕都已經變成了她不認識的模樣。沒有名字的人大多都不重要，即使如此，年過三十的故事依舊人來人往。

以若一邊翻著數學習題本，一邊回想著過去的朋友們，他們的臉、他們的名字，和他們往後的所有理所當然。

Q1：最少需要多少個長十六公分、寬十公分的長方形，才能拼成一個正方形？若要再拼成一個更大的正方形，則最少需要再增加多少個長方形？

大約十年前，小晴和朋友們一起離職去紐西蘭玩，四人回國後幾乎一無所有，各自忙著投履歷和面試，得趁著年底前趕緊找份工作窩著。

對小晴來說，工作和租屋都只是其次，移民到臺灣後找個人談一場戀愛才是最重要的事。在紐西蘭剛失戀的以若當時聽到這句話時超級不爽，不是因為戀愛被小晴擺在第一順位，而是因為戀愛以外的其他事對小晴而言確實都輕而易舉，她總是謙虛的說自己不算太認真，只有一直相處至今的以若知道這句話是真的。

飛機剛從香港落地臺灣，她就拉著以若去酒吧喝酒，過程裡認識了幾個男生，加了LINE。小晴跟以若解釋她的策略：先認識五個男生，再從中選出最有趣、個性最合拍的一個，如果不滿意，就再認識另外四個，進行下一輪篩選。

「那假如……只是個誤會呢？假如對方只是一時沒有自信而已呢？」

「那就算了啊，這種人很麻煩欸。」

在以若的理解中，小晴腦裡有一個名為「很麻煩」的紙箱，所有她不能控制的、不能解釋的、不能立刻處理的，都會被丟進這個紙箱裡。之所以是紙箱而不是垃圾場，是因為她偶爾還是會把一些丟不掉的「麻煩」拿出來拼裝一下：大學的分組報告、期末論文，或是畢業後的求職和升遷，甚至連移民時的手續都是以若打電話去移民署幫忙問的。以若暗自認定，小晴絕對會是他們這群朋友中最先結婚的人，比起結婚「很麻煩」，讓一個人不斷問她要不要結婚「更麻煩」。

後來疫情爆發，去不了酒吧和電影院的小晴就跟剛認識的男生交往了。當時還在為失戀痛苦的以若一時難以接受小晴的新男友，眼前這個相貌平平、說話冷淡，音樂品味極差的男生就是經過好幾輪賽季的冠軍嗎？但這個問題小晴回答不了，自從陷入熱戀後，「很麻煩」紙箱被重新翻了一輪，小晴開始上市場買菜，回男友的家下廚，剛就職的公司宣布在家工作後，她甚至能每天七點起床，扛著筆電到男友家辦公。

告訴以若這些細節的，是小晴的小學同學詠歆，剛從香港搬來臺灣的詠歆起先跟小晴在臺北合租一間奢侈的公寓，雖然同樣是搬來臺灣，但詠歆先前沒有僑生的身分，若要取得國籍，她必須先從研究所畢業、在臺灣工作滿五年，薪資還得是基本起薪的兩倍。因此當以若第一次去她們家吃飯時，才發現這間公寓整天都參雜著一喜一悲的情緒。

某天，小晴像往常一樣去男友家辦公，視訊會議開到一半，房內忽然一片漆黑，兩人拉開窗簾，才發現整座城市發生了大停電。線上會議草草中斷，兩人在陽臺抽起了菸，俯瞰底下的樓房和路人，似乎跟往常沒什麼差別，這讓小晴感到不安，明明整座城市都停電了，為什麼她卻無法從路人的步伐或神色看出差別？

兩天後，新聞宣布疫情進入三級警戒。兩人呆呆的看著電視，打開窗，明明一切都不一樣了，整座城市應該變得沉默且嚴肅，卻又彷彿什麼也沒發生，明明城市每時每刻都在擴大，但捉摸不到形體的東西又該怎麼丟進紙箱裡？男友彷彿在紙箱裡看到了一個巨大的空洞，他說今天就先住他家吧，又提議說兩人可以先去小晴的租屋處收拾一些簡單的行李。這件事傳到詠歆那邊時，已經變成了：小晴和男友正式同居。

搬家可以慢慢來，除了搬家「很麻煩」外，小晴打算每次去找詠歆時都帶一兩個紙箱走，如此一來，她找詠歆時可以順便搬家，搬家時也能順便找詠歆，兩件事終究會同時結束，但兩件事可以慢慢結束。也只有在打包行李時，兩人才有機會說幾句粵語。詠歆在研究所還會認識其他的港生，而小晴自從大學畢業後就鮮少再認識其他香港人了，偶爾遇到了也只會找你問路，若對方發現她也是香港人，就會像某種祕密集會一樣想把她拉進自己的圈子裡，然後，對話裡總會充滿著某種的氣味、某種隱而不談的話，好像所有的關心和問候都建立在一座失去的城市之上。而她的弟弟連粵語都說不上幾句，甚至連文字訊息都是簡體字。

這些年，小晴的香港口音越來越淡，她受不了得向新朋友介紹自己是香港人，不是覺得可恥，而是她已經看膩了那些同情、關懷或善意的眼神。先前在酒吧認識的那些男生也是，一得知她是香港人，不少男生都像看到了脆弱無助的小動物，好像他們自以為能夠給予什麼，又能夠進一步索討什麼。

反正一切都很麻煩啦。層層疊疊的紙箱拆了又重新封起，堆在角落裡的都是捨不得丟掉的垃圾。打第一劑疫苗時，她整晚不停發高燒，汗溼了棉被和床單，除此之外，她還做了一場噩夢，具體夢到了什麼，她已經忘了，忘了就算了，記得也沒用的事情最好全部都忘了。沒有麻煩的相處慢慢變成沒有麻煩的日子，而沒有麻煩的日子就是最好的日子。

但後來還是分手了。

小晴搬離前男友家那天，剛考到駕照的詠歆租了一輛箱型車，車還沒停好，以若也騎著機車駛進這條小巷。小晴那天暗自慶幸自己已經提早把行李搬出家門，也幸好分工時，詠歆負責把行李從樓上運下來，否則以若極有可能會在見到小晴的前男友時衝上去給他一拳。

小晴當時在電話裡說得很輕鬆，撇除諸如沒關係、無所謂、他不是壞人外，以若只精簡的捕捉到一句話：「正牌女友要回國了。」接著，以若在電話中聽到一件難以理解的事：小晴目前還沒找到租屋處，但她已經先連絡過紹凱了，他新租的工作室有多的客房，沒意外的話可以讓她借住一個月左右。而一提到可以搬來以若或詠歆家時，小晴只淡淡的說：「不想麻煩妳們。」兩人認識少說也快十年了，可從沒聽過小晴真的把誰的麻煩當作一回事。

所以搬家這天，詠歆租的這輛廂型車後來開到了紹凱的家。幾人一起抽著菸，最後一件小晴慶幸的事，是紹凱沒有主動跟以若提起蜘蛛。小晴原本計畫搬回以前跟詠歆合租的公寓，但早在分手前，她就注意到這群朋友的聚會偶爾會多出了一個從沒見過的男生，詠歆說是她公司的同事。小晴也想過搬去跟以若一起住，但那時的以若已經有男朋友了。這才是合情合理的版本，沒有一個空位會永遠替你保留。不管接下來要去哪，她只想立刻搬離前男友的家，立刻去一個不會打擾到任何人的地方。

以往小晴不會去想她難以處理的、太麻煩的事，她試著去想相處時的那些日子、那些美好，消毒酒精、芒果和熱水澡，外送平臺、床單和魚飼料……「反正妳不是遲早都要回去嗎？」當她躺在客房的床上時，米白色的天花板像剛闔上的紙箱內側，原來自己只是一個暫時不會發作的麻煩。

她知道這種時候可以去找紹凱，當小晴下意識得出這個答案時，她這輩子第一次這麼討厭自己，這個念頭出現得這麼理所當然，彷彿她前半生都是這麼活著的。

那晚她又做了噩夢，半夜驚醒後，她去玄關抽菸。碰巧這時紹凱起床上廁所，一聽到她做噩夢，紹凱說：「也許說出來會好一點。」

玄關內吹出了一口煙。

夢裡，小晴回到了高中課堂，講臺上的老師正在責罵一個記不得模樣的同學，越罵越大聲，越罵越難聽，忽然，夢裡的小晴站了起來，她非常憤恨、狠毒的說對方是個失格的老師（你出了這個學校後還有其他謀生能力嗎？），罵完一輪後，她大步走出學校，沿路的主任和警衛都攔不下她。最後，她走出了校門，正要過馬路時，發現紅綠燈壞了，寬敞的馬路上全是高速行駛的車輛，彷彿她只要稍微踏出一步，理所當然的無情就會把她輾斃。

然後她醒了，腦裡仍是自己在教室裡的咒罵聲。

「這個夢代表……呃，現實的壓力讓妳懷念很久以前的生活。」

「幹，我怎麼不知道你會解夢？」

「我隨便說的，」紹凱笑著說：「反正比起一直去想這個噩夢，不如就隨便找個好一點的解釋，妳很好，這個世界也很好，妳只是有點懷念罷了，」他接著又說：「嗯，沒事的。」兩人對視了一會。就像她想得一樣，這一瞬間她似乎忘記了失戀的痛苦。

紹凱略顯尷尬的用手機連上音響，調侃的說：「哎呀，聽說妳失戀啦。」

深夜裡的公寓響起了〈愛上別人是快樂的事〉和一句「屌你老母」。

小晴原先只預計借住紹凱的客房一個月，沒想到這一住就住了半年。在找租屋和上班的時候，她多少會期待晚上回到紹凱的家，想像他開門、抽菸或買消夜等她回來，但只是想想罷了。偶爾小晴躺在客房的床上，黑暗中，她會想像他就坐在床邊，輕輕的拍著她、摟著她，衣服的摩擦聲和皮膚的體溫……但也只是想想罷了，只是為了短暫忘掉前男友的臉。當畫面裡，兩人的臉越靠越近時，她會在夢裡再度閉上眼睛，吻著、咬著一個沒有臉的人。

Q2：臺北市某站牌有兩路公車，一路公車每十分鐘靠站一次，另一路公車每十二分鐘靠站一次。已知兩路公車在正午十二點時同時靠站，請問再下一次同時靠站是幾點幾分？

從紐西蘭回國的那天晚上，剛下飛機，紹凱就扛著行李廂去前女友的家取回最後的雜物，就跟他在紐西蘭時收到的消息一樣，女友有了新「室友」，而紹凱就自然而然的成了前男友，加一減一，最後還是零。

蜘蛛曾提議要不要陪他去這一趟，但他已經做得夠多了，蜘蛛幫他找齊大學時最要好的幾個朋友，還幫他安排了一趟紐西蘭旅行，甚至在他最難過的時候賞了他一巴掌。

想到這件事，紹凱都能感覺到自己的左臉頰在發燙，至少痛苦是真實的。他要跟前女友拿回的雜物也不多，一個墜子、一本書和一件外套。前女友家的門一開，他還是下意識的往裡頭瞥了一眼，喔，她的新男友今天不在。就在他伸手接過東西時，前女友忽然開口：「要再試試看嗎？」

這不是他第一次哭了，在紐西蘭的三週裡，他幾乎帶著哭聲和酒醉的嘔吐物巡迴了羅托魯瓦的各個酒吧。現在，他只要點點頭，一切都不會再痛苦了，也許彼此都慢慢長大了、也許彼此都到了該定下來年紀、也許這一次真的不一樣了……可是，蜘蛛啊，這不就全都白費了嗎？

紹凱獨自回到自己的租屋處時，腦裡仍不斷迴盪著同一句話：「這不就全都白費了嗎？」好吧，加一減一，也許並不完全只是個零。

順利分手後的紹凱決定全心全力賺錢，已經工作過兩三年的他在應徵新人職位時特別吃香，反正每間公司都是下一間公司的跳板。紹凱對此看得很開，他的原則是不要在工作談理想，公司只有在要給你低薪時才會跟你談理想，而要辭退你時談的終究是數字，你拿低薪換理想，只會換得事業和理想兩頭空。

因此紹凱隨便找了間設計相關的公司，拿了份買免洗筷的薪水。紹凱算過了，這份免洗工作多賺的錢能存著租下一間房，做膩了、被炒了，銀行裡的存款也夠他待業找到下一份免洗工作。

沒想到後來爆發了疫情，業務減少導致了大批裁員，紹凱幸運沒被辭退，但也只是幸運罷了，徵人機會減少，他也只能先待在這份早該離開的公司。但換個角度，他其實也算半離開原本的職位；在家工作後，他每天可以多睡一小時，醒來後甚至連睡衣都不用換，除了每週回公司收一次信外，就是去印刷廠看印，不必自主加班，只要完成表定的工作，其餘的時間都是自己的。

起初他對這樣的工作模式很滿意，自己可以隨時消失也不會有人發現，但後來這件事卻反過來嚇到了他；如果有一天，有人發現沒有他也不會怎麼樣，那就是他真的該消失的時候了。因此他自主加班，每天交出比表定還早一點的進度，就怕在不用見面的日子裡，會收到不用見面的辭退信。

房間像一間永遠停不下的倉鼠籠，有些人陸續從視訊會議裡消失了，接著又出現了一些陌生的面孔。那些還有在聯絡的前同事偶爾會發一些案子給他，而時間長了、前同事多了，他的名字也慢慢出現在一些名單中，有些公司會直接聯繫他，他也開始成立工作用的粉專和ＩＧ帳號，把這幾年完成的案子、被退件的作品陳列上去。一個深埋在他心裡的想法漸漸浮現了，他額外多接了許多案子，存夠了待業的錢，也看好了一間寬敞的公寓。

工作室成立這天，他難得給自己放了一天假。環視十五坪的新屋，他忽然想到，或許該找以前的朋友們一起慶祝一下，但他們現在在做什麼呢？小晴這幾年談了戀愛，似乎仍跟她的小學同學住在一起，以若自從在紐西蘭確定蜘蛛不喜歡她以後，就很少再出席聚會了，蜘蛛呢？上一次聽他說好像還在忙一個不怎麼樣的工作。似乎從紐西蘭回國的那一天起，大家都從零開始各走各的路了，認識新的人、愛上新的事，一切都已經不一樣了。

後來發生了兩件事，讓他再次深刻體會到這個事實。第一件事是蜘蛛居然結婚了，對象是一個從沒聽他提過的女生，紹凱剛得知這個消息時，還以為自己會去當伴郎或證婚人，沒想到結婚已經是個完成式，蜘蛛和他的妻子簡單的去戶政事務所簽字，不僅證婚人就是櫃檯人員，就連結婚戒指也沒有。起先，紹凱想到最合理的解釋是對方懷孕了，而這個答案被否決的當下，就只剩最後一個最接近真相的答案：他和蜘蛛終究得走向不同的人生，未來兩人只會越來越遠，直到完全失去對方的消息。

「說得好像要嫁女兒一樣。」小晴從搬家的紙箱裡翻出了檯燈和棉被，開始在紹凱家的客房裝飾了起來。

第二件事，自然就是小晴失戀了，失戀不算什麼太罕見的事，但紹凱萬萬沒想到以往做什麼都得心應手的小晴這次失戀居然會這麼慘。具體有多慘？他難以想像，正因為小晴這一連串不合理的決定讓他隱隱覺得狀況非同小可；首先，她本可以搬去跟以若或她的小學同學住，但她卻罕見的說出「不想麻煩她們」，再者，小晴就算不想跟人合租，要自己找一間合適的套房應該也不是難事，「借住在紹凱家幾天」少說是第十順位之外的選項了。總之，一切已經超出紹凱的想像，他答應小晴的當下，也不敢再細問原因，或至少應該晚點再問。

晚上，紹凱聽著小晴的失戀故事，她和前男友同居了一年多，故事多到整個晚上都講不完。聽著聽著，他也慢慢想起了自己的前女友，這幾年，他不時會想起這個人，起初不管做什麼事都會想到，後來變成一天十次、三天一次、一週一次，再後來，他懷疑自己想念的、懷念的是一個已經不存在的人；蜘蛛結婚了、小晴貌似遇上人生低潮、以若至今鮮少聯絡，就連紹凱自己都成立了工作室。就算他跟前女友曾經再怎麼了解彼此，此刻的她應該也已經過著紹凱難以想像的生活了吧。所以，他當初在前女友家的念頭或許沒錯：也許彼此都慢慢長大了、也許彼此都到了該定下來的年紀、也許這一次真的不一樣了。

紹凱一說到這，忽然看到小晴那混雜著慈愛和歉意的眼神，半年後，她搬離了紹凱家，這樣的眼神早已不知不覺全成了歉意。搬家這天，紹凱特地找齊了蜘蛛、以若和小晴的國小同學一起來吃飯。

飯後已經是晚上了，小晴的新家在非常郊區的位置，即使看著導航，紹凱還是在返家的途中迷路了好幾次，後來總算看到熟悉的路段和商家，炸雞店、咖啡店、電影院，紹凱越騎越覺得不對勁，猛一回頭，這不就是前女友的家附近嗎？紹凱差點從機車上摔下來，心情平復了一會，手卻不聽使喚的向左轉、駛近小巷。

他放慢車速，在漆黑的小巷裡緩慢滑行。停下，熄火。

他瞇著眼睛，遠遠的，一樓的公寓門口旁正坐著一個人，那個人背靠著牆，癱坐在柏油路邊的雜草堆上，倒在一旁的行李箱開著，所有的外套、襯衫、內褲全都散落在路邊。那個人忽然注意到在遠處的紹凱，轉頭……。

紹凱馬上重新發動機車、催緊油門、掉頭駛出巷口。他不是害怕對方察覺自己是她的前男友，而是怕這四目相交的瞬間，他會看到一個和自己長得一模一樣的人，他更害怕的，是發現那個人就是未來的自己。根本沒有什麼「彼此都長大了」，也沒有什麼「到了該定下來的年紀」，他自己不也是回到了原點，才發現對方一點也沒變嗎？你改變不了你愛的人，同樣也離開不了你恨的人，這一切就算再下一個五年或十年都絲毫不會改變。

Q3：公路上有一排電線桿，共三十根。每相鄰兩根電線桿距離都是二十公尺，若要改為三十五公尺，有多少根電線杆不需要被移除？

蜘蛛的綽號之所以叫蜘蛛，源自於大學時期的某天晚上，他和紹凱散步時忽然看到了一顆小動物的頭骨，當時他自作聰明的說：「你知道嗎？所有掠食者的眼睛都長在前面。」於是有著八隻眼睛的蜘蛛就成了他的綽號。如今蜘蛛再想起這個故事時只覺得好遙遠。

昨天，他聽到了同事給他的新綽號：「H」，起初他還以為是姓氏或名字的縮寫，細問之下，才知道這同樣源自他曾經說過的話；某次他和同事在茶水間閒聊時，無精打采的蜘蛛忽然說：「生活就是三件事，躺著（工）、站著（H）和坐著（h）。」就這樣，蜘蛛把他的八隻腳兩兩合併，成了方方正正、瘦瘦長長的「H」。

此刻的H對這個新綽號同樣覺得有點疏離。晚上回到家時，他自顧自的喃喃唸道：「生活就是三件事，躺著（工）、站著（H）和坐著（h）。」這樣一句輕聲的自言自語卻彷彿在整座公寓裡迴盪著。

離婚後，聲音成了他最恐懼的事，不是別人的聲音，而是他自己的聲音；桌椅、門把、滑鼠或只是單純的腳步聲，所有由他發出的聲音都像洞穴中的呼喊聲，越傳越遠、越傳越小，直到聲音小到無限接近於零，他才又再次確定了一件事：整片漆黑的世界裡只有他自己一個人。

無聲的公寓裡，H小心翼翼的打開電腦、點開音樂軟體，隨意播放著無論是誰的Podcast，頓時，房間裡像塞進了兩到三個高大的巨人，他們大笑、他們奔跑、他們手舞足蹈。在這些巨大的聲響裡，H卻忽然感到平靜，吃飯、洗澡、刷牙，整間公寓終於恢復到正常的大小，而他也是個正常的人。

多年前從紐西蘭回國後，還是蜘蛛的蜘蛛很快就在臺北找到了一間滿意的公寓，格局方正、採光良好，還有社區共用的垃圾桶，最重要的是有陽臺，他只要推開玻璃門就能點上一根菸，吐出的煙慢慢的飄，抬頭往天上看，自己就像在城市的某個皺褶裡結成了一張自己的網。

之所以願意砸錢租下這間公寓，是因為他應徵上了公家機關的約聘職，一年一聘，未來十二個月可以暫時不用擔心工作的事，像風雨中的小木屋。他認真研究書桌和床頭的朝向，並用google製作了一張附近的美食地圖。對蜘蛛來說，什麼都可以省，吃飯、通勤和娛樂費都可以省吃儉用，唯獨租房子不能；想像一下，某天你遇到了什麼巨大的打擊，如果回家時還要擔心屋頂漏水、鄰居吵鬧或潮溼悶熱的空氣，那時的你還能夠好好恢復嗎？如果沒有一個地方可以消除你一整天的疲憊，那日積月累下來，你總有一天會被壓垮、會憂傷的死在路邊。反之，如果你有一間堪稱一百分的租屋處，無論你在哪裡跌倒受傷了，都能有一個地方能讓你好好休息，你擁有的就不是一間房，而是一輛坦克，無論想抵達哪裡都只是時間的問題。

一年很快就過了，疫情剛開始時，蜘蛛還會擔心續聘的事，而穩定的生活讓這份擔心一層一層瓦解，他放棄續聘，轉而應徵上零售公司的行銷人員。在那裡，他認識了J。

許多年後的今天，H像往常一樣，一回到位於屏東的租屋處便打開Podcast來聽。他聽的類型很廣，從靈異故事、股票投資、國際時事到社會觀察，無論聽什麼都好，只要有人說話就夠了，這幾個月裡，他還真的聽過沒人說話的Podcast節目，內容沒意外的話是一個人在洗碗，裡頭只有水聲、金屬聲和玻璃的碰撞聲，H聽不到十分鐘就把它關掉了。

此刻他聽的節目就正常多了，是兩個女生在討論這陣子的時尚潮流，聊復古、皮革也聊色彩上的穿搭。話題忽然一轉，提到許多年前的學運，沒講兩句，主持人婷婷又把話題牽回了近日的流行品牌。H越聽越覺得不對勁，越聽，越覺得這個聲音好耳熟……。

他上網搜尋「喬克雅」的Youtube頻道，最近一則更新已經是大約十年前的事了。那時候，他和一群朋友去偏鄉的基金會幫那邊的小孩偷鳳梨……那種不擇手段的行為就跟「蜘蛛」的綽號一樣遙遠，後來帶紹凱去紐西蘭的事也一樣，幸好那次算順利，紹凱沒有鬧自殺，回國後也果斷的和前女友斷聯。紐西蘭的一切都算是「正確」的事吧？可是，最後一天的晚上，以若的那個吻到底是什麼意思？

他猜，那應該是以若在某個徬徨的人生階段裡試圖做出的改變吧；那時候的他既沒有工作，也不知道將來要去哪，他沒有刻意去做什麼，以若怎麼可能還會喜歡他？當然如果你喜歡一個人就不會在意這些事，但自己有什麼能夠給她的嗎？好，理論上真正喜歡你的人不會在意你能給對方什麼，但……自己有什麼能夠給她的嗎？

H的腦裡攪成一團，偏偏屏東的這間公寓沒有陽臺，他只好起身穿上外套、拿了菸和打火機、走下兩樓的樓梯。夜裡，寬敞的馬路上一片寂靜，遠處的路燈幾乎是唯一的光源。

火亮了起來。

H抽了一口菸，在遼闊的郊區上空逐漸消失。

他首先想到的是起初和J交往的事；撇除一些J在神祕學上的自我懷疑，當時的她幾乎是同時失業和失戀，兩人確實聊得來，音樂和電影的品味也大致雷同。蜘蛛也很高興疫情期間還有朋友能經常一起吃飯或一起在家看電影，傍晚聽著她在小時候受過的傷，和往後所有的不幸。

忽然，夜裡的眼淚像世界的裂口。

起先蜘蛛只是輕輕的抱著她，希望她可以好過一點，然後，他忽然想起自己剛從紐西蘭回來時的焦慮和徬徨，想起自己曾經的恐懼和不安此刻都落在懷裡的這個人身上，他自己又花了多少心力才編織出現在的碉堡?他想起大學時那一整車的鳳梨,想起紹凱在紐西蘭的眼淚,也想起小晴被一個不了解的人留下了不了解的傷。世界是殘忍的,J,世界是殘忍的。

原來看著一個人恢復笑容,是這麼充實的事,蜘蛛抱著一個彷彿隨時都會消失的人,卻反而像第一次感覺到自己真實存在著。原來他可以是一個有用的人,原來在這結滿蜘蛛網的世上是有一個人需要他的。這才是一個人足以被喜歡的合理答案,我終於找到了。只要這樣就夠了,他們可以跟這個世界兩相離棄。

紹凱、以若、小晴,和許多的家人朋友們,我愛這個人,所以,再見了。

婚後,蜘蛛把工作辭了、把租屋退掉,陪J去屏東生活,重新找一份工作、重新找一間房子。要如何讓一個曾經見過奇蹟的人,去重新相信這個世界本就是殘忍的?

此刻的蜘蛛,不,此刻的H至今依然不明白離婚時,J口中所說的「壓力」到底是怎麼一回事。抽完菸的H重新回到被聲音灌滿的房間,H慢慢把兩兩合併的腳打開,八隻腳的蜘蛛躺在床上,慢慢的閉上八隻眼睛,慢慢的,在漆黑的房間裡捲曲成一團漆黑的物體。

Q4：聖誕夜，老師要將八百三十七包餅乾和一千三百五十顆糖果放入聖誕襪，每隻襪子分別得放入等量的餅乾和糖果，若要剛好分完，最多可以分成幾隻聖誕襪？

來臺灣念書前，詠歆就多少聽過小晴和朋友去紐西蘭的事了，當時她笑著問電話裡的小晴：「到底是臺灣人都在談戀愛，還是臺灣人都不會談戀愛？」後來她順利考上研究所，到臺灣後也漸漸認識了這些朋友，但最熟的還是小晴跟以若。過了某個年紀後就是這樣，你認識新朋友，就像在追一部長青連續劇，有些人在前幾季裡輪迴著同樣的命運或創傷，當你好不容易追到第六季時，某個第一季死掉的角色忽然又重新復活，並成為主要角色之一，你以為你終於看懂了幾個角色的前因後果，沒想到在最新一集裡又有新的伏筆和懸念。

自從蜘蛛結婚後，五人的聚會裡終於少了那種該選邊站的味道，小晴搬家那天，以若還調侃他是不是被仙人跳了，蜘蛛也會提醒她不要哪天開始家暴男友。詠歆一邊喝著兌了綠茶的梅酒，一邊看著以若淡淡的微笑著。嗯，這一季八成還不會出現大結局。

上星期，詠歆才剛從香港回來，她現在的老闆只比她大五歲左右，一聽說詠歆的爸爸住院了，就讓她飛回香港一趟，一整週都算成出差，搭機前，老闆還傳了一份清單，要她代購一些禮餅、果醬和蛋捲。其中一個比較熟的男同事甚至問需不需要他去送機。

實際到了醫院後，才知道是高血壓發作，現階段只要按時服藥就能控制。詠歆看著健康檢查的報告，向醫生反覆確認好幾次是否有檢查出其他異樣，肝指數偏高、尿潛血、前列腺肥大、老花眼惡化，肌肉逐漸萎縮，將來可能會經常跌倒。詠歆逐一聽著醫生的建議，也分不清哪些是病了，哪些是老了。

除了陪爸爸做物理治療外，她最受不了的是家裡那一整疊花花綠綠的衣服，以前她還會陪媽媽去逛街，跟她討論最近流行什麼款式，又或者怎麼穿搭才能遮住她一直很在意的贅肉，沒想到才兩三年沒回來，媽媽已經穿得跟一般的中國大媽一模一樣，圓滾滾的粉紅色或藍綠色。媽媽肯定在外面被哪個成衣店當盤子削了一筆。

為此，詠歆排開了跟幾個朋友的聚餐，特別喬了一天跟媽媽上街買衣服，現在的衣服早就跟以前不一樣了，料子好不好，用手根本摸不出來。她介紹了幾個耐穿好看的品牌，或哪個專櫃的衣服總能便宜又修身。詠歆回臺灣後，仍不時會傳一些雜誌上的模特兒穿搭或品牌介紹。在每週一次的視訊電話裡，她會像往常一樣用撒嬌的語氣問爸爸有沒有按時吃藥，用像隊友的語氣聽媽媽抱怨這幾年的政局和政策。

爸媽總會問她離取得國籍還剩幾年？交男朋友了沒？前者的答案，詠歆能預想會越問越少，四年、三年、兩年，到最後會只剩幾個月的倒數，但後者的答案始終都是再考慮吧。後來聽說蜘蛛離婚了，再沒多久反而換以若要結婚了，但詠歆始終不確定那個常來她家作客的男同事是怎麼想的，原以為他們的關係會隨著轉職而結束，沒想到一切如常，前同事——柏宇慢慢跟他們這群朋友熟識，他加進了聊天群組，五人的聚會也慢慢變成了六人，有時詠歆還會像追劇一樣幫他補足一些圈內的笑話或術語。有幾次，她差點就誤以為自己已經跟柏宇交往了。

過了某個年紀後就是這樣，你有越來越多時間回憶過去的事，白天的你過著日復一日的生活，晚上的你卻在回憶裡驚心動魄；小晴當初決定移民來臺灣時，曾希望她也一起來嗎？還是兩人只是剛好做了相同的決定？小晴當初失戀時在車上對她說的話到底是什麼意思？「妳有時候會不會覺得一切都不算數？」她在等自己一起回去嗎？而上次詠歆從臺灣回香港時，柏宇在機場那漫長的擁抱真的只是普通朋友的等級嗎？

詠歆第二次回香港是她主動提的，她先前確實有想過該為了年過三十這件事回去一趟，但工作一忙起來，就一直拖著，直到她聽說以若懷孕的事，才終於覺得真的該走這一趟了。柏宇像幾年前一樣問需不需要他去送機，她看著他，問要一起來嗎？這次的擁抱和幾年前在機場時幾乎一樣漫長。

詠歆的新老闆同樣給她一張清單，這次代購的東西變成了精品包包、香水和外套。回香港後，她拉著爸爸再去醫院做一次全身健康檢查，報告的結果跟預想的一樣，卻依然令她吃驚；爸爸變得更老了，駝背、老花、行動不便，甚至連聽力都開始出現問題。爸爸看著柏宇，皺皺小小的眼眶好像比平常多眨了幾次。

這幾年，媽媽的衣服幾乎全都是過氣的大媽款式。趁著幫老闆代購名牌，詠歆把柏宇丟在復健中心陪爸爸，自己再次拉著媽媽去逛街，但每件她推薦的衣服不是被嫌太貴、太醜就是太華麗。最後，她反倒是被媽媽拉去她常逛的小店。詠歆心想這也好，最好讓那些人以後不敢再把她媽當盤子。

剛進店裡，就跟詠歆想得一樣，裡頭擺滿了各種土氣的衣服，上頭不是繡上了莫名其妙的英文就是一堆貓貓狗狗的圖案、大紅大綠、粉紅色針織毛衣……忽然，店員阿姨從櫃檯走了出來，詠歆本想直接跟她說以後不要再騙我媽的錢，沒想到店員阿姨先是熱情的問媽媽最近過得如何，媽媽介紹詠歆剛研究所畢業，現在在臺灣過得很好，兩人寒暄了一翻，聊的都是一些日常瑣事，媽媽卻笑得比以往更加得開朗。

店員阿姨接連拿出了幾件外套和毛衣，媽媽遲疑了一會，有幾件是真的太醜了，阿姨又挑了一件黑色大衣，說現在都流行這種款式、妳試試看啊、這件很修身很好看。媽媽接過大衣，直接套在身上，忽然露出了滿意的表情，不好意思的問會不會很貴啊？店員阿姨按了按計算機，搭了一下折扣。詠歆瞄了一眼，還可以，就比一般的專櫃再便宜一點，但也就是一點。

詠歆稍微鬆了一口氣，對方似乎不像是壞人，就算店裡的衣服老氣了點，但店員是真的覺得好看。此時店員又拿了幾件衣服出來，說是昨天剛進的還沒標價，並鼓勵媽媽試穿看看。媽媽不好意思的接過衣服，這一瞬間，媽媽的眼神裡浮現了一種由衷的興奮和喜悅。如果……如果這樣能讓她開心，那有什麼不好呢？

當媽媽進試衣間時，店員阿姨轉而問詠歆在臺灣過得如何，又說起媽媽上週來的時候還請她吃水果，而她也幫媽媽把幾件十幾年前的衣服補好。

這時，試衣間的簾子被拉開了，媽媽上下比畫著袖長的模樣，兩手忽高忽低的揮舞著，像在跟她炫耀自己此刻有多麼好看，媽媽眨了眨眼睛，嘴角靦腆的上揚，像孩子一樣期待的問她，好看嗎？

詠歆笑了，想起將來會越來越少見面，眼淚也不經意掉了出來。

那是她這輩子見過最美麗，也最可愛的大媽。

媽媽驚慌的抱著她，詠歆的眼淚落在了鬆軟的毛衣上。

「好睇，好好睇……」

Q5：在某間家具工廠裡，製成木椅需九條木材、製成木桌需十二條木材、製成床板需三十二條木材。今天進了一大批木材，已知全部做成木椅時會多七條、全部做成木桌時會少兩條、全部做成床板時，就有十張床板少三條。請問最少有幾條木材？

許多年前，剛出社會的以若發現自己很快就要老了；即使她每天腰痠背疼的加班到九點，對公司來說她仍舊是個可有可無的新人，而即使她努力抽出休假時間陪剛認識的男生逛街、看電影，對方也總在彼此都還不認識的情況下問她要不要交往、要不要做愛。好不容易交了一個還算正經的男朋友後，才發現對方一直困在過去的感情創傷裡。

太多毫無意義的人事物在浪費自己的時間。往後，以若對每件事都設下了一個期限，如果沒有任何人事物會為她改變，那她就得自己做出改變。每一份工作只做兩年、每一個新對象只認識兩週，就連交往後每一個相同的架都只吵五次。以若覺得這算寬容了，如果一個爭執能重複五次，那幾乎就是一個人的「基本設定」了，三十二無法被三整除，卻可以倍數成長為九十六；你不可能要求一個有救世主情節的人過細水長流的日子，除非他把重複一致的日常也當成拯救的一部分，但三十二始終是三十二，吃飯的時候是三十二、睡覺的時候是三十二，就連被你吻著、抱著的時候呆愣在原地的也是三十二。

以若把所有的基本元素套進短除法，從紐西蘭回國後一切從零開始。小晴拉著她去酒吧，跟幾個男生要了 LINE，剛失戀的以若在網路上一副「你們別再裝了」的口吻，笨一點的男生還會跟她聊哲學、詩或西蒙．波娃，聰明一點的男生直接不聯絡。

她在朋友的聚會上會刻意避開蜘蛛，就怕他哪天心血來潮會忽然跟她提交往，這樣……這樣或許還滿好的？起初的幾個月，以若都糾結在這樣的情緒裡，後來她去小晴跟詠歆的家吃飯，而小晴交男朋友後，以若唯一的談心對象就只剩詠歆了。她們聊這群朋友以前的故事、聊以若在紐西蘭的吻，也聊詠歆在研究所認識的男生。

偶爾，兩人下班會約去餐酒館吃飯，啤酒、玉米片和鱈魚肝，門口會是兩人吐出的煙和慎重的道別。搭車回家的以若會在微醺的狀態下思考著自己的生活；一切從零開始後，新的工作是新的兩年、新的對象是新的兩週，而若有新的男友，可能也只是另一個倒數五次的爭執。

她後來確實遇到了一個還算滿意的對象，兩人是在電影節認識的，準確來說，是電影節附近的小巷。當時臺灣的疫情還算穩定，但進電影院還是得全程戴口罩，以若轉進小巷後脫下口罩，放心的點著菸，腦裡仍是剛才的電影情節。

一年後，她跟男友清方一同回想那一天時，才發覺那根本不是個適合認識彼此的場合，以若只記得他當時也同樣轉進小巷，還沒摘下口罩，光看眼神就知道他一臉困惑、沉思的模樣。而清方的印象中，他轉進小巷，只看到以若一臉陰鬱和苦惱。兩個眉頭深鎖的人四目相交，如果當時附近還有其他人，一定會以為兩人接下來要開始打一架，但他們看到彼此臉上同樣的表情，就瞬間猜到對方看了同一部歐洲電影。

「所以，」當時的清方沒來由的問起電影情節，表情不像搭訕，反而卻意外的嚴肅：「他媽媽是死了四次嗎？」

「對……只是畫面從頭到尾都很日常。」

「喔，」清方當時點著菸，目光盯著她身後的牆壁：「……大開眼界。」

兩人交往時，以若一刻也不敢鬆懈，每個假日都充滿著兩人的說話聲，他們描述、推論並解釋，他們認真的辯論並苦惱、他們說服也被說服。她狠心的倒數，也重新倒數，而他則在承諾後倍數成長，也在深夜裡因數分解，從升遷的壓力分解成父母的期待、從投資的信心分解成求學時的挫折、從情感上的配給分解成初戀時的困惑。

以若承認自己是喜歡蜘蛛的，她喜歡的是那種捨身取義的純粹，討厭的是那種失敗後自憐。而清方身上有她嚮往的純粹，同樣也有她討厭的固執……不，她所愛的也同樣被其所傷。許多個透明的夜晚，兩人都在彼此的身上看到其他人的模樣，在彼此的嘴裡聽見其他人的聲音，兩人越靠越近，眼裡的光朝彼此投影，闔眼時，裸子植物朝溪流四散胞子，沙丁魚往峰谷集群洄游，汽車駛上鐵軌，垂直往地心全速全進。

他們為彼此的升遷退讓、為彼此的憤怒自責，也為珍貴的平靜投以更多的沉默。曾有一段時間，他們無話不談，也曾有一段時間，彼此的口中只剩道歉和感激。偶爾清方看著她的睡臉，逐一想像這張臉上的喜怒哀樂，他們不會成為手握大權的人、不會成為名留青史的人，也不會成為萬眾矚目的人，就連發生行車糾紛時，他也得靜靜的待在車上，等待叫囂的年輕人自動離開。

結婚時，她不捨得一切被倒數歸零，懷孕後，她發覺所有的一切都不得有任何減損。我們並沒有真的變得更加成熟，只是清楚意識到，我們所擁有的一切能以千百萬種方式崩潰掉：嬰兒早夭、投資失敗、遺傳疾病、新興宗教、一輛過快的車，甚至僅是腦裡的一條血管。

睡前，我們謹慎檢視著我們所擁有的一切，而夢裡的我們則在噩運降臨前悉心看護著彼此。

Q6：火車站有四個號誌，分別每三、五、七、八秒閃爍一次，請問要經過幾秒，四個號誌才會同時閃爍？

許多年後的這天，街上已經不太有人戴口罩了。

經由小晴轉述後，紹凱才得知領到國籍後的詠歆跟柏宇把工作辭了，並一起去歐洲旅行三個月，電話裡依稀提到他們回國後想開一間店，但具體要做什麼還不確定。

兩人去接機這天，以若像往常一樣說有事不能來。上次所有人都到齊應該是已經三四年前的事了吧，紹凱一邊想著這件事，一邊看著捷運外的風景。身旁的小晴用手肘推了一下他，轉頭，她把剛剛兩人看完的電影票根遞給他，他伸手打開皮夾，小晴把票根放進去，闔上。

此時，捷運慢慢停了下來，門開了，車廂內忽然擠入大量的人群。幾個人繞過了他，推擠著。紹凱本來想往後退，沒想到後方也擠滿了人。面前有個乘客站在他面前，紹凱牽著小晴，側身讓出一個空間，但那個人卻絲毫沒有要再往前的意思，只朝紹凱笑了一下。一回神，原來是蜘蛛。

紹凱也笑了出來，他問，最近還好嗎？

蜘蛛（或者該稱作H）說：就那樣，還行。

蜘蛛接著指了指身後，他和幾個樂團的成員正準備去機場。紹凱說，幹，我們也是要去機場，不過是去接機。

蜘蛛問，誰啊？

他說，詠歆和柏宇啊。

蜘蛛又問，誰啊？

紹凱想起幾年前，蜘蛛離婚後曾打電話給他，本以為會是充滿著鼻涕和眼淚的一次通話，沒想到小晴剛好也在紹凱家，通話轉為擴音，紹凱反倒是在一旁聽著小晴痛罵電話裡的蜘蛛。

紹凱依稀記得當時她說的話似乎有點殘忍：「你已經三十幾歲了，你過去三十幾年就是這麼活過來的，蜘蛛，你只能去賭賭看這世上有哪裡真的需要你的無藥可救。」他也記得，說這句話時，小晴正緊緊握著他的手。

後來蜘蛛聽了小晴的建議，去經紀公司面試，每天忙著處理幾個藝人的檔期和公關危機，無論工作的時程排得多麼詳細，都不會有人感到壓力。蜘蛛曾說，我欠你們一頓飯。但後來彼此都有自己的工作要忙，紹凱偶爾看到他在社交軟體上的近況，得知他交了新女友、被某個沒聽過的樂團挖角當經紀人、開始迷上登山和下廚，社交軟體上也陸續出現了許多他和新朋友的合照和沒頭沒尾的碎碎念。

某次他跟小晴剛好去屏東玩，打電話給蜘蛛，才得知他早已搬回臺北了。電話裡，他們說好下個月有空可以一起吃飯，但時間越來越近，後來蜘蛛沒再提，往後他們也沒再聯絡了。

此刻，兩人在車廂裡四目相交，簡單的寒暄後竟然出現了一絲絲尷尬。

沉默了一會，蜘蛛忽然笑了出來。

「你記不記得你以前陪我去醫院看我女友？」記得啊。紹凱也笑了。

「你記不記得我們以前邊喝酒邊逛鬼屋？」記得啊。

「你記不記得你總是來宿舍門口找我抽菸？」記得啊。

「真好，太好了。」我都記得，就像一卷錄音帶是吧？

忽然，捷運又停了下來，車廂再次擠進了更多的乘客。推擠中，紹凱牽著小晴，而蜘蛛回頭去找樂團的成員。當車廂的門關上時，他張望著四周想尋找蜘蛛，卻只看到無數張陌生的臉孔。

忽然，他確定了，剛才那幾句話就是在往後的回憶裡最圓滿的瞬間了。眼前不斷經過幾張太近或太陌生的臉，我們以後又會變成什麼樣子呢？不遠處，他聽見其中一個樂團成員開口喊著蜘蛛的本名。

——寫於二十七歲

波群延遲

SNP：rs6265（C；C）

位於十一號染色體 BDNF 基因上的 rs6265 位點攜帶C鹼基的人，情緒較易受外界影響*[1]、更不易焦慮*[2]、更外向*[3]、語言*[4]及數字*[5]記憶較好、較易分心*[6]、較易咖啡因成癮*[7]。

——檢體 No.368,569，受測者：施礎然

古希臘哲學家畢達哥拉斯在音樂裡找到數字的規律，他發現兩個不同音高的音程頻率必然是三的次方和二的次方先後相除：純五度的頻率關係為$\frac{3^1}{2^1}$，也就是三比二；純八度的頻率關係為$\frac{2^1}{3^0}$，也就是二比一。畢達哥拉斯對數字的執著令他相信所有的真理都是由圓

滿的整數構成，而他的後繼者進而相信一個人的生老病死都是因為生命裡的「數」失去了和諧，並將一個人的出生年月日、姓名的字母數量以十進制相加，所得的「生命靈數」便暗示了一個人的性格與其生命的意義。他們相信，一個新生幼兒的第一聲哭啼，就像在世界裡按下了一個全新的音階，伴隨著即將消逝且逐漸失去和諧的波長，一同往更遠的未來演奏下去。

——施礎東《波群延遲：人類學常見的七種命理》頁一三

我與哥的第一次哭聲前後只差了四分十五秒。媽從小跟我們說起這串數字時眼裡都是欣慰的目光，四分十五秒、四又四分之一分、兩百五十五秒聽起來全是和諧，似乎秒針所夾的那九十度角正等待著另一個圓滿的事物嵌合進來。為了不讓這份圓滿受損，我跟哥總是兩兩成對。媽總會每個月開車去爸的家接哥，我們三人會一起去遊樂園、去玩具店，就連媽心情不好時，也帶著我們到河堤看淡水河的水面。

哥清楚記得那是國小五年級時的一場郊遊，甚至明確記得我們要去三重的河堤搭船，沿著淡水河到八里的渡船頭老街，媽左手拎著包包，右手牽著我們兄弟倆，走在街上一字排開，像遊行的隊伍。在河堤前，媽指著遠方的天空，說：「是夕陽欸。」

後來我才告訴哥，他說的那是忠孝碼頭，但我們那天去的河堤既沒有港也沒有船，更沒有夕陽。那天哥左手牽著我、我左手牽著我媽，媽的左手裡只有一支菸。自從爸媽離婚後，我幾乎每天晚上起床尿尿時，都會發現媽獨自坐在沙發上，也唯有那個時候媽的手上會有一支菸。

一起去河堤的那天，我從媽的手裡清楚感覺到：她想帶我們一起去死。她注視著淡水河，很久很久，後來她似乎想到了什麼，我們就回頭去搭計程車，回去的路上我們在便利商店的門口停下來，媽讓我跟哥各自挑了自己喜歡的糖果到櫃檯結帳。我記得我挑了水果軟糖，而哥挑了健達出奇蛋，結帳時，媽瞇著眼睛對哥說：你這個精打細算的死小孩。他對媽露出一個賊賊的笑。

爸媽是在我們上小學後才離婚的，在此之前，我對幼稚園沒有太多的記憶，周圍的人包括我都只記得哥的事情：那個跟同學打架的是我哥、午休睡不著並起身走來走去的是我哥、跟爸頂嘴最後吃了一巴掌的也是我哥，每當哥被教訓時，他總會狠狠的瞪著對方，不像我會無辜的低下頭。

我不確定是因為哥太常打架還是學校的資源特別完備，上了小學後哥被驗出了過動症，連帶的，剛離婚不到半年的媽也帶我進了兒童醫院，我躺在一張床上，頭上貼著幾條線路，食指也夾了一個，那次的檢測很簡單，我只要閉上眼睛，好好睡一覺再醒來就好了。後來結果出來了，只有我沒有過動症，畢竟雙胞胎同時罹患過動症的機率只有五十一％到八十％。

直到三十幾年後的今天，我偶爾還是會想，如果提早四分十五秒出生的是我，會不會我就變成了哥，而他的故事則成了我的故事？我會看到夕陽，而哥會握著想死的媽。我更想知道的是，如果哥在爸媽離婚前就被檢測出過動症，媽會不會選擇更需要照顧的我哥？

小學時，哥的班級就在我隔壁，但我總能隔著一面牆聽到隔壁的教室在摔桌椅或嘶吼，有一次，我跟同學們親眼目睹哥班上的一個同學拿著瓦斯槍，朝另一個同學指著，一個往前走、一個往後退，就這樣經過我們班的窗前，我探出頭朝外看，他們就這樣一步、一步的到走廊盡頭並消失在轉彎處。爸媽清楚知道我們待的是什麼學校，但對哥唯一的吩咐就是要他下課時待在座位上看書，不要理那些招惹他的同學，也不要跟他們有任何往來。後來哥在上課時偷看小說被班導抓到，對他唯一的懲罰就是要他當著全班的面親手將書撕掉。

「媽那天其實是想帶我們一起去死。」大學的時候我跟哥開始比對回憶。哥聽到這件事時非常難過，其實他記得的不只是夕陽，還記得那天他在學校跟同學打架，管秩序的班導——柯老師拿他們的頭往牆上撞，哥一拳打在老師的手上，指節敲碎了手錶鏡面，至今依然在他的拳頭上留下一道淡淡的疤。

哥深刻記得那個夕陽，深刻到連他也感到莫名的程度，他只是覺得那天我們一起看夕陽的畫面非常平靜、緩慢。許多年來，每當他回想起過去那些暴力且破碎的日子時總會想到那天的夕陽，後來他才明白，那是他在粗魯對待這個世界時，意外得到的那短暫、卻被珍惜的微小時刻。哥說起這些時，臉漸漸往內皺起，我忽然感覺這張跟我一模一樣的臉好陌生。

SNP：rs4680（A;T）

位於二十二號染色體COMT基因上的rs4680位點攜帶A鹼基人，情緒較易受外界影響*[8]、更易焦慮*[9]、且更內向*[10]，創造力*[11]更好、語言*[12]及數字*[13]記憶較強、較不易分心*[14]、衝動失誤性*[15]較低。

——檢體No.368,569，受測者：施礎然

根據北齊顏之推的《顏氏家訓》記載，從南北朝開始江南一帶的人便有了「抓週」

的習俗，父母會在嬰兒滿週歲的時候，將各行各業的工具擺在他們面前，他們相信嬰兒拿起的物品就象徵著這個孩子的潛能與志向。男孩面前會放置弓、箭、紙、筆；女孩面前則會放置刀、尺、針、縷衣，俗稱「試兒」。他們相信，每個人在一無所知的時候，就已經註定了他們在世界安身的方式。

——施礎東《波群延遲：人類學常見的七種命理》頁五九

據兒童心智科醫生的說法，哥前額葉的情緒管理中樞會在十三歲以後發展成熟，屆時就不會再被沒來由的憤怒牽著走，也不必再用暴力去掩飾情緒。上了國中後，媽依然每個月都會帶我們出去玩，就連送哥回家後、我放學到家後都會問我哥最近在學校還好嗎？

「哥越來越常看一些很厲害的書。」我總是這樣幫哥掩飾他在學校裡的寂寞。我每天下課都會到哥的教室門口等他，久而久之才發現他們班上也有一個女生會等哥下課，他們沒有什麼交流，她會借哥一本書，哥也會借她一本書（無論那本書看完了沒）。一開始哥用恐怖小說跟她借戀愛小說、用武俠小說借奇幻小說，後來，隨著看的書越來越厚，他們交換書的間隔反倒越來越長了。最後哥就像每個文科男生一樣，借給自己喜歡的人一本艱澀難懂的書，然後他們就再也沒有往來了。

國二的時候，媽轉職到了臺北市的一間國貿公司上班，並開始進修商務英文。跟哥出去玩的時間減少了，取而代之的是一張書局會員卡，那時我跟哥都還沒有手機，因此媽特別跟店員要求登記我跟哥的名字。

「不是兩個名字兩張卡，是一張卡兩個名字。」

「我們沒有辦副卡的服務，不過……」

「叫你們經理出來。」

媽在櫃檯爭辯了很久，忙了半天還是店員說的那句話：我們沒有辦副卡的服務，不過會員卡不限本人使用。媽最後只好報了她的名字和電話號碼，並把會員卡給我，往後我跟哥下課後都能在足足有三層樓的書局碰面。一開始我跟哥偷買了很多漫畫，直到哥開始看恐怖小說跟奇幻小說後，我們就分別在不同的區塊閒逛。

副店長是少數能認出我們兄弟的人，她會比對會員卡裡的購買紀錄，清楚區分我和哥買的戀愛漫畫和少年漫畫、成長小說和奇幻小說、時尚雜誌和命理書籍、遺傳學科普書和人類學理論。當我把彩妝雜誌混進化學教科書和英文單字本到櫃檯結帳時，副店長抬頭看著身穿高中制服的我，就這樣四目相交了一陣子後，她從身後的雜誌架上抽了一本《VOGUE》，一起放進紙袋。

「這期送的睫毛刷和粉底液滿好用的。」她應該是第一個知道這件事的人。

高中後，我跟媽從三重搬到汐止，薪水較為優渥的我媽替哥出了一半的補習費，我們固定見面的地點從國中的教室門口、書局改為南陽街的街口。哥即使有了補習班，也有了醫生開給他的利他能（Ritalin），但他和我的成績依然越來越懸殊。準備學測和指考的那陣子，我們會在補習班放學後在南陽街吃滷味，他會努力的背單字，而我會繼續念生物。後來我上了國立大學的生命科學系，原本想念人類學系的我哥只能到南部的私立大學讀社會學。

大學後，哥每個星期都會搭車從臺南回臺北一次，我一開始覺得很奇怪，畢竟來回一趟要八個小時，車錢也將近快一千了。哥回臺北時偶爾會找我吃飯或逛街，某次他久違的要借住我家，媽當然很歡迎他，甚至還主動幫我們預約了臺北市一間知名的法式餐廳，吃飯的時候媽一直問他最近書讀得怎麼樣啊？交女朋友了沒啊？哥都只是笑笑的說：還好啦。

吃完晚餐後，我們跟媽說要去散步，讓她先自己回去。我們沿著和平東路一段左轉進新生南路二段，最後在大安森林公園的吸菸區。哥一路上都異常沉默，或許媽聽不出來，但哥從來不會說「還好」，對哥而言沒有什麼事是「還好」的，哥會說「還好」，除非是討論的事不重要，不然就是跟他討論的人不重要。

我在大安森林公園的吸菸區隨手點了一支菸，一旁的我哥也掏出菸盒抽了一支，我們幾乎在同一個時間學會抽菸、喝酒和打麻將。菸抽到一半，他忽然朝我晃了晃手中的菸盒，我笑了，他跟我一樣都抽軟盒的紅Marlboro。意外嗎？雙胞胎剛好抽著同一個牌子的菸，但這好像是兩、三年來我第一次想起哥和我是雙胞胎。短短兩年的時間，哥把頭髮留長了又剃平，一定是時常緊皺眉頭的關係，他看起來比我更陰鬱，或者說更銳利。

那天他說起了一件有點久遠的事，原來哥本來可以考上更好的學校（至少我是這麼相信的），他當年在補習班把利他能分給了一個女生，只為了讓她可以順利考上名校的法律系。後來他們試著交往，每個星期在臺北見面一次，中間吵過幾次架，就在一切都進展順利時，那個女生某天忽然說她交了新男友，哥當下只想搭夜車去臺北見她，當室友騎車載他到車站時，末班車早就開走了，哥心想，至少打通電話正式結束關係吧。沒想到電話始終都打不通，他才知道原來一切早就結束了。

「我當時還一直覺得，等我跟她的關係穩定後一定要讓你見見她。」

「啊？為什麼啊？」

「也沒為什麼，就覺得應該讓你見見她。」

當我第一次帶男朋友跟哥見面時，哥露出驚訝的表情，我猜他當時一定也久違的想起我們是雙胞胎，就像我們曾抽同一牌的菸、曾看同一片河堤一樣。他聳聳肩朝我笑了，我認得那笑容，那意思是：咱們扯平了嘍。從此再也沒有誰應該像誰、誰不應該做什麼。忽然，我因為自己讀懂這件事而感到難過，原來哥也知道過去的我是怎麼想的。

我交了男朋友，也覺得理所當然要讓哥見一見他，理由同樣也說不上來，就覺得應該這麼做，相反的，我從來沒有和媽提起這件事。這幾年媽認識了幾任男朋友，不是被騙錢就是發現對方根本還沒離婚。每次我回到家，她總會問我：交女朋友了嗎？我則會拿高中以來的藉口跟她說：我要好好讀書，交女朋友還太早了。

我跟媽說我找了一間房子要跟同學們合租，這樣每天就有更多時間可以準備研究所，實則是為了跟當時的男友同居。媽說好，但往後的每句話都會加上：為什麼你不能和你哥一樣？

「哥怎麼了？」他交女朋友了啊。

「他交女朋友了？」至少他會交女朋友。

「我也會交女朋友啊。」那我怎麼從來沒見過？

我說，我也交過一個女朋友，後來她跟我說她交了男朋友，我想跟她解釋時卻沒搭上開往臺南的火車，打了好幾通電話也不接，最後我就失戀了。我把從哥那聽來的故事說了一遍，也許因為太流暢，也許因為時代真的不同了，媽真的信以為真。

哥知道我交男朋友後，忽然建議我也開始打工。這幾年爸待的房仲公司時好時壞，他對哥所有的想像也僅止於房仲業，要他大學隨便找間學校填，畢業後就跟他一起去房仲公司上班。高中的時候哥還會說自己要讀國貿系，只為了堵上爸的嘴。大學後哥申請了學貸，並往南部逃家，每天在大學附近的早餐店工作，只為了不跟爸拿錢、不看他的臉色過生活。據哥的說法，爸老了，以後真要再打起架，後果會非常嚴重。

哥建議我開始打工，但當他知道他的失戀故事會變成我的失戀故事，並轉述給媽時，他在電話裡愣了一下，思索了很久。

「也對，像她會做的事。」

SNP：rs1044396（C；G）

位於二十號染色體 CHRNA4 基因上的 rs1044396 位點攜帶 G 鹼基的人，更易感到孤獨*16、更易有菸癮*17，且運動反應更慢*18。

——檢體 No.368,569，受測者：施礎然

據研究，塔羅牌的演進與改良從最早的公元前三世紀的古埃及，到十四世紀後期的歐洲，並在十五世紀中期在歐洲各地廣為流傳。塔羅牌由二十二張大牌與五十六張小牌組成，大牌象徵著行星與星座，小牌則被分為四種花色：象徵武士的寶劍、象徵農民的權杖、象徵聖職的聖杯、象徵商人的金幣，每一種花色又有一張ACE與四張象徵隨從、騎士、王后、國王的宮廷牌。十五世紀的歐洲人試圖用七十八種圖像去囊括生命的每個階段：被雷擊的高樓、扛著十支沉重權杖的農人、擺放九柄寶劍的失眠者、耐心鑄造八枚金幣的工匠、拿著聖杯對望的兩人……。

塔羅牌隨後在天主教與基督教的保守氣氛下逐漸變成紙牌遊戲，寶劍、權杖、聖杯、金幣被取代為黑桃、梅花、紅心、方塊。而十九世紀末興起的精神分析學則承襲了其圖卡的特色，演變出各種用於諮商的圖卡。對精神分析學派的諮商師而言，重點不在於七十八種圖像是否就足以區別所有的人生境況，而是試圖讓每個早已固化的經驗在反覆述說的過程裡擁有七十八種鬆動的方式。

——施礎東《波群延遲：人類學常見的七種命理》頁八六

我跟哥再有機會坐下來一起聊天是五年後的事了。這時二十五歲的哥已經出社會工作第三年了。哥這次約我喝酒的理由很好猜，因為他交女朋友了，是個不需要再「等穩定下來」的人，他在電話裡幾乎完美重複了我在許多年前的那句話：「也沒為什麼，就覺得應該讓你見見她。」

哥約我們在臺北市的一間餐酒館喝酒。他的女朋友周芯剛坐下來，放好包包後，忽然注視著我，然後點頭說：你們也不是很像嘛。

故事拼湊著他們的版本和我零碎的記憶，是這樣的：

每當哥失戀時，第一個知道的總是他的好友明鴻，也許還得再算上瀚文、家儒、夏玲跟只知道ＩＤ的「乙級廢棄物一九九三」。我實際見過的、有臉書合照或在網路上有互動的，來來去去也就這幾個人。

哥比較「具體」的失戀是在大三的時候。他跟當時的女友約好要一起去蘭嶼看日出，起先對方說會晚到，十分鐘、半小時、一個小時，失聯了整整三個小時後對方才打電話跟他說她交了新男朋友：只有這樣你才會相信這是真的。

最後哥還是搭上了前往蘭嶼的船，他在隔天早上獨自看了日出、獨自在預定的民宿住了三天、獨自吃著他整理的每間餐廳。事後跟我說起這一切的哥非常平靜，我甚至感覺他已經不會再有任何情緒了。

不管我說什麼，都沒能安慰到哥，陪他最久的反而是他的朋友明鴻，他們一起喝酒、一起抽菸，偶爾哥找我一起連線打遊戲，群組通話裡也總是哥和明鴻的聲音，他們會一起抱怨彼此愛過的人、交換彼此的失戀故事。

哥在大學畢業後到出版社工作，社會學出身的他好不容易才找到了人文線編輯的職位，換作是行銷的話他可能早就離職了。但編輯也不好混，業內有句話是這樣說的：如果你能做五年的編輯，沒自殺、沒得憂鬱症的話就能做一輩子。哥當了兩年半的編輯，漸漸發覺他對「一輩子」也有了不同的想法，週末除了在家睡覺外，就是外出去看看自然景觀。當時還在疫情期間，寸土寸金的臺北哪裡還有空曠的自然景觀？哥第一個想到的就是陽明山，但習慣六日都拿去睡覺的哥才剛上陽明山就開始睏了，他在停車場選了個車位停下來，開始睡午覺。

哥至今都還記得他在那個下午做的夢。夢裡他的法語譯者將稿子當成作業丟給學生們一人翻一段，集結後直接回寄給哥，並從此失聯。合作的詩人為了表達不滿，直接在新書發表會裡放了幾個粉絲當暗樁，質問了所有設計和排版的細節全推給在場的編輯，也就是哥。最後他收到一通網紅作家的電話，說他要兩百本公關書在直播時辦抽獎活動，消息早在前天都發布了。

哥最後被敲車窗的聲音嚇醒，一看見全黑的夜色，還以為今天是星期一，差點就要催油門從懸崖跳下去。轉頭一看，是一個女生在敲窗戶，身後似乎還背了什麼器具。

「現在幾點了？」剛睡醒的哥放下車窗，顯得很慌張。

「十點四十……三分。」她說。

「喔，今天星期六……。」

「嘿，你可以載我下山嗎？末班車過了，我走去總站至少要一個小時。」哥就讓那個女生上車了。下山的路上，她說她是天文所的學生，想在暑假結束前再去擎天崗看一次星星，結果今天雲層太厚，要回去時才發現錯過了末班車。就在快到山腳下時，她抬頭看了一下天空，發現雲層居然全散去了，就轉頭問哥要不要上山看星星。

當時是農曆七月鬼門開，哥非常緊張，一路上都不敢轉頭去看副駕駛座的女生，一聽到還要再上山，他淡淡的說還是不要吧。車上沉默了一陣，那女生沒來由的突然說了一句：「你真的沒認出我欸。」

哥急踩煞車並在路邊停車，他頓了一下，慢慢的轉頭看向副駕駛座上的女生。

「呃，乙級廢棄物一九九三？」

（「欸？原來是妳喔。」我邊聽邊在座位上喝了一口酒。）

「我才在想你什麼時後會發現欸。」她的本名叫周芯，以前偶爾還會跟哥的朋友們打遊戲，加過臉書、看過照片、按過幾次讚，但從沒實際碰面。物理系畢業的周芯當時在讀天文所，整天窩在電腦前觀測天體數據的她已經很久沒實際去觀星了。

短時間受到多次驚嚇的我哥已經什麼都無所謂了，反正剛剛已經睡飽了，看星星就看星星吧。他倒車開往擎天崗，十五分鐘左右就到了。拉起手煞車，兩人走下車。嗯，確實有星星，不過那又怎麼樣呢？明天還有譯稿要校對，沒意外的話好不容易打好關係的行銷同事也要離職了，而他選的外文書也不知道能不能順利買到版權。

「你知道現在是農曆七月嗎？」

「嗯，我回程會小心開的。」

「……喔！不是啦，七月流火啊，」周芯指著天上一顆紅色的星星開始說道：「Antares 距離地球六一九．七光年，在西方被稱作天蠍座 α，而東方則稱其為心宿二。絕對星等為負五．二八的紅超巨星……」

其實哥也聽不懂她在說什麼，但周芯總能毫不間斷的繼續說下去。哥一邊假裝聽懂這一連串充滿著熱情，卻不知所云的話，一邊點頭。抬頭看著一整片星空，那無數顆遙遠的天體，那些光傳過來需要多久呢？哥忽然感覺時間變慢了，變得很慢很慢，就好像……就好像小時候一起看的夕陽一樣。

以上大致就是哥這幾年的日子。這五年裡肯定還發生了許多荒謬、搞笑、難過的事情，但故事刪刪減減，只有這些事情是值得被留下來的。趁著周芯起身去上廁所，我和哥四目相交，他似乎想說什麼，我瞇著眼要他別扭扭捏捏了，快點說。

「當我們決定交往並同居的時候，我非常高興，下意識的拿起手機，然後才想到我跟明鴻已經很多年沒聯絡了，」哥點了一支菸，遲疑了一下並繼續說道：「我總覺得如果我交了女朋友，一定要讓你們見見她……我知道如果非得愛一個人，就勢必得……犧牲掉什麼。」

哥的聲音越來越小。

SNP：rs1799971（G；G）

位於六號染色體 OPRM1 基因上的 rs1799971 位點攜帶 G 鹼基的人，較易對酒精成癮*[19]、較易有社交恐懼症*[20]、有較高的人際敏感度*[21]。

——檢體 No.368,569，受測者：施礎然臺灣的泰雅族人稱繡眼畫眉為希利克（siliq），只要部落有重要的安排，都會用希利克鳥的叫聲占卜吉凶。若族人走在山路上，聽見希利克鳥們一上一下或都在上方用叫聲回應彼此，則代表這天的狩獵、出草或祭典都可以順利進行；若聽見希利克鳥發出短促且急躁的鳴叫，甚至慌張的上下橫飛，則這天的計畫就應該暫停。

希利克的傳說大抵如下：森林裡的動物們打賭誰能將一塊巨石從山崖邊推落，就能被封為最聰明的動物，山雉雞、老鷹和雲豹都接連失敗，唯有最後登場的希利克成功推動大石。各個版本的希利克傳說都有微小的不同，有的版本只限於群鳥間的比賽，有的版本進一步解釋是因為希利克預知了地震的到來。但所有版本皆指向了一件事：儘管泰雅族人擅長狩獵，但他們相信就連身形嬌小、脆弱的希利克鳥也潛藏著世界運行的智慧，換而言之，即便是驍勇善戰的獵人也需要依靠一聲悠長的鳥鳴才能喚起步入山林的勇氣。

——施礎東《波群延遲：人類學常見的七種命理》頁一二五

哥和周芯交往後首先遇到的困難就是他在臺北的工作，在出版社擔任編輯的他原先的計畫是把工作資歷累積到五年，到時候再考慮跳槽到其他出版社或轉成特約編輯在家工作。延畢的周芯當時正準備從桃園的天文所畢業，如果不考高考的話除了到教育園區工作，就是博士班。

簡而言之，周芯未來的出路還不確定，而哥至少還得在臺北待上兩年。準備考博班的那幾個月，周芯到臺北跟哥一起住，那陣子哥偶爾會打電話給我，把他們未來的規劃告訴我，其實大多是說給自己聽的。我懂，如果不把這些話說出口，恐怕連自己也不會相信。我們都知道哥希望她能考上臺大的博班，但這個希望也隱含著一種自私；若此刻的哥在桃園工作，他肯定會把話說成：直升中央很好啊，熟悉的老師還有熟悉的研究，很好啊。哥自己也知道他說得出這種話，所以他轉而對周芯說：不管妳去哪，我都會想辦法的，臺灣也就這麼小。

後來哥深刻的感覺到臺灣有多大。最後直升天文所博班的周芯選擇住在學校宿舍。他們原先約定好，等哥在臺北工作滿五年，就一起搬到桃園生活。人畢竟是儀式的動物。這一年裡他們每週固定在晚上十點通視訊或電話，少了日常的相處，能聊的東西就越來越少了，一小時、半小時、十五分鐘。隨著時間越來越短，哥開始慌張了，他後來訂閱了Netflix，固定每週跟周芯在線上一起看電影，每個月盡量抽時間開車到桃園見面。

哥固定跟周芯通電話、聊視訊，見面時除了做愛和做飯外，更多的時間都在擁抱。後來，我就越來越少收到哥傳來的訊息了，只知道哥又在臺北多待了半年，隨後就照著計畫，到桃園和周芯一起租一間小套房。

從此以後，我就再也沒有哥的消息了。這幾年我陸續得到了一些感悟，當一個人感到寂寞時，他會跟你說許多零碎的、片段的故事，當一個人感到幸福時，他會從你的世界裡消失。

和哥相比，我很少和朋友來往，更不常提及我的戀愛史。

我的第一任男友是……數學系的，對，不過這不重要，帶他認識哥的六個星期又兩天後我們就分手了，正確來說，是他出軌了，啊，不過這都不重要了。我的狀況通常是徘徊在交往與砲友間的關係，零號的貓族在男同志圈很常被排擠，在環境封閉而選擇有限的前提下，關係裡的不平等和暴力都是常見的狀況，「市場」的競爭甚至遠比異性戀更為嚴苛，更大的陰莖、更結實的屁股和肌肉、更穩固的社會地位。

大學一年級時，我第一次用同志交友軟體，當時還是三十九歲的 Edwin 是第一個傳訊息給我的人，我剛習慣如何跟身邊的朋友出櫃，對圈子裡的事情都很陌生，所以就算對Edwiin沒什麼感覺還是跟他聊了幾個月。起初Edwiin會很直白的問我是零還是一？要不要約出來逛街或做愛？後來他似乎放棄了，就成了一個偶爾才聯絡的朋友。

「你要趁年輕時好好賺錢、練身體，在三十五歲之前找到穩定的對象走下去。」當我和數學系的男友分手時，Edwiin在電話裡跟我說這句話，後來無論我遇到被劈腿、被強暴，還是被前男友聯合異性戀的圈子排擠時，Edwiin也只會說這句話來安慰我。我們聊的是不同時代的音樂跟漫畫，唯一的交集就是都喜歡張惠妹。說到底，Edwiin也不過是那幾個聊天對象的其中一個罷了。

最令我印象深刻的是我幫Edwiin過四十一歲生日的事，他選在一間連鎖咖啡廳見面，當他看到服務生偷偷從身後端出四十一歲的生日蛋糕時，Edwiin忽然嚎啕大哭。

「我會永遠寂寞下去了！」想起這幾年來唯一一個會幫他慶生的人是一個對他沒興趣的年輕弟弟，他邊哭，邊把蛋糕塞進嘴裡，口齒不清的說道：「沒有人會去愛一個又老又窮的男同志。」

照理來說，我應該安慰他：大叔也是有市場的。事實是，品味好、有錢有時間去健身房的大叔才是大叔。異性戀多的是聯誼、徵婚的管道，現在大半的同志交友軟體都把三十歲後的年齡列為「不顯示」。過了三十五歲，就沒有時間和精力陪年輕弟弟熬夜打電動、夜唱或去夜店。過了三十五歲，甚至沒有時間和精力去觀察、打聽身邊的男性是不是同志。

那是我最後一次跟 Edwiin 見面，但「三十五歲」這件事卻一直留在我心裡。大學最後的幾年，我幾乎每天都窩在研究室，碰到的破事多了，也懶得再認識其他人，只好繼續專研手邊的研究。我想像過我到了 Edwiin 的年紀後會變成什麼樣，也許我會在三十幾歲、快四十歲時開始感到寂寞，並認識了年輕的二十幾歲小鮮肉並被拒絕。

至少那時我不會在連鎖咖啡廳痛哭，我會自豪的跟他說我研究的領域是行為遺傳學，這是一門統合了生物學、遺傳學、動物行為學、心理學、統計學和基因組學的學科，近年來逐漸完善的基因數據庫讓這個學科有了更直觀的研究成果……。然後，自信的說完這些，也許我就不會哭了。

二十七歲的時候，我離開了大學的研究中心，被朋友介紹到香港的「DNA PLU」工作。「DNA PLU」作為香港的一間研究基因數據的商業公司，我們會分析用戶寄來的唾液，在與 HapMap*[22]、GWAS Catalog、Ensembl*[23]、SNPedia、Oxford BIG*[24]、Clinvar、ACMG*[25]……等數據庫交互比對後，我們會將資料回傳到用戶的 APP 上，用簡單的介面讓用戶知道自己的基因資訊。

起先，我們能用的基因數據大多都來自西方國家，因此諸如新陳代謝、酒精成癮、乳糖不耐症、髮量、內向程度和人際親和力等結果都有很大的誤差。但隨著亞洲用戶的數據增長及檢測後蒐集的問卷，這些項目也漸漸有了可信度。

「解碼自己的命運」是我們公司最先使用的廣告標語，但後來發現有過半的用戶都是中國父母替孩童購買的測試，我們才將標語改成「量身打造的運動生活」，針對日本、臺灣、中國請來了知名的馬拉松、籃球、乒乓球選手和瑜伽老師代言。現在，只要購買基本套裝，就能獲得三十五個膳食攝取建議、三十六個癌症風險評估、睡眠報告和十八個運動與健康建議，還有三十七項性格行為特徵和祖源分析……等。用戶還能加價購買一百五十七種遺傳疾病和一百〇三種藥物過敏分析，並附贈四十分鐘的線上健身諮詢。

我們會將客戶的基因數據保留，這樣若有新的檢測項目，便能即時傳給終身會員，或讓一次性的用戶加價購買。例如這兩年，我們又整理了二十個與睡覺打呼有關、一百六十七個與情緒穩定性有關及一百三十八個與感知幸福感有關的位點。

這幾年我因為工作的關係，不像其他同齡的同志有時間去健身，甚至連剪頭髮的時間都嫌麻煩，索性直接剃成平頭，省錢又省時。離開臺灣後，我偶爾會跟哥傳訊息聊天，這幾年他過著平靜的生活，偶爾跟周芯吵架，但我還來不及回他訊息，他們又和好了。

在跟周芯交往並同居的日子裡，哥一邊當出版社的特約編輯，一邊撰寫著自己的人類學書籍。他將初稿寄給我時跟我說那不是什麼艱澀或了不起的學術著作，頂多是普通的人文科普書，整理了一些世界各地的占卜方式。收到稿子時我正好在實驗室裡，只能跟他說：晚點看。那幾個月裡我陸續收到他修正和刪改的版本，但這份關於占卜的研究資料，我始終都沒有打開來看過。

SNP：rs1800497（G；C）

位於十一號染色體 ANKK1 基因上的 rs1800497 位點攜帶 G 鹼基的人，更易有強迫症*[26]、更易感到孤獨*[27]、創造力*[28]較差、較不易分心*[29]。

——檢體 No.368,569，受測者：施礎然

《易經》的卦象由六個二進制的爻組成，六個爻又依次代表著自己、父母、子孫、官場、妻財、兄弟，稱作六親，同時也是西周人看待一個人與世界的全部聯繫。最早的《易經》用四十九根蓍草占卜，一個卦、六個爻，前前後後須經過十八道手續，一個卦又分上下兩卦，由三個爻組成，意味著天、澤、火、雷、風、水、山、地，上下兩卦合

為一個卦象，卦象的意義便是經由兩個自然元素的融合推敲世界的變化。《易經》的卦象融合了理、象、數三者，有理可講、有象可查、有數可推。歷經了無數動亂與饑荒的西周人，渴望人生裡突如其來的所有不幸都能夠依循著數字的變化、提前出現預兆，並蘊含著生命的哲理。

——施礎東《波群延遲：人類學常見的七種命理》頁一五八

三十歲的某天下午，我忽然接到來自臺灣的電話，接通後才知道是周芯。她在電話裡顯得很緊張，問我知不知道哥在哪。

事情得從八個月前哥成立工作室開始說起。由於周芯在位於臺大的天文所工作，哥的工作室兼租屋處就選在新店鄰近大坪林捷運站的兩層公寓。一樓留了三張辦公桌給兩個編輯和一個行銷工作，熟識的平面設計師、英語和日語翻譯則在家用網路遠端聯繫。周芯感覺得出那個英語編輯越來越常來工作室找哥，而哥也知道她在研究所裡有一個非常熟識的男同事。

趁著事情還沒鬧大，兩人正式攤牌，甚至安排了為期兩週的假期去捷克旅行，原先的決定是回國後的一個月再認真討論接下來是要分手還是結婚，沒想到才剛回國不到一個星期，哥就失蹤了。

周芯幾乎聯繫了哥所有的同事和朋友，甚至連那個英語翻譯也不知道哥在哪。她開車去翻了那個英語翻譯的家，又開車去爸家、去陽明山都沒有找到人，幾乎是在半放棄的狀態下打給我。我說，我唯一想得到、卻又不希望想到的地方也只有一個。

我掛掉電話後也試著聯絡哥，果然無論是臉書、LINE還是Instagram都沒有任何已讀或回覆的訊息，臉書顯示他最後一次的上線時間是十九個小時前。我當下就跟研究院請假，回員工宿舍訂當天回臺灣的機票。我下午就開始準備行李，過程裡持續和周芯保持聯繫，如果在八點以前依然沒找到人，或出了什麼意外，我就得搭晚上十點的飛機趕過去。

我走得很倉促，到機場後才打電話告訴我那交往了半年的男友毅軒。同樣是臺灣人的毅軒似乎也明白親人在臺灣出事時的無助，所以他也沒說什麼，只跟我說事情穩定後再回香港吧。直到毅軒提起，我才想起哥是我的「親人」，這些年我更常把他看作是一個很重要的朋友，我許多年沒見到爸，哥也許多年沒見到媽，我從沒有跟哥詳細解釋我的工作，也沒有跟他提過Edwiin或三十五歲的事。「哥」更像是一個綽號，一切有關哥的事都是事後才聽說的。就連接下來的事也是如此。

周芯沿著三重的淡水河河堤找了很久，最後終於找到了哥，他一個人呆坐在地上抬頭看著天空。當時已經晚上了，既沒有船也沒有港，更沒有夕陽。哥發現周芯出現在身後，依然沒有要起身的意思，繼續轉頭看著滿是雲層的夜空。

周芯說：「你從沒提過夕陽的事。」

哥說：「因為那不是真的。」

他們沉默了一會。

「嘿，你知道嗎？」周芯說：「位於天箭座雙星系統的天箭座V（V Sagittae）是目前……唉，美國天文……科學家們預估將會在二〇八三年觀測到天箭座V的超新星爆炸，屆時大量的物質會以極高的速度砸向白矮星表面，伴隨著引力產生的巨大勢能，將會掀起強大的星風。到時候、到時候它會成為銀河系最亮的光源，亮度就連在白天也能用肉眼觀察到……」

「今天根本看不到星星。」

「我知道，」周芯說：「還有參宿四，也預計會在一百萬年到十萬年內爆炸，到時候在夜空裡的亮度甚至會超過月亮，並在地面上照出影子。」

他們又沉默了一會。

「為什麼從沒提夕陽的事？」

「因為那……」哥頓了一下，深呼吸過後接著說：「我覺得沒必要提。」

「但這件事似乎對你很重要。」

「那現在妳知……，」他的話斷在一半，轉而說到：「我不太想提以前的事，也許忘了比較好，我就是個普通人，沒吃過藥、沒什麼專不專注的問題、沒打過架，什麼都沒有……我跟妳是我跟妳的事，跟過去無關。」

「我也常忘了許多事，好的啦、壞的啦、意義不明的啦……欸幹，其實我滿受不了你其中一點的，你總是把事情整理完了才跟我說，搞得好像你決定了什麼重大的事，而我當下就得給你正確答案。搬家啦、去捷克啦、思考一個月啦。」

哥愣了一下，坐起身子，開始低頭沉思。

「喔……那是因為，呃，我總覺得我是最常犯錯的那一個……」

「哪一個？不就我跟你嗎？」

哥瞪大眼睛，轉頭看著她，沉默。

「『跟過去無關』不是嗎？」周芯重複了一次。

「抱歉。」

她嘆了一口氣，說：「這句話我以後還要聽幾次啊？」

「要一起回去了嗎？」哥問。

「不要，我想看一下星星。」

「……好，那就看星星。」

兩人抬頭，漆黑的天空裡只有厚重的雲，沉默。

「欸，」哥問：「真的嗎？二〇八三年？」

「正負十六年啦，最快應該二〇六七年就能看到了。」

「二〇六七……那時候妳都七十四歲了……。」

「如果有小孩的話都要當爺爺了吧。」

哥轉頭，問：「妳懷孕了？」

「該死，是你聽不懂還是我會錯意啊？」

「哈哈哈哈哈哈哈。」

SNP：rs1801260（A；T）

位於四號染色體CLOCK基因上的rs1801260位點攜帶A鹼基的人，較不易熬夜*30、有較高的共情能力*31。

——檢體No.368,569，受測者：施礎然

人類圖由羅伯特・阿蘭・克拉科夫（Robert Alan Krakower）自一九九二年所創，成為少數系統完備且廣為人知的當代神祕學。人類圖據稱結合了中國易經、西方占星術、猶太卡巴拉與印度脈輪，只需在網頁上輸入出生時間即可由電腦運算，並繪製屬於個人的圖表。

人類圖大多用來查看兩人的互動關係，俗稱合盤，並堅信每個人皆須藉由他人才能啟發自身潛藏的優點，且人們多半無從客觀的得知自身的性格優劣。

人們都希望自己的伴侶成熟、聰明、睿智，但我們又總在關係裡輪流扮演著孩童與父母的角色。我們對愛的認知大多源自於懵懂無知時不被愛的缺憾，因此我們給予的，時常是自己所渴望的，而對方接收、理解到的，又會被折射成我們意料之外的模樣。

——施礎東《波群延遲：人類學常見的七種命理》頁一九二

三十二歲的時候我離開「DNA PLU」，並回到臺北的馬偕醫院做基因定序的研究，

研究大多以高山族溯源為主，也開放一般的民眾報名檢測。回臺灣除了工作比較輕鬆以外，進餐廳吃飯時也不用一直解釋自己不是中國人，但最主要還是因為我要跟主修動物行為學的毅軒結婚，並領養孩子了。

我後來才知道毅軒也談過不少沒頭沒尾的戀愛，以前的他也是個很彆扭的人，後悔了幾次後才學會有話直說。跟他提起我過去的那些戀情時，他的表情看起來比我還難受，我到很後來才發覺，他那天之所以抱著我，是因為若這些事發生在他身上，他也會希望有個人能擁抱他。

跟哥結婚快兩年的周芯這幾年偶爾會聯絡我，要我有空就回臺灣跟他們一起喝酒。這個約拖了很久，最後終於在回臺灣後見到他們。那是個週六，毅軒剛好要辦公司的手續，而哥還在工作室一樓校稿，我和周芯就在二樓的客廳喝酒。

她看起來老了好多，但我看上去應該也年輕不到哪裡去，她向我推薦臺北的一間推拿診所，我則告訴她我在香港認識的針灸師傅有多厲害。她向我推薦化妝水，我則推薦她精華液。

我說，我們前幾天去領養機構認識了小森，他的父母在火災中過世了，如果沒意外的話我跟毅軒會在下個月領養四歲的他。她聽到我要結婚時並不驚訝，反倒在我提到想領養小孩時露出了那熟悉的目光。

她出現了一陣莫名的沉默，忽然問道：「你說你研究的領域是行為遺傳學？」

聽到這句話時我愣了一下，然後笑出聲。我說不，香港的機構會直接拒絕未成年孩童的檢體，就算馬偕醫院真的願意，我也不想。最重要的是（我已經好久沒有跟非本科系的人解釋這件事了）根本沒有好或壞的基因，若真的有什麼「壞」的基因，早該在演化的過程裡被消滅掉了，就連誘發糖尿病的基因也以高血糖、頻繁排尿等特點讓人類能在冰河時期倖存下來，並因此刻印在我們的基因裡。會讓你容易專注的基因也會讓你更容易焦慮、讓你更有創造力的基因也會讓你更容易情緒不穩。

況且，基因對一個人的影響有限，除了骨質疏鬆、脂肪代謝、體味、禿頭、痘痘以外，其餘有關性格、學習能力、生活方式的基因都沒有太高的準確度，影響最多的大概就是精神分裂和躁鬱症這類的家族精神病史吧。

「我現在反而比較擔心毅軒的父母會怎麼想，他跟父母也是很久沒有聯……」

「你們決定了就決定了，父母管不著吧，」周芯頓了一下，又重複了一次：「嗯，你們決定了就決定了。」

我忽然認出那個停頓和果決的語氣。此時，在一樓剛忙完的哥正從周芯身後的樓梯上來，朝我淡淡的笑著。我睜大眼睛，仔細看著他們的臉，就像當年我們第一次見面時周芯注視著我的臉。

你們好像。

SNP：rs1006737（G；G）

位於十二號染色體CACNA1C基因上的rs1006737位點攜帶G鹼基的人，有較好的空間記憶力*[32]、更好的語言表達能力*[33]。

——檢體No.368,569，受測者：施礎然

Antares距離地球六一九．七光年，在西方被稱作天蠍座α，而東方則稱其為心宿二。絕對星等為負五．二八的紅超巨星Antares是天蠍座裡最亮的恆星，被視為蠍子的心臟，而在象徵青龍的東方七宿裡也代表著龍的心臟。

直到十六至十八世紀，人們漸漸發現光有其速度上的極限，「光年」一詞首度在一八三八年由德國天文學家弗里德里希．威廉．貝塞爾（Friedrich Wilhelm Bessel）提出。人們當時認為，過去以分鐘為單位描繪的星盤只是千百年前星辰的遺跡。

一九〇五年，阿爾伯特・愛因斯坦（Albert Einstein）提出了狹義相對論。對於觀察者而言每個空間都有其各自的時間，且物理定律不變，因此沒有事物能比觀察到的狀態更超前，換而言之，蟹狀星雲距離地球六千五百光年，若以古典物理解釋的話，我們觀測到的是六千五百年前的蟹狀星雲，而此刻的蟹狀星雲得在六千五百年後才能觀測到；但在狹義相對論看來，我們觀測到的蟹狀星雲就是它此時此刻的模樣，只是在橫跨了宇宙尺度的訊息傳遞後，相對於我們，蟹狀星雲的時間「變慢」*34了，慢了整整六千五百年。

此刻我們仰望星空，你知道那些編撰出來的星座和命運都只是成人的童話，我們向來善於用圓滿的故事去解釋混亂無序的過去與未來，只為了能在這飄忽不定的世界裡踏實的等待明日的到來：羊頭魚身的神靈、誤中毒箭只能以死解脫的人馬、一年只能相見一次的愛侶……。

我們無法預估世間的變化，更不能參透他人的想法，卻可以捕捉星辰的規律，因此天上的星星、那蒼茫宇宙裡無數道緩慢的歲月、一整片延遲的時空圖像更像是我們渴望的命運。想到「明天」這個詞，我們總是最先想到太陽升起、月亮落下，這並不客觀，卻相當真實。明天的我們會怎麼樣呢？

——施礎東《波群延遲：人類學常見的七種命理》頁二五三

哥，非常謝謝你這幾天讓我和毅軒借住你家。留這張字條給你好像有點太官腔了，不過往後的幾年我和毅軒都會開始忙工作和家庭的事，恐怕只有現在才能好好跟你說些話吧。

桌上的那疊報告是我之前在公司做的檢測，這也是我們自出生以來最早的故事，是我們從生至死都必須面對的卜辭。它有點發皺了，沒錯，這份報告有點久了，我其實不太喜歡講電話，因此在香港的日子，每當想起你時都會翻看這份報告，這彷彿是我和你最初也是最深的連結。

你認為小森以後會是同志嗎？五%可不算什麼太小的機率，想到這件事我忽然有點害怕，這個世界會怎麼對待他呢？我以前也想過要是有了孩子會跟他說些什麼，後來才發現那只是我希望我們的父母能對我說的。

哥，這一連串基因位點的最後還有一份詳盡的測驗可以填寫，基因告訴我，我們的抑鬱程度在人群中的前一一．三三%，但問卷的結果是，我是最不易產生抑鬱的前二一．五一%。我以前會想，那我做的這些研究還有什麼意義呢？

但後來我發現這才是最重要的事；我們被拋擲到這個世界，像一道生命中必然的向量，但此刻的自己卻是由經歷過的人事物組構而成的，更重要的是，我們得在這有限的生命裡做出抉擇，那些我們渴望的、我們珍愛的事物都牽引著我們的人生，在這個世界裡劃出一道只屬於我們的弧線。

往後的你會過著什麼樣的生活呢？無論我們一開始多麼的相像，最終我們勢必都會變成兩個截然不同的人。我猜，我們往後會越來越少聯絡了吧，但都是為了自己鍾愛的事物。再下一次聽你的故事時我們恐怕已經四、五十歲了吧，希望所有快樂的、難過的都是平凡的瑣事。所以，在我還能幫忙時儘管開口吧，也原諒我被人生強制召喚時，也許會無暇參與你生命裡的重要時刻。

注釋：

1 現與已知的rs4680、rs6313位點共同作用，整體影響程度未有有效的統計資料。

2 現與已知的rs4606、rs4570625、rs4680位點共同作用，整體影響程度經統計約為四五%。

3 現與已知的rs4606、rs644148、rs4680位點共同作用，整體影響程度經統計約為四十%。

4 現與已知的rs6439886、rs1130214、rs165599、rs8067235、rs4680位點共同作用，整體影響程度經統計約為五十%。

5 現與已知的rs2272024、rs3729496、rs4680位點共同作用，整體影響程度經統計約為四五%。

6 現與已知的rs6296、rs4680、rs1800497、rs3746544位點共同作用，整體影響程度經統計約為七十%。

7 現與已知的rs1481012、rs7800944、rs17685、rs6968554、rs4410790位點共同作用，整體影響程度經統計約為五十%。

8 現與已知的rs6265、rs6313位點共同作用，整體影響程度未有有效的統計資料。

9 現與已知的rs4606、rs4570625、rs6265位點共同作用，整體影響程度經統計約為四五%。

10 現與已知的rs4606、rs644148、rs6265位點共同作用，整體影響程度經統計約為四十%。

11 現與已知的rs4455277、rs1800497、rs6994992、rs174697位點共同作用，整體影響程度經統計約為四十%。

12 現與已知的rs6439886、rs1130214、rs165599、rs6265、rs8067235位點共同作用，整體影響程度經統計約為五十%。

13 現與已知的rs2272024、rs6265、rs3729496位點共同作用，整體影響程度經統計約為四五%。

14 現與已知的 rs6296、rs6265、rs1800497、rs3746544 位點共同作用，整體影響程度經統計約為七十%。

15 整體影響程度經統計約為六十%。

16 現與已知的 rs1801133、rs1800497 位點共同作用，整體影響程度經統計約為五十%。

17 現與已知的 rs4648317、rs8034191、rs3003609、rs16969968 位點共同作用，整體影響程度經統計約為五十%。

18 整體影響程度經統計約為五十%。

19 現與已知的 rs7590720、rs36563、rs12388359、rs7445832、rs1076560、rs1042173 位點共同作用，整體影響程度經統計約為五十%。

20 現與已知的 rs13203153、rs13227433、rs10994359 位點共同作用，整體影響程度經統計約為四十%。

21 整體影響程度經統計約為三十%。

22 國際人類基因組單體型圖計畫（International HapMap Project）。

23 The Ensembl genome database project。

24 牛津腦成像遺傳學資料庫（Oxford Brain Imaging Genetics）。

25 美國醫學遺傳學暨基因體學學會（ACMG, American College of Medical Genetics and Genomics）。

26 現與已知的 rs3747767、rs301435、rs762178 位點共同作用，整體影響程度經統計約為三七%。

27 與已知的 rs1801133、rs1044396 位點共同作用，整體影響程度經統計約為五十%。

28 現與已知的 rs4455277、rs680、rs6994992、rs174697 位點共同作用，整體影響程度經統計約為四十%。

29 現與已知的 rs6296、rs6265、rs4680、rs3746544 位點共同作用，整體影響程度經統計約為七十%。

30 現與已知的 rs722258 位點共同作用，整體影響程度經統計約為四二%。

31 現與已知的 rs2268491 位點共同作用，整體影響程度經統計約為四十%。

32 現與已知的 rs7011450、rs6265、rs1799990 位點共同作用，整體影響程度經統計約為四五%。

33 整體影響程度經統計約為四十%

34 時間膨脹現象（Time dilation）：在狹義相對論中，所有相對於一個慣性系統移動的時鐘都會走得較慢。

後記

失真群像的重疊之處

二〇一四年的夏天，我轉學到花蓮就學，剛抵達花蓮的我，總會感覺東臺灣就像一片巨大的海，去哪裡都費力、去哪裡都遙遠；市區是半小時的車程，店面晚半小時營業，道路救援要等半小時，所有事物之間，都得等分針從這一端抵達另一端後才能開始。一想到西臺灣的城市總用迅捷的步調不斷不斷的往未來衝刺，二十歲的我就感到煩躁和心慌。

我還記得當年自己在大學轉學時的備審資料裡，清楚寫著自己的目標是找到一套固定的寫作模式和敘事邏輯，從而一篇接著一篇的產出。我也還記得大學三年級的一堂文學史下課後，我跑去問老師：「到底該怎麼做，才能跳脫自己的經驗去創作？」

「沒有辦法啊，沒有人能跳脫自己的經驗。」老師迅速的回答，像這個問題早就被問過上百次了一樣。

身為轉學生的我，在很長一段時間裡都自稱地下電影社的社長，每週三晚上，我都會固定到人社院的自習教室，用那裡的投影機播放電影，有時會有四到五個觀眾，但大多時候都只有我一個人；如果有個人總是準時在那裡播放電影，那這個地方就需要這樣的人去遵守這個規定。現在回想起來，當時的我就是用這樣的方式去抵禦著隻身在花蓮的孤獨，我渴望著有個需要我的角落，卻不知道自己有何處能被他人所需要。那個年紀，很多裝腔作勢的行為背後的煩惱其實都很平凡。

我的一個朋友在剛來臺灣時學了一個臺灣習慣，叫「許願菸」；把每包菸的第一根抽出來，許一個願，倒過來插回菸盒裡，這根菸必須留到最後才抽，這樣願望就會實現。

此後，我在許多個徬徨的夜裡打開新的一包菸，看著漆黑的鯉魚山，像一頭巨大的猛獸，想像著未來，有一個更成熟、更懂事的自己等著我去成為，想像著自己終有一天會脫離這樣的焦躁與無力感，最終尋得一種站定且奔馳的姿態，但那一天遲遲沒有到來，我像被放逐在無人知曉的空曠角落。

我不停的寫著，每天中午十二點固定到９８０３咖啡廳報到，固定晚上九點離開。想見我的人就來９８０３，不想見我的人就別來９８０３，面交東西的時候約９８０３、聚會的時候約９８０３、討論作業的時候約９８０３，如果沒別的事，那我就回９８０３嘍。

每完成新的故事，就越想超越當下的自己，為了讓作品更加完整，就必須找到最核心的主題與最適合的表達方式，到頭來，根本不存在什麼固定的寫作模式和敘事邏輯，我所能做的，就是不停不停的將自我用力的拋擲，直至虛脫、無力。我為自己寫出同樣的角色關係、同樣的人生經驗而感到氣餒，也為新的體悟與認知而感到充實，我寫了我所知道的，更常寫我所迷惘的，鎖與鑰匙各執一詞，推拉、扭轉的過程裡才形成一道道名為故事的途徑。在那些看似原地踏步，實則不停衝刺的日子裡。

書名《波群延遲》（*Group Delay*）為電機工程的術語，若用最通俗的方式簡述的話，可以將訊號比喻成一首歌，由不同的音符所組成，假如這首歌要從手機傳到耳機播放的話，由於不同頻率、振幅的音符會在介質傳遞時變大或變小、變快或變慢，因此聽起來可能會不太一樣。波群延遲指的就是在這個微觀尺度中「變慢」的狀況，有些音符被過度的延遲，有些音符則幾乎不受影響，假若兩者差距過大，則訊號就會失真。

書中的十個故事我盡力以十個不同的視角、十種不同的腔調、時空背景、行文邏輯創作，但相比於不同風格的嘗試，我更習慣一種無情緒、無色彩、無個性的語言，以此為基準，我才能在通過各個角色、時代與際遇時更換或添加不同的情緒和聲腔，通過一個個名為自我的介質後產生的偏誤和「失真」，並在一次次周旋、往返的過程裡往真實逼近；我一次次的在創作裡保持透明，直到留下許多個無意間展露的習慣，反手一抓，十個失真的輪廓所重疊之處，不需要裝腔作勢，也不需要故作姿態，我才總算看見自己最真實的面貌。

《波群延遲》中最早的一篇寫於二十五歲，最晚的一篇則於二十七歲完成。一如故事中，和我父母不停重複的那句：「我在你這個年紀時就已經結婚生子了。」此刻二十八歲的我不停想像著三十歲過後的光景；唯有對世界一無所知時，創作者才會連同自身的議題，奮力在作品中吶喊並翻攪著，只為與自己陌生的世界碰撞。假若未來的某天，我真的成為了更成熟、更懂事的自己，對生命不再徬徨的我是否會失去創作的熱情？而我是否該為此而拒絕相信所有真理？又或者，是否我早已下意識的養成了這個習慣？

我想提一下羅貝托．博拉紐（Roberto Bolaño Ávalos）在他的中長篇小說《智利之夜》（暫譯，*By Night in Chile*）中的一個情節：

故事中，身為神父的主角，被派往歐洲考察各大教堂的維護方式，沒想到當主角抵達歐洲後才發現每間教堂遇到最大的問題是鴿糞，因此，主角這一趟主要的工作其實是學習各個教堂的神父如何用獵鷹撲殺鴿子。主角走訪歐洲各地，看著許許多多的神父炫耀著自己訓練有素的獵鷹，同時也看著天上鴿群如何被撕裂、捕食。

最後，我們的主角抵達了一間老舊的教堂，這裡的神父因為過於年老而無法帶著獵鷹四處狩獵，同時也出於仁慈，認為鴿子也是上帝的造物，因此這間教堂的獵鷹只被餵食市場買來的碎肉與內臟，終日被關在籠子裡，導致牠看起來也像神父一樣衰老。

某天，主角趁著神父重病臥床，偷偷把獵鷹帶出戶外，獵鷹展翅、翱翔，並在空中盤旋。正當主角要轉身離開時，忽然發現腳邊多了幾隻染血的鴿屍；獵鷹將牠們留給了主角，並飛往遠處的天空，永遠的消失了。

博拉紐用這個段落解釋了智利文學的困境，乃至於對文學本身的看法；文學不是那座需要細心維護、神聖莊嚴的教堂，文學是那隻生猛且充滿野性的獵鷹。

某次失戀，一個剛認識的朋友問我許願菸的事，我解釋道：你打開新的一包菸，許一個願，再插回菸盒裡，這根菸要留到最後才抽，而且不能給其他人。

「這樣願望就會實現嗎？」他問。

「不會啊，哪有可能這樣就會實現，」我接著說：「雖然願望不會實現，但願望會改變。」隨著菸一包接著一包，你會許下不同的願，而當願望改變時，就意味著你對生活有了新的渴求與憧憬，願望不會實現，但當下漫長的、延遲的生活終會有改變的一天。

也許就像我大學時所憧憬的那樣，到頭來被自己的體悟徹底顛覆，也許此刻的徬徨也只是下一個徬徨的過度，但終歸是二十七到二十八歲的我極目遠處也只能理解的一切。就像書中不停重複的那句話：未來的我、未來的我們會怎麼樣呢？

二〇二三・七・二十

致謝

在寫作這本書的過程裡，我逐漸意識到一個人能有多少願意幫忙看稿的朋友，就意味著他的作品能有幾次被重新審視的機會，同樣的，當這本書進入校閱、排版、設計、印刷、行銷等出版流程時，我才體會到為了讓這本書能被更多人接觸、認識並喜愛，需要多少人的專業與熱情。

我在創作時盡量讓每個故事都有專屬於自己的腔調和行文邏輯，因此我要特別感謝主編羅珊珊與責任編輯蔡佩錦的細心與耐心，感謝封面設計吳佳璘，還有許多為這本書投注心力的出版從業人員，而我也在過程中非常感激過去自己在創作中的那些任性與堅持都能被認真且誠摯的對待。

我要特別感謝吳明益老師，老師在課堂上帶我博覽各國美學、各家審美，並鞭策我對自己和創作誠實，同時鼓勵我嘗試不同的題材和挑戰，我才能揀選出對自己的要求與標準，並完成對自我的安放與拋擲。同時，我也要感謝東華大學華文文學系的師長們，那些充實的課堂、淵博的知識、充滿啟發的觀點和對作業的要求與鼓勵讓我的思想不至於狹隘。

這本書裡所有的章節都歷經過大規模的修改和完善，所有我寫作和生活上的徬徨也毫不保留的、一古腦的傾倒給我所有的朋友，我先是完善了我自己，其次才能完善我的創作。我要特別感謝賴聲漢、羅嘉晞、張愛、蔡易澄、鄭琬融、黃毓淳、林燦、曾唯安、賴雅柔、李夏昵、李律昇、雷從漢、許明涓、陳日瑒、鍾書昀、陳使敏、李香昀、張家瑀、張嘉祥、林佩君、張芸榛、簡榕萱、謝佳穎。我知道自己還遺漏了許多在我人生中重要且美好的人，我在獨自創作並自我審問的許多個夜晚中，都銘記著你們待我的良善與真誠。

我要感謝花蓮這個地方，更準確的說，我要感謝鯉魚山。當我獨自在花蓮，迷路、車禍、失戀、被當，或跟朋友吵架時，只要睜開眼，鯉魚山一直都在遠處，鯉魚山什麼都不在乎，當所有的吶喊都沒有回音、所有的焦躁都被淹沒時，我才能好好靜下來，重新、重新的審視自己。另外感謝花蓮的交通沒有讓我成為花蓮的土。

最後我要感謝我的家人，儘管不理解我在做什麼，還是給予我無條件的支持，至少容忍我的任性，我可能無法過著標準且安逸的人生，但也正因為你們讓我有資源去摸索、有時間去發掘，並有餘裕去實現自己的喜好，我才能在廣大的世界裡探尋到自己真正的充實與快樂。

新人間叢書(三九三)

波群延遲

作者—張瀚翔
副總編輯—羅珊珊
責任編輯—蔡佩錦
校對—蔡佩錦　江淑霞　張瀚翔
封面設計—吳佳璘
行銷企劃—林昱豪

總編輯—胡金倫
董事長—趙政岷
出版者—時報文化出版企業股份有限公司
一〇八〇一九臺北市萬華區和平西路三段二四〇號
發行專線—(〇二)二三〇六—六八四二
讀者服務專線—〇八〇〇—二三一—七〇五・(〇二)二三〇四—七一〇三
讀者服務傳真—(〇二)二三〇四—六八五八
郵撥—一九三四四七二四時報文化出版公司
信箱—10899臺北華江橋郵局第九九信箱

時報悅讀網—http://www.readingtimes.com.tw
思潮線臉書—https://www.facebook.com/trendage/
法律顧問—理律法律事務所　陳長文律師、李念祖律師
印刷—家佑印刷有限公司
初版一刷—二〇二三年八月十八日
定價—新臺幣四六〇元
(缺頁或破損的書，請寄回更換)

時報文化出版公司成立於一九七五年，
一九九九年股票上櫃公開發行，二〇〇八年脫離中時集團非屬旺中，
以「尊重智慧與創意的文化事業」為信念。

波群延遲／張瀚翔作. -- 初版. --
臺北市：時報文化出版企業股份有限公司, 2023.08
352面；14.8x21公分. --（新人間叢書；393）

ISBN 978-626-374-015-0（平裝）

863.57　　112009545

ISBN 978-626-374-015-0
Printed in Taiwan